OPHELIA À DERIVA

HELEN GOLTZ

Tradução por
ANA BARRADAS

Para Mark, meu irmão

À deriva: liberta das amarras
Dicionário de Termos do Mar

CAPÍTULO 1

OPHELIA

Num minuto me senti entorpecida, no próximo fiquei com medo... Eu gostaria de me sentir dormente permanentemente. Posso ver outra estação ferroviária a aparecer, às vezes os sinais passam antes que possa descobrir se é a que eu quero. *Warrnambool.* É esta. É exatamente como o Tio Sebastian tinha dito, grandes tijolos vermelhos, à volta colinas verdes e casas à distância. Tão quieta em comparação com a estação ferroviária principal de onde eu morava.

Eu podia ficar no comboio para sempre, apenas continuar a andar, andar nesta carruagem até que envelheça e morra. Mas eu me resignei ao meu destino.

Ali está ele. Deve ser ele. Peguei no meu livro e tirei a pequena foto que tinha pressionada entre a capa e a última página. Era uma foto antiga da minha mãe com o seu irmão, Tio Sebastian. Sim, era ele, eu acho. Ele podia ser bonito se não tivesse os grandes óculos de aro preto que usava na foto, e usava até hoje, pelo que parecia.

Esperei até que o comboio parasse completamente... atrasando o inevitável, e então fiquei sem tempo... Tive que sair. Estendi a mão e peguei minha mala vermelha da prateleira acima, minhas mãos tremiam, loucas. Respirei fundo e olhei para o Tio Sebastian novamente. Ele também parecia nervoso e um pouco parecido com a mamãe. Eu senti um pouco de pena, enquanto ele estava com as mãos enfiadas nos bolsos de um longo casaco preto de lã, a balançar para a frente e para trás.

O seu cabelo, com mexas pretas e cinzas, estava desalinhado pelo vento, mas parecia ter uma mexa clara nele, cabelos rebeldes eram comuns na família. Aposto que não está tão animado em ter uma sobrinha órfã a aparecer na sua porta para estrangular o seu estilo.

Respirei fundo novamente, e esperei que os dois últimos passageiros da carruagem passassem por mim em direção à saída. Dor... apenas uma onda de saudade... se eu fosse alguns anos mais velha, poderia ter ficado em nossa casa... Eu poderia cuidar de mim mesma. *Vá*, eu me preparei. Caminhei em direção à saída, desci da carruagem do comboio para a plataforma e olhei para o Tio Sebastian. Ele tinha desaparecido.

Não conheço ninguém aqui... o que faço, volto para o comboio e vou... para onde? Agora eu estava em pânico!

Eu o encontrei, respirei novamente. Mas o Tio Sebastian estava a ir embora de braços dados com outra mulher. Eu estava prestes a chamá-lo quando alguém agarrou o meu braço.

~

JACK

Há uma coisa que não gosto em Ophelia Montague, ela gosta de ter os pés firmemente colocados no chão. Gosta da sensação sólida de que não vai se mover ou balançar sob ela, dá-lhe conforto, mas ela vem para mim, para uma cidade litorânea, onde o oceano bate na costa e naufrágios se escondem abaixo das suas profundezas. Onde eu vivo.

Eu sabia que ela estava a caminho. Tive o poder de sentir a sua presença muito antes de ela chegar. Não sou vidente, sou... bem, sou a sua alma gémea. Ela é linda... olhos azuis, cabelos longos, escuros e rebeldes, e uma pele que dizia que era da cidade. Esperei muito tempo para ela chegar.

Ophelia não me viu, mas eu a observei e estudei o seu reflexo na janela do comboio. Ela parecia assustada. Os seus olhos azuis eram grandes demais para o seu rosto, como se o choque os tivesse tornado permanentemente redondos e a sua pele estava pálida como gelo.

Ela não tirou o olhar da janela do comboio por horas, estudando cada cidade, verificando os sinais, e agora estava a ver pela primeira vez a cidade de Warrnambool, assim que apareceu. Quando o comboio começou a desacelerar, senti o seu coração a disparar. Eu a inspirei. Quero abraçá-la e protegê-la, e um dia o farei.

O seu tio estava lá para buscá-la, a levaria de carro até à nossa cidade natal, Port Fairy, a apenas trinta quilómetros de distância. Observei enquanto ela se virava assustada, apertando os olhos ao olhar para o sol e ver um estranho alto a segurar o seu braço.

– Desculpa, estou atrasado, Ophelia, não posso culpar o trânsito, já que não tem, mas sempre chego atrasado, a tua mãe costumava dizer que eu chegaria atrasado para o meu próprio funeral, mas isso não é a melhor coisa a dizer neste momento, não é? Não sei porque disse isso! – Sebastian tropeçou. – Tu és uma jovem... A última vez que te vi, devias ter oito anos, sim, foi no teu oitavo aniversário, e insististe para te chamarmos Princesa Lia, lembras-te? Mas tu estás aqui agora, que maravilha, fizeste uma boa viagem? Vamos pegar na tua bolsa.

Sebastian pegou na sua mala respirando fundo pela primeira vez. Então parou para a olhar.

– Tu pareces com a tua mãe.

Ophelia sorriu, foi a primeira vez que a vi sorrir em todo o mês que a estive a estudar.

– Olá, tio Sebastian. Eu me lembro de ti agora. – ela disse.

Sebastian sorriu, parecendo satisfeito e meio envergonhado, e passou a mão pelo cabelo. Empurrou os seus óculos finos de armação prateada ainda mais acima no nariz.

– Tenho a certeza de que não mudei. – ele encolheu os ombros. – Há uma grande diferença entre oito e dezasseis anos de idade, mas não muita diferença entre trinta e cinco e quarenta e três, exceto alguns fios de cabelo grisalhos e talvez algum peso a mais... eu ganhei peso? Sim, tenho a certeza que sim. Vem então, vamos para casa. Bem, para a minha casa, a tua casa agora também. Espero que faças dela a tua casa, Lia, és muito bem-vinda. Tu ainda te chamas de Lia? É muito mais fácil do que dizer Ophelia.

Eu vi as lágrimas nos seus olhos impossivelmente grandes e ela sorriu para ele.

– Lia está bom, e então, posso chamar-te de Tio Seb em vez de Sebastian?

– Certamente que sim, ou então, apenas Seb. – ele concordou. – Também vais conhecer Adam esta noite, ele não pôde vir para te conhecer agora, está a trabalhar. Eu te falei sobre Adam, não falei? Ele é um hóspede, os seus pais são nómadas... partiram assim que ele terminou a escola.

Sebastian se virou e caminhou em direção ao estacionamento onde três carros estavam estacionados: um pequeno Jaguar verde-escuro desportivo, um 4WD vermelho e um velho Rover creme. Ophelia piscou para afastar as lágrimas e se dirigiu ao Rover, parecia o tipo de carro que o seu tio conduziria, eu também teria apostado nesse. Mas em vez disso, ele foi para o 4WD vermelho. Os olhos de Ophelia se iluminaram e Sebastian percebeu.

Ele riu.

– Pensaste que eu tinha o duvidoso Rover, não foi? Bem, normalmente estarias certa, mas este é um carro da empresa, um benefício fiscal. – ele encolheu os ombros e abriu a porta para ela. Ophelia entrou e esperou que Sebastian colocasse a mala na parte de trás e sentasse no banco do condutor. – Estou um pouco na estrada com o meu trabalho. Tenho que conduzir para as áreas circundantes e frequentemente para o interior. Além disso, os cães gostam de andar atrás. Eu adoro cães. Gostas de cães? Tenho dois, Argo e Agnes, da mesma ninhada. Eles mandam na casa, Adam e eu ficamos com eles.

– Eu gosto dos nomes deles. – Ophelia disse uma palavra.

– Eles têm nomes de navios, é claro. O *Argo* era um cortador de madeira, de 17 toneladas, na verdade construído em Port Fairy, para onde vamos, mas que naufragou na Praia de Portanto numa tempestade em 1883. Iremos visitar Portland, não é longe. O *Agnes* ou como era realmente chamado, *Margaret and Agnes*, chegou à baía de Portland em 1852, quando foi levado para a costa. Perdeu toda a sua carga de batatas, farinha e farelo. Imaginas tudo isso a chegar à costa ou a afundar? – Ele abanou a cabeça. – Há muitos naufrágios na área, é por isso que estou aqui, é claro. – Sebastian olhou para Ophelia, antes de se afastar da berma.

Sebastian falava muito, não era surpresa que ele fosse solteiro.

– A tua mãe te disse que eu falo muito. – disse ele, como se lesse os meus pensamentos. *Será?* – Sendo um investigador, não converso com muitas pessoas sobre o meu trabalho, às vezes com nenhuma durante toda a semana, nenhuma, a menos que eu esteja a comprar mantimentos ou gasolina, então, ela costumava dizer que eu uso o máximo de palavras que posso quando conheço uma pessoa. – ele parou para respirar. – O ponto dessa história é que tu deves te intrometer se quiseres falar uma coisa, porque não tenho a certeza se vou ficar sem palavras ou se vou falar sempre assim.

Ophelia sorriu e então começou a rir. Um sorriso e uma gargalhada num dia, as coisas estavam a melhorar. Sebastian se virou para ela e sorriu, então a sua gargalhada tornou-se contagiante e os dois riram até as lágrimas correrem pelas suas bochechas.

Ophelia chorava pela mãe e pelo pai, e por novos

começos. Eu mal podia esperar até que ela me conhecesse, isso mudaria a sua vida, para melhor.

CAPÍTULO 2

Acho que tive sorte, era uma área bonita. Ao longo do caminho, o Tio Seb continuava a apontar-me sítios. Tantos pastos verdes, cheios de vacas pretas e brancas a pastar, que se assemelhavam às pequenas que estavam nos conjuntos da quinta de brincar. No topo das elevações estavam as ocasionais casas de quinta com vista para o mar. Chegamos à própria Port Fairy, os pequenos chalés à beira-mar eram bonitos, alguns eram de madeira, como a minha casa, a minha antiga casa, e outros eram de uma pedra que o Tio Seb chamava de basalto. Nós conduzimos pela cidade e avistei uma casinha igual a minha antiga casa, madeira com uma varanda de *bullnose*. Parecia que um forte vendaval do oceano iria derrubá-la, mas as casas de basalto com as suas rendas de ferro eram sólidas, estavam ali para ficar.

Tio Seb tamborilou com as mãos no volante. Acho que ele estava mais nervoso comigo do que eu com ele, mudar de cidade, estado e deixar os meus amigos para trás. Tudo o que eu queria era ver a sua casa, a minha nova casa. Nós conduzimos em direção ao oceano.

– Quase lá. – ele disse, lendo a minha mente. – Na verdade, tu podes vê-la agora à distância. – Ele se inclinou, olhou pelo para-brisas e apontou para o topo de uma colina. – Lá está ela.

– A sério? – Eu expirei.

Ele me lançou um olhar preocupado, tentando ler se eu estava entusiasmada com a casa ou a pirar. Ela estava sozinha no horizonte, na frente dela o oceano ondulava para dentro e para fora, batendo nas rochas que emolduravam os dois lados da casa. Mais adiante na estrada havia um punhado de casas. A estrada até lá era sinuosa, mas a casa se destacava dos vizinhos.

– Aquela ali? No alto? – Eu perguntei.

– Sim, aquela ali. A única lá. – ele sorriu, com um olhar na minha direção. Conduziu o carro ao longo da estrada sinuosa, a casa aparecendo e desaparecendo da vista.

– É incrível. Será que vai explodir ou vai embora com um vendaval?

Tio Seb riu.

– Ainda não, embora houve um momento em que tive que evacuar. Ela é uma beleza, não é? Está na nossa família há muitos e muitos anos, caso contrário, eu não seria capaz de pagar uma casa e um terreno com vista para o mar aqui, atualmente. Mas quando o meu bisavô a comprou, o nosso bisavô, embora tu ganhes um 'tetra' extra acredito, já que é uma geração mais jovem. De qualquer forma, quando ele a comprou, esta área não estava tão na moda como agora.

– Na moda? – Eu me virei para encarar o Tio Seb. Talvez, apenas talvez, eu não tivesse vindo da cidade para o sossego.

– Sim. A apenas três horas de Melbourne, o lugar

foi tomado por moradores da cidade que querem passar um fim de semana aqui. Fica cheio no verão. – Ele balançou a cabeça, como se o mundo estivesse a se mover rápido demais para ele. – Eu já disse que temos Wi-Fi em casa? Eu trabalho muito em casa, então pode parecer uma cidadezinha sonolenta para uma menina da cidade, mas tudo está conectado e acessível... se tu quiseres.

As coisas estavam a melhorar. A voz do tio Seb ficou mais baixa.

– Eu amo a casa, ela tem um pouco de uma história triste, vou te contar um dia, mas ela guarda-me a mim, Argo e Agnes. É claro que Adam raramente está lá, começa a trabalhar cedo e chega para jantar ao anoitecer. Mas se tu estiveres sozinha, podes levar o carro emprestado sempre que quiseres, eu não saio muito para trabalhar, só vou ao museu marítimo, o de Warrnambool, mas quando tenho que sair para trabalhar, eu geralmente fico fora por alguns dias de cada vez.

– Eu não tenho a minha licença, ainda, não tenho idade suficiente para conduzir. – Acho que o Tio Seb pode ser realmente um ignorante sobre adolescentes.

– Mesmo? – Sebastian franziu a testa. – Devo estar a pensar em França, onde eles conduzem muito jovens. Bem, tu podes apanhar o autocarro ou comboio para Melbourne e há uma bicicleta na cave para te deslocares localmente. Além disso, o autocarro passa perto da entrada da garagem, se tu esperares perto da caixa do correio e acenares para baixo. Acena mais cedo, Reg, o motorista não é tão jovem quanto costumava ser, ou talvez seja apenas daltónico e não consegue te ver se estiveres a usar um macacão vermelho contra a caixa de correio vermelha.

– Certo, aceno cedo. – eu repeti depois dele. Observei o Tio Seb de perto. Se ele passasse por uma transformação, se portaria bem. Era alto e bonito, de um jeito meio geek. A mamãe sempre dizia que ele era excêntrico, mas o papá era menos lisonjeiro com o lado da família da mamãe, e dizia que o Tio Sebastian era de um grupo genético estranho.

– Posso te fazer uma pergunta? – Eu abordaria o assunto da sua vida amorosa. É melhor colocá-lo para fora.

– Claro, qualquer coisa. – ele disse, apanhando outra curva um pouco rápido demais.

– Tu tens namorada, esposa ou namorado? – Achei melhor cobrir toda a gama.

– Não. Nenhuma dessas coisas. Gosto de mulheres, mas não tenho tempo e nem pareço conhecer mulheres. – disse ele. – Eu não sou tão bom com as pessoas... não contigo, é claro... outras pessoas... simplesmente nunca gostei da companhia de muitos. – ele conduziu o carro ao longo da longa estrada à beira-mar.

Assenti.

– Eu entendo. A mamã e o papá... eles eram festeiros, nunca tivemos uma casa vazia. Estou bem com a minha própria companhia. – eu vi a casa a se aproximar, enorme e desconexa. Ao longo do nível superior havia duas enormes janelas panorâmicas e, no nível inferior, uma única porta parecendo uma boca, uma casa com uma expressão de surpresa. As tábuas de madeira estavam nuas, a tinta pode tê-las adornado, mas a casa estava destruída pelo vento e pela maresia. A casa mais próxima ficava atrás e no final da estrada, onde três pequenas propriedades marginavam a beira da estrada.

– Aqui estamos. – Tio Seb disse ao virar numa estrada sinuosa. Ao nos aproximarmos da casa, pude ver dois cães enormes sentados, como estátuas, de cada lado da porta da frente.

– Uau, eles são enormes! – Exclamei.

Tio Seb sorriu como um pai orgulhoso.

– Eles não vão te morder. Argo e Agnes são *Dogue Alemães*, uma excelente raça. Eles pesam cerca de 65 quilos cada um, muito mais do que tu, mas são uma raça muito dócil e muito leal. Tu sabias que cães semelhantes ao Dogue Alemão podem ser rastreados até monumentos no Egito, que datam de 3000 a.C.? A raça teve origem na Alemanha, muitas coisas boas saem da Alemanha... carros para um e... – ele parou. – Desculpa, estou a exagerar outra vez. Tu deves me controlar. Devemos desenvolver uma palavra-código para isso, para me controlar. Enfim, sempre deixo a porta dos fundos aberta para eles, mas gostam de olhar para o mar. Que palavra tu podes usar para me impedir de delirar... Vou pensar nisso.

Os dois cães ganharam vida, as suas caudas enormes balançavam.

– A sua festa de boas-vindas. – Sebastian disse. Ele estacionou o carro numa das garagens e desligou o motor.

Os cães correram na sua direção e ele os cumprimentou com entusiasmo.

– Agora, Agnes, Argo, permitam-me apresentar o nosso novo membro da família, esta é a Srta. Ophelia Montague. Vocês podem chamá-la de Lia, tenho a certeza.

Eles se aproximaram de mim com entusiasmo. Eu estendi a minha mão para cada cão, permitindo que eles inalassem o meu cheiro e os cumprimentei. Eu olhei para a casa e à volta.

Esta seria a minha nova casa.

~

JACK

Observei Ophelia e Sebastian parados do lado de fora da grande casa, com dois andares e um sótão. Ela parecia tão pequena emoldurada por Sebastian e os cães, e com a casa elevando-se acima dela. A sua chegada foi melhor do que eu pensava, talvez as brincadeiras intermináveis de Sebastian tenham sido uma boa distração. E então a casa gemeu.

Ela olhou para cima, os olhos arregalados de surpresa, se é que pudessem ficar maiores.

– É a casa que te dá as boas-vindas. – disse-lhe Sebastian.

– Está a lamentar! – ela exclamou.

– Ela uiva, mas com prazer na maioria das vezes. – assegurou Sebastian. Ele se virou, olhou para o oceano e inalou. – Maravilhoso!

Eu juro que aquele homem tem água salgada nas veias.

Ophelia se virou para olhar também e eu vi, ela estremeceu. Isso tornaria o meu trabalho muito mais difícil. Tentei ver da perspetiva dela: o oceano ia tão longe quanto a vista alcançava, na frente e nas laterais da casa. A cor ficava mais escura rapidamente, mostrando a sua profundidade, e as ondas batiam na costa e nas rochas não muito longe da sua porta da frente.

— Gosto das pedras. — disse ela.

Eu guardei esse fato.

— Eu também, adoro escalar entre elas. — disse Sebastian. — Mas tenha cuidado, a maré pode subir rapidamente e varrê-la. A tua mãe ficaria muito satisfeita por eu me lembrar de te avisar. — Ele parecia satisfeito consigo mesmo.

— As pessoas morrem ao serem levadas das rochas? — Ophelia perguntou.

— Oh, sim, muitas. — disse ele, e olhou para o mar. Não disse nada por quase um minuto, o tempo mais longo em que parou de falar. E então, continuou. — Mas as pequenas piscinas naturais podem ser deliciosas. No verão, tu podes sentar-te em algumas das pequenas piscinas rasas e te refrescar. Agora, deixa-me mostrar-te. — disse ele, pegando a mala vermelha do carro, e entrou com Ophelia e os cães atrás.

Fiquei para trás, enquanto Sebastian começava a mostrar a Ophelia o seu novo lar, a sua nova vida. Eu teria que ensiná-la a amar o mar, tarefa nada fácil. Porém, primeiro eu tinha que escolher a melhor hora para conhecê-la, para que a minha vida pudesse começar.

~

OPHELIA

— Eu espero que tu gostes do teu piso. — Tio Seb disse.

– Meu piso? – Eu pensei que tinha ouvido mal.

– Ah, sim, a menos que tu te sintas sozinha, mas presumi que, sendo uma jovem mulher, gostarias de ter o teu próprio espaço e ter uma amiga ou amigas por perto, para tocar um pouco de música ou apenas fazer o que os jovens fazem hoje em dia... Twitter, internet, Facebook. Agnes também gosta de ter os seus próprios lugares, que são proibidos para os meninos, não é, Aggie? – ele acariciou o Dogue Alemão branco com orelhas e manchas castanhas. Ela acenou com a cabeça em concordância. – Ela pode compartilhar contigo, já que vocês duas são meninas. Tu viajas com pouca bagagem para uma mulher.

Eu olhei para a minha caixa vermelha.

– Acho que sim. Eu só... Eu não consegui decidir se trazia muitas memórias ou seguia em frente.

Sebastian assentiu com a compreensão.

– Adam estava a morar no andar de cima, mas quando soubemos que tu estavas a chegar, ele desceu e ficou no outro lado da casa.

– Oh, desculpa, ele ficou mal-humorado? – Perguntei.

– Nem um pouco. – Tio Seb me assegurou. – Ele não fica muito por aqui, além de não querer germes femininos. – disse ele com uma piscadela. – Certo, então. – ele liderou o caminho para a porta da frente, que não estava trancada, mas exigiu um bom empurrão para abrir. – O ar salgado. – explicou ele. – Alguns dias as janelas e portas abrem facilmente, outros dias não. Não leves para o lado pessoal. Eu sei que a casa está feliz por ter outra mulher presente.

Eu ri da ideia e comecei a me perguntar... O papá sempre disse que o Tio Seb era excêntrico, totalmente estranho, na verdade. Eu o segui para dentro, Argo e

Agnes seguindo atrás e a porta se fechou. Devia ser uma brisa em algum lugar.

Eu não podia acreditar no tamanho da casa do Tio Seb enquanto vagava por ela, era enorme e esparsa. Era estranho, mas parecia uma pessoa, uma mulher, e eu me senti meio protegida dentro dela. Na entrada, prismas de luz dançavam pelo chão, vindos de janelas redondas com vitrais no teto.

— Eu amo isso. — eu disse ao Tio Seb, e girei em círculos seguindo as luzes.

Os dois cães me seguiram enquanto eu girava e o Tio Seb sorriu ao nos ver numa dança em círculo.

— Vem, faremos um tour. — disse ele, e tirou o casaco, pegou o meu também e pendurou-o num cabide perto da porta.

Em frente ao corredor da entrada onde estávamos, uma enorme

escada de madeira subia pelo meio da sala. Tio Seb foi até lá e colocou a minha mala vermelha no último degrau.

À esquerda havia uma grande sala de estar, com vistas infinitas do oceano e uma cozinha atrás dela. A sala possuía uma grande lareira de ferro no canto, com um tapete igualmente grande e dois sofás, um de cada lado. Sofás dele e dela, Tio Seb e eu podemos nunca nos ver.

— A sala de estar. — ele apontou para a área à esquerda de onde estávamos, em seguida, continuou pela sala de estar até a cozinha de plano aberto, que se parecia um pouco com a cozinha de um navio, completamente branca ou branca desbotada agora, pedaços e peças pendurados do teto, os bancos estavam vazios e não havia uma tigela, um pedaço de fruta ou um prato à vista.

– Cozinha. – ele anunciou.

Sebastian saiu da cozinha, atravessou a sala de estar e então cruzou o corredor para o quarto na frente da casa à direita.

– O meu escritório. – ele anunciou.

– Nossa! – Eu parei na porta. Ele também tinha portas que se abriam para o deck de madeira da frente e uma vista deslumbrante do oceano. Parecia que todos os quartos e janelas tinham. Duas longas mesas ocupavam um lugar de destaque no centro da sala e uma ampla prateleira rodeava o ambiente, na altura da mesa. Em cada superfície sobresselente, havia um modelo de navio, navios antigos, navios modernos, navios grandes e pequenos, navios com velas, com motores a vapor e pedaços de navios em miniatura. As paredes estavam adornadas com desenhos e pinturas de navios, e um banco ficava perto da janela, onde um navio estava a ser construído.

– Ah sim, é a minha paixão. Alguns podem dizer obsessão, mas eu amo a história. São todos modelos precisos que tu conheces. Um dia, se estiveres interessada, vou apresentar-te a todos eles. – disse o Tio Seb.

Fazia sentido que o Tio Seb posicionasse o seu escritório aqui, ao invés de ter o seu quarto na frente, já que ele trabalhava em casa a maior parte do tempo e o seu trabalho era todo sobre navios.

– Certo, agora para os nossos quartos. – disse ele, mostrando uma contenção incrível, se afastou do seu escritório e foi para o corredor novamente. Eu tive que dar dois passos para cada um dos dele. Eu o alcancei e segui, enquanto o Tio Seb caminhava sob a escada em direção à parte de trás da casa, abrindo uma porta à esquerda e uma porta à direita enquanto caminhava.

Eu olhei um quarto de cada vez, eram enormes e tinham enormes janelas que davam para a costa, com vistas infinitas do mar de ambos os lados da casa. Em cada quarto, havia uma cama de casal junto com um sofá e ainda havia espaço para se mover.

– Adam fica à esquerda da casa e eu à direita, mas não o tempo todo. – ele riu da sua própria piada.

O quarto da esquerda estava uma confusão. Eu sorri e olhei para a

direita, estava ordenado.

– Mm. – eu disse. – Faz sentido.

Tio Seb riu. Os quartos do Adam e do Tio Seb tinham portas que davam para o deque traseiro. Debaixo da escada, havia um quarto para especialmente projetado os cães, aberto, mas aconchegante.

– Este é o quarto de Agnes e Argo. Eles têm a sua própria porta para cão. – disse o Tio Seb.

Olhei para a porta de cão no batente da porta dos fundos, era enorme, eu poderia passar por ela apenas abaixando ligeiramente a cabeça. Tio Seb parecia envergonhado.

– Acho que é mais uma porta para pessoas e não impediria ninguém de invadir, mas não temos muito aqui que valha a pena invadir para roubar. – ele encolheu os ombros.

– Acho que alguém tinha que ser muito corajoso para arrombar uma casa com dois cães de guarda enormes. – eu disse e me afastei do quarto de Argo e Agnes. – Bem, Argo e Agnes. – me dirigi aos cães, – Devo dizer que vocês são mais organizados do que o Adam e Tio Seb.

Os dois cães apreciaram o meu comentário e o Tio Seb acenou com a cabeça em concordância. Cada cão tinha uma grande cama, suspensa a cerca de 30 centímetros do chão por cordas marítimas, e uma vista do corredor para o convés e a área do parque atrás.

— Durante o inverno, eles se aconchegam ao lado da lareira na sala de estar, é claro, e dormem no tapete.

— É claro. — concordei, a pensar nos sem-abrigo da minha cidade que adorariam dividir a cama com Argo e Agnes.

Tio Seb disparou novamente em direção à frente da casa. Eu corri atrás dele.

— Não tenho segredos, então tu és bem-vinda ao meu lado, é claro, se encontrares algo que te interesse aí. — brincou. — Adam pode ser mais territorial. Agora, vamos para o teu andar.

Ele voltou para a escada, pegou na minha mala e subiu para o próximo nível. Argo, Agnes e eu o seguimos para cima. Peguei o corrimão de madeira, virei ao chegar no topo da escada e olhei para baixo. Era uma casa grande, mas parecia aconchegante. Eu me virei para encontrar o Tio Seb a sorrir, à minha espera.

— Tio Seb, eu realmente não preciso de um nível inteiro. Sinto muito. — eu disse. Ele pareceu surpreso.

— Porquê?

— Eu sinto que desloquei vocês dois. Tu tens a tua vida e agora tens a mim... esta obrigação. — os meus olhos começaram a se encher de lágrimas, embora eu tentasse não chorar e os pisquei o mais rápido que pude.

— Nunca é uma obrigação, Lia, nunca. É um prazer ter-te aqui. — ele tropeçou com as palavras, — Um prazer e um privilégio ter-te aqui.

Eu não acho que o Tio Seb tivesse que expressar

as suas emoções muitas vezes e a sua sinceridade trouxe as minhas lágrimas mais perto da superfície. Respirei fundo para obter o controle, sorri em agradecimento e ele apressadamente continuou o tour. A área do andar de cima era igualmente enorme, com tetos altos, e incluía uma escada estreita que levava a um sótão. A casa estava claramente dividida para cada lado da escada.

Parei morta no meu caminho e fiquei ofegante. Toda a parede frontal apresentava duas grandes janelas panorâmicas de vidro, que pareciam olhos se vistas de longe, e através delas podia-se ver o oceano até que ele caísse da borda da terra. Tio Seb parou ao meu lado e colocou a mala no chão. Ele olhou para o oceano.

– Às vezes me esqueço de como é bonito. – disse ele. – Tenho que me lembrar de olhar para cima e admirá-lo. – Ele suspirou e se afastou. – Agora, o lado direito está vazio... quarto de hóspedes, quarto extra, o que quisermos. – ele abriu as portas. – Um quarto... e... – ele seguiu o corredor ao lado da escada, – Casa de banho... e... uma área de arrumação. Eu sou um pouco colecionador.

Eu o segui.

– Uau. – todos os quartos tinham as vistas mais incríveis. – Mas tu, Lia, és dona do lado esquerdo e de todo o andar, na verdade. – Ele voltou, pegou na minha mala de onde a deixou e a empurrou para um quarto. – Aqui está o teu quarto, a tua casa de banho e um quarto extra, que podes usar como quiser, talvez um quarto de hóspedes para uma amiga da tua antiga escola ou uma nova amiga, ou uma sala de estudo para a escola? Todos os móveis são novos, a Sra. Duxom foi às compras e encomendou tudo. Ela escolheu branco, tudo branco, até a colcha. Disse que tu poderias acrescentar cor, qualquer cor que quiseres. Ela escondeu um pouco de rosa, mas se tu não gostares ou quiseres mudar...

Verificando o lado esquerdo, o meu lado, vaguei do quarto para o quarto de hóspedes, para a casa de banho e de volta para o quarto, ficando de boca aberta. Era maravilhoso, tetos altos e grandes, lustres antigos com gotas de vidro e cristal rosa, as paredes mais brancas, pisos de madeira e tapetes creme claro, uma colcha de pelúcia acolhedora e almofadas macias brancas e rosa, parecia tão luxuoso como se eu tivesse entrado num quarto da revista Vogue Living.

Eu me virei para encarar o Tio Seb.

– Obrigada, eu adoro isto. Tu tiveste tanto trabalho.

– Nunca é demais para a minha única sobrinha. – disse ele, e pude perceber que ele ficou feliz com a minha reação. Olhou para longe e para mim novamente com prazer.

Eu vaguei pelos ambientes novamente enquanto ele observava, se balançando nos calcanhares, as mãos nos bolsos. A casa de banho tinha uma enorme banheira de ferro fundido, toda nova e polida, e a vista da janela era inacreditável. Eu posso observar navios no horizonte enquanto estou a tomar banho. Voltei para o quarto vago com a escrivaninha e a cama de casal e voltei para o meu próprio quarto, com uma cama de casal com dossel e uma rede branca ao redor.

– É lindo, um sonho, obrigada. – contornei a cama e passei a mão pela rede branca.

Sebastian assentiu e ficou vermelho de prazer. Argo e Agnes estavam sentados em cada lado da porta, parecendo antigos protetores do quarto.

– Há mais para se ver. – disse ele, liderando o caminho para fora da sala em direção aos pequenos degraus que levavam ao sótão.

– E esta. – ele olhou para o céu, – É a nossa sala de visualização. Quase todas as manhãs, todos nós subimos, eu, Argo e Agnes, e tomo um café e sento para ver o oceano. Além disso, se avistarmos um navio a qualquer hora do dia, todos nos encontraremos aqui. – disse ele, incluindo os cães no seu olhar. – É bastante adorável. Vem ver.

Pela maneira como o Tio Seb falava, pude ver que os cães e a casa eram a sua família. Os cães correram na frente subindo as escadas do sótão e eu segui a eles e o Tio Seb. Duas grandes cadeiras ficavam em frente às janelas e olhavam diretamente para o oceano. Com a altura não havia a sensação de estar em terra, era como se o sótão flutuasse sobre oceano. Os cães vagavam pelas grandes janelas.

Tenho a certeza de que o meu queixo caiu e Tio Seb sorriu de prazer enquanto exibia a sua antiga casa premiada.

– Ela é qualquer coisa. – ele acenou com a cabeça. – Bem, esta é a casa. – ele começou a descer para o nível do quarto, com os cães a seguir atrás. Parou antes de descer para o nível inferior e se virou para mim.

– Agora, a Sra. Duck, o nome dela é na verdade Sra. Duxom, mas nós a chamamos de Sra. Duck, não sei por que, simplesmente pegou, de qualquer maneira, a Sra. Duck vem todos os dias da semana depois do meio-dia para limpar, lavar e preparar o jantar, ela está comigo há mais de uma década agora. Nos fins de semana, nós tratamos de nós mesmos! Tu a conhecerás em breve. Vou colocar a chaleira no fogo para o chá. Não tenhas pressa, Lia.

Agradeci ao Tio Seb e o observei descer as escadas a galope para o nível inferior, Argo o derrotou, Agnes ficou comigo.

O meu quarto era lindo, até sonhador, mas me senti mal por gostar dele, como se estivesse a ser traidora com a mamã e o papá. Fui até a janela e olhei para o oceano. Uma incrível sensação de solidão tomou conta de mim e agarrei o meu peito. Não sei porquê, sabia que não ajudaria. Como se lesse as minhas emoções, Agnes se aproximou de mim e eu acariciei a sua cabeça.

O sol logo se poria no oceano, as sombras já estavam longas nas rochas. Então, eu vi um movimento na base da rocha... uma pessoa, um homem de cabelos claros? Eu me virei, mas não havia ninguém ali.

~

JACK

Ela me viu, apenas um pouco de mim, mas eu tinha desaparecido antes que ela olhasse para trás... é mais seguro assim por um tempo, bem, até sermos oficialmente apresentados. Eu não posso acreditar que ela está aqui, finalmente. Sinto como se tivesse esperado uma eternidade por este momento. Então, posso esperar e fazer direito... deixá-la me descobrir. Nem toda a gente está feliz por ela estar aqui, há ciúmes mesquinhos a crescer... um medo de que ela substitua todas as outras, receba todo o meu carinho e ocupe todo o espaço que tenho no meu coração. Elas têm motivos para se preocupar.

~

OPHELIA

Acordei assustada, pude ouvir gritos e, apenas por alguns segundos, não sabia onde estava. Era o Tio Seb a gritar. Não acredito que dormi, a manhã me apanhou de surpresa, não dormia tanto... bem, desde que mamã e papá morreram.

Tio Seb estava a subir as escadas. Tirei as cobertas, enfiei os pés nos meus chinelos Ugg, coloquei o meu roupão e corri para a porta. Tio Seb quase me apanhou quando eles passaram a correr. Ele subiu as escadas, com Argo e Agnes a segui-lo. De alguma forma, o Tio Seb estava a avançar enquanto equilibrava duas xícaras de chá!

– Bom dia, Lia, há um navio, vamos lá. – gritou ele enquanto subia as escadas do sótão, os cães nos alcançaram em dois saltos.

Navio! Toda essa algazarra por um navio, a sério? Olhei para o grande relógio, de bronze sólido de navio, no corredor. *5h35, meu Deus.* Tio Seb chamou novamente. Suspirei e fui para as escadas do sótão, subi e encontrei os três a olhar pelas grandes janelas.

– Bom dia, aqui estás tu. – Tio Seb entregou-me uma caneca quente de chá, enquanto eu afundava no assento ao lado dele. Ele usava uma camiseta cinza solta e calças de treino, o seu cabelo era estava completamente desarrumado. Abaixei-me e dei uma palmadinha matinal em Argo e Agnes, enquanto eles se abaixavam aos nossos pés, de frente para o oceano.

À frente, através das janelas do chão ao teto, estava a vista mais incrível de todas, um panorama completo do oceano e no centro, cruzando a frente, estava um grande navio.

– Oh, uau, parece que está no nosso jardim da frente. – Pisquei para acordar direito e olhei para ele através do vapor do meu chá quente. – Não achei que seria tão incrível.

Tio Seb sorriu.

– Vale a pena levantar cedo, afinal? – ele me acotovelou.

Eu encolhi ombros e sorri.

– Sim talvez.

– É algo incrível, não é? Não nos cansamos de vê-los. – disse ele, incluindo os cães que também olhavam para o mar.

– Onde está Adam? – Perguntei.

– Ele foi correr. Ele corre a maioria das manhãs.

Eu balancei a cabeça, feliz que a primeira vez que o encontrasse eu não estaria despenteada. Adam não voltou para casa para jantar ontem à noite, na minha primeira noite, mas ouvi um carro a chegar e a porta a se abrir, pouco depois das dez ou mais. A casa também gemeu, um gemido de boas-vindas, suponho. Não estava com pressa para conhecer mais pessoas.

Observamos o navio a se mover lentamente no horizonte.

– Eu não entendo como eles flutuam... Quer dizer, eu conheço a ciência sobre como eles flutuam. – acrescentei rapidamente, antes que o Tio Seb começasse a sua palestra sobre as propriedades de flutuabilidade do navio. – Quer dizer, estou impressionada com a forma de como eles flutuam.

Ele assentiu.

– Ainda faremos de ti uma amante do mar, Lia, espera para ver, não é mesmo, meninos?

Argo latiu na hora, um latido profundo que saiu do seu grande peito.

Inclinei-me e acariciei a sua bela cabeça.

– Tu deverias descer e caminhar à volta da costa, visitar o museu marítimo, poderias até fazer um tour para ver os destroços. – Tio Seb sugeriu.

Estremeci.

– Assustador.

– Achas? – perguntou ele. – Eu adoro-os. Os mergulhadores também, os navios são uma grande lembrança da nossa história.

– Mas não morreram muitos marinheiros? É horrível pensar que apreciamos as vistas do que antes foram a causa de muito sofrimento. – disse eu.

– Eu acho. – Tio Seb disse – Mas tu poderias dizer isso sobre um monte de história e pontos turísticos. Além disso, nem todos os navios tiveram uma tripulação completa que morreu. Como o navio de *Agnes*...

As orelhas de Agnes estremeceram ao ouvir o seu nome.

– ...Era um navio de colheita. – Tio Seb apontou direto para a frente. – E mesmo ali, o *Essington*, que afundou em 1852, carregava uma carga de carvão.

– Por que se afundou? – Perguntei.

– Ele começou a meter água e depois correu para a praia. Acredites ou não, tu ainda podes fazer com que os pequenos pedaços de carvão sejam levados para a costa depois de um mau tempo. Agora, isso é

assustador, se tu pensares sobre isso. – disse o Tio Seb.
– E ali. – ele apontou para a esquerda, – Foi onde
Thistle caiu. Ele foi levado para a praia no dia de
Natal de 1837 e carregava cascas de árvore, sabes,
arrancada das árvores?

Eu balancei a minha cabeça, casca de árvore era
novo para mim, mas acho que muito do mundo do Tio
Seb era novo para mim. O meu dia costumava ser:
levantar, verificar a minha página no Facebook, ir à
escola, fazer desporto depois da escola, às vezes, fazer
trabalhos de casa e sair com os meus pais e amigos.
Este mundo da navegação era totalmente estranho e
esta casa era outra coisa. Assim que esse pensamento
passou pela minha cabeça, a casa gemeu baixinho e
balançou um pouco com a brisa da costa.

– Mas, o maior mistério de todos eles. – Tio Seb
continuou – Foi o navio *Mahogany*. Ele desapareceu
em 1836 e nunca foi encontrado até hoje, então
poderia estar em qualquer lugar. – ele acenou com o
braço.

Eu senti arrepios a subir pela minha pele.

– Como um navio inteiro pode ficar perdido e
nunca ser encontrado?

– Sim, parece impossível, não é? – Tio Seb tomou
um gole de chá. – Mas acontece. Os aviões
costumavam desaparecer no Triângulo das Bermudas
o tempo todo, coisas mais estranhas aconteceram. O
Mahogany foi avistado algumas vezes, ou as pessoas
pensaram terem avistado um naufrágio de aparência
antiga, aqui e perto de Warrnambool, mas ele nunca
foi encontrado.

Eu olhei para o meu tio e o estudei.

– Tu já o procuraste?

– Isso tem feito parte do trabalho da minha vida.

Não suporto não saber onde está... tem que estar lá fora em algum lugar. – ele semicerrou os olhos. – O governo até mesmo ofereceu uma recompensa uma vez, 250.000 dólares, mas ninguém o avistou.

– Uau, isso é estranho. – Olhei de volta para o mar, observando o navio a se mover ao longo da linha do horizonte.

– Tu acreditas que existem... fantasmas, como os dos marinheiros perdidos no mar a tentar chegar à costa? – Hesitei em perguntar caso o Tio Seb pensasse que eu era uma grande idiota, mas a curiosidade levou o melhor de mim.

– Ah, sim! – disse ele.

– Mesmo? Achei que, já que tu és um cientista e meio técnico, pensasses que isso era estúpido. – eu disse.

– Eu acho que tu tens que estar aberta para tudo no universo. – Tio Seb disse e me surpreendeu novamente. – Tem havido muitos avistamentos de fantasmas, não apenas do *Mahogany*. Eu gostaria de poder dizer que vi alguns, mas não, não em todo o tempo que moro e trabalho aqui. Quero vê-los..., mas tu encontrarás muitas pessoas na aldeia que te contarão histórias. Existem descendentes de segunda e terceira gerações de tripulantes de navios aqui, então são muitos contos, alguns provavelmente exagerados ao longo do caminho. – ele se virou para olhar para mim. – Porquê, viste um navio fantasma?

– Não. – eu disse. – Só estou aqui há um dia! Mas... ontem ao anoitecer, quando tu me deixaste para me acomodar, pensei ter visto alguma coisa nas rochas, mas quando olhei para trás tinha desaparecido... poderia ter sido apenas a luz na água, nada, sabes, mas foi isso e me fez pensar sobre os espíritos do mar.

— Eu gosto disso. — disse o tio Seb, — Espíritos do mar.

Viramos para ver o transatlântico novamente e o Tio Seb apontou

para as rochas.

— Ali está Adam agora... vês ali, perto do palco...

— Palco? — Eu apertei os olhos pela praia, para as dunas de areia.

— Nós, os locais, chamamos àquela saída de rocha que parece um

palco, de o palco.

Observei Adam enquanto ele entrava no palco e se espreguiçava, terminando com as mãos nos quadris a olhar para o mar, a sua silhueta escura contra o céu da manhã.

— Como tu podes saber quem é daqui?

— Eu conheço Adam desde que ele era um bebé. Além disso, ele vai ali quase todas as manhãs depois da sua corrida. Depois de um tempo, tu conheces a maioria das pessoas da aldeia. Posso identificá-los pela maneira como andam e falam.

— Como é que ele ficou contigo, se posso perguntar?

— Claro. Quando ele terminou o secundário, no ano passado, os seus pais queriam viajar, mas ele conseguiu entrar na faculdade. Então, decidiu ficar e ao invés de ficar sozinho, ele se mudou para cá. — disse o tio Seb. — É um lugar grande e não nos vemos muito.

— A tua família está a ficar cada vez maior. — eu disse.

O Tio Seb olhou para mim e sorriu, como se o pensamento não lhe tivesse ocorrido.

– Isso é verdade. – disse ele. – Isso é bom! O teu mundo também será maior quando começares a escola na segunda-feira e fizeres novos amigos.

– Fica muito longe? – Eu perguntei, – A escola, quero dizer? – Terminei o meu chá e agradeci ao Tio Seb.

– Cerca de vinte e cinco minutos no autocarro escolar. Tu devias estar acostumada com isso na cidade.

Assenti. Eu não estava ansiosa por isso. Eu queria terminar o secundário com os meus amigos em Brisbane. Todos aqui já têm os seus amigos selecionados.

O navio estava a se mover para fora da moldura da janela. Os cães se mexeram e Agnes se levantou e colocou a cabeça no colo do Tio Seb. Eu me virei quando algo chamou a minha atenção, era apenas Adam que tinha saltado do "palco" e começava a subir a praia em direção a nossa casa.

– Peça ao Adam para lhe contar sobre os seus ancestrais, uma história interessante ali. – Tio Seb disse, e se levantou. – Pequeno-almoço! – ele declarou, e Argo e Agnes saltaram e desceram as escadas. – Desça quando estiver pronta. Vou fazer uns ovos mexidos.

CAPÍTULO 3

OPHELIA

A escola era enorme, moderna e movimentada. Um mar de uniformes azuis enchia o recreio e, com um suspiro profundo e um desejo de estar em qualquer lugar que não fosse aqui, coloquei a minha mochila no ombro e entrei pelo portão da escola. O que eu daria para voltar à minha outra vida, estar a entrar na minha antiga escola e me encontrar com todos novamente após o feriado.

Tio Seb me avisou que poderia demorar um pouco para eu me ambientar, ele mudou de escola algumas vezes quando era criança, com o pai dele e a mãe na Força Aérea. Ele se ofereceu para vir comigo, mas disse-lhe que estava tudo bem, tenho dezasseis anos, não seis, e ficaria bem. Além disso, tenho que aprender a ficar sozinha agora.

Tudo começou no autocarro durante o caminho, eu era a aberração do circo, ninguém falou comigo, é claro, mas todos pareciam se conhecer e eu podia vê-los a olhar e a sussurrar. Acho que uma nova menina a chegar no décimo primeiro ano atraí um pouco de atenção, principalmente por chegar no segundo semestre após as férias escolares. Na pior das hipóteses, eu só tinha meio ano do décimo primeiro e todo o ano do décimo segundo em falta... Eu poderia simplesmente passar a hora do almoço na biblioteca e fazer as minhas próprias coisas.

Suspirei e disse a mim mesma para continuar. Segui as placas até ao bloco administrativo e me apresentei na receção.

– Agora, tu és Jacqui Passmore ou Ophelia Montague e, dado que Jacqui está a ir para o quinto ano hoje, suponho que tu sejas Ophelia, certo? – uma grande mulher ruiva, com um crachá com o nome que a *Sra. Carroll*, me disse.

– Eu sou Ophelia Montague, sem desejo de fazer o quinto ano outra vez! – Eu sorri para ela.

A Sra. Carroll riu com vontade.

– Espera até teres a minha idade, querida, tu darias tudo para voltar ao quinto ano. Agora, temos uma amiga para ti... isto é, um sistema de amigos, alguém que te ajuda a integrar na tua primeira semana.

– Oh, isso é bom. – eu fiquei animada.

– Tu não achaste que nós simplesmente te colocaríamos na aula, no meio daquela gente, e deixaríamos te defenderes sozinha, não é? Na verdade, aí vem ela agora.

Segui o olhar da Sra. Carroll e me virei para ver uma rapariga asiática magra a caminhar na direção do escritório. Ela usava óculos de armação de metal e tinha uma longa trança escura de cabelo, apenas de um lado da cabeça. Ela vestia o uniforme com perfeição, até as meias estavam puxadas até aos joelhos. Preso perto do seu colarinho havia um pequeno crachá que dizia *Monitor*.

– Aí estás tu, querida. – a Sra. Carroll a

cumprimentou. – Ophelia Montague, esta é a tua amiga da semana, Peggy Carboney. Peggy é uma das nossas melhores alunas e te ajudará.

Peggy estendeu a mão e eu apertei.

– O meu nome é Margaret, mas realmente, muito antiquado, então eu uso o meu apelido, Peggy, porque eu realmente gosto de cavalos e a minha mãe costumava me chamar de Pegasus.

Certo, tentei acompanhar.

Peggy se virou.

– Oh, desculpe Sra. Carroll, espero que o seu primeiro nome não seja Margaret?

– Tudo bem, minha querida, na verdade é Carol. Carol Carroll, podem acreditar que casei com um homem com o sobrenome Carroll? Eu costumava ser Carol Dartmoor quando tinha a vossa idade. – Ela riu com vontade. – Mas agora, Ophelia é um nome adorável à moda antiga.

– De Shakespeare. – acrescentei. – Obrigada por me ajudares esta semana. – eu disse a Peggy.

– O prazer é meu. Não recebemos muitas pessoas novas no décimo primeiro ano, alguns no sétimo ano são transferidos de outras escolas, mas a maioria de nós esteve na escola primária juntos. Nós duas temos inglês como nossa primeira aula, então vou apresentá-la. Adeus, Sra. Carroll.

Peggy disse tudo de uma só vez e então saiu a correr. Dei um aceno de agradecimento à Sra. Carroll e corri para alcançar Peggy.

– Eu sei o que tu estás a pensar... como posso ser asiática com um sobrenome como Carboney. – disse Peggy.

O pensamento não passou pela minha cabeça,

mas eu não tive a chance de dizer isso a Peggy, porque ela continuou a falar.

— A minha mãe é malaia, mas o meu pai é australiano. Eles se conheceram quando o meu pai estava a trabalhar no exterior, ele é violinista e a minha mãe também. Eles conheceram-se numa apresentação. Romântico hein?

— Claro. — eu concordei ao seguir Peggy. Eu realmente não gostava de conversa fiada... depois que passavas pela conversa sobre o tempo, parecia meio sem sentido, mas tentei.

— Então tu és musical? — Perguntei.

— De modo nenhum.

Bem, isso correu bem.

— Deve ser emocionante ser nova na cidade e numa nova escola. — Peggy continuou, os seus olhos brilharam. — Estive aqui toda a minha vida. Meus pais ausentam-se para se apresentarem às vezes, mas sempre moramos aqui. Tu estás animada?

— Não, na verdade não. — eu disse. — Eu deixei para trás as minhas melhores amigas e acho que a maioria das pessoas aqui tem o seu próprio grupo... então eu me sinto um pouco...

— Excluída? — Peggy terminou de falar quando entramos num corredor cheio de armários.

— Exatamente... excluída. — eu repeti.

Ela me apontou para um armário vazio.

— Será que aquele serve? Tu só precisas dos livros de inglês e um bloco.

— Claro. — eu disse, e procurei o aloquete e a chave na lateral da mochila.

— Não te preocupes. — Peggy pegou em alguns livros do armário por mim. — Eu tenho estado excluída desde o primeiro dia, então entendo. – ela riu. – Apanhaste-me!

– Obrigada. – sorri-lhe. – Agradeço.

Peggy corou. Acho que ela não estava acostumada a elogiar. No entanto, estou feliz por tê-la, tornaria mais fácil entrar na sala de aula.

– Vamos conhecer o Sr. Wall, o nosso professor de inglês, tu vais gostar dele, é engraçado. – Ela esperou enquanto eu fechava a porta e, então, Peggy liderou o caminho.

O Sr. Wall estava na frente da sala de aula e segurava um livro fino contra o peito. Era um homem baixo e magro, com grandes óculos de armação preta, cabelos escuros e um grande sorriso. Eu fiz uma contagem aproximada, vinte e quatro alunos estavam sentados na sala de aula.

– Ok, quantos de vocês leram *À Margem da Vida* como deveriam

ter lido durante as férias? – perguntou ele.

Houve uma apresentação de cerca de uma dúzia de mãos.

– Hmm. – ele suspirou. – Devia haver apenas uma mão não levantada e essa seria a da nossa nova aluna, que não sabia que tinha que ler. Bem, aqueles que não leram vão ler até tarde esta noite, não é? Alguma hipótese de você ter lido, Ophelia?

– Ah, sim, li no ano passado. – respondi.

Ele sorriu.

– Excelente, temos uma especialista entre nós. Eu começaria a pagar a Ophelia agora se vocês quiserem ajuda.

– Mas é deprimente, senhor. – Rodney Brady brincou.

– Sim, Rodney, é. Mas a seleção australiana de críquete também está, no momento, e isso não nos impede de jogar críquete, não é? Agora, vamos começar a examinar os personagens principais, nós gostamos deles? Sr. Jones?

– Não, Sr. Wall.

– Não, de facto, eles não são agradáveis. – concordou Wall. – Sr. Smythe, pare de olhar para a nova menina e olhe para mim, por favor!

Todos riram e eu senti os olhos de todos a se voltarem para mim, exceto os de Smythe. Afundei mais na cadeira.

~

HOLLY

No caminho da escola para casa, vi Ophelia, a nova menina, na paragem do autocarro. Ela era pequena, magra e pálida, com cabelos escuros e olhos grandes... um pouco assustada. Eu estava prestes a dizer olá quando o autocarro chegou, então todos nós entramos.

Sentei-me atrás do meu irmão, não queríamos sentar juntos.

– Senta-te aqui, se quiseres. – ele saltou quando ela passou.

Ophelia se virou para ele, não sei se o reconheceu da aula de inglês de agora pouco. Ele apontou para o assento vazio ao lado dele.

– Obrigada. – ela caiu ao lado dele.

– Somos vizinhos, bem, mais ou menos. Eu moro no fim da rua, perto do beco sem saída e tu estás... bem empoleirada no limite. Eu sou Harry. Harry Geering.

– Ophelia...

– Eu sei. – ele a cortou. – Todos nós sabemos o teu nome, tu és a única pessoa nova este ano, mas vais achar mais difícil lembrar de todos os nossos. Como tu encurtas isso? Tens um apelido?

– Lia. – respondeu Ophelia.

– Melhor. – ele concordou. – Me chamam de Geers.

Eu não pude evitar e me inclinei para a frente, colocando a minha

cabeça entre eles.

– Ninguém te chama de Geers. – eu disse, e Harry revirou os olhos.

Estendi a minha mão para Ophelia.

– Eu sou Holly.

– Ela é a minha irmã gémea. – disse Harry, numa voz sem emoção.

Eu sorri.

– Ophelia pode dizer que eu estou certa de que eu sou, claramente, a gémea mais bonita.

Ophelia riu.

– Vocês não são nada parecidos. – ela olhou de Harry para mim. Harry tinha cabelos ruivos e sardas com olhos verdes, enquanto eu era loira, loira descolorida, com olhos verdes que tracei pesadamente a lápis porque eles se destacavam assim.

– Éramos parecidos quando crianças, antes da Holly começar a arruinar a sua beleza natural. – disse Harry.

Eu o ignorei e me dirigi a Ophelia.

– Tu vieste de Brisbane? Ouvi dizer que vais ficar com Sebastian. Ele é adorável, a nossa mãe tem uma queda por ele, mas eu acho que ele nunca percebeu, embora ela tenha caído na comida e nos bolos desde que ela e o pai se divorciaram, há cinco anos.

– Talvez possas falar bem dela. – acrescentou Harry.

– Mas então, se eles se casarem, todos nós podemos acabar por morar na mesma casa. – eu apontei o óbvio. – Isso seria uma loucura.

– Quantas casas de banho tem a tua casa?

– Três. – disse Ophelia.

Eu sorri, me adiantando.

– Três, bem, isso pode resultar.

Ophelia riu, acho que vamos gostar dessa rapariga nova.

~

ADAM

Hoje terminei cedo o trabalho e cheguei a casa um pouco depois das três. Ainda não tinha conhecido a sobrinha de Sebastian. Ela estava na cama quando cheguei a casa ontem à noite, e esta manhã ainda estava no seu quarto quando tomei o meu banho e saí para o trabalho. Pobre criança, deve ser horrível ter o seu mundo arrancado debaixo dos seus pés. Tirei o meu equipamento de trabalho e desci até a praia para fazer surf. As ondas estavam más, então eu dei um mergulho rápido e me aventurei nas rochas para ver a maré subir. Respirei fundo. Amo o ar salgado.

Quando a última onda foi puxada de volta, vi todas as bolhas dos pequenos pipis aparecerem na areia, antes que a próxima onda voltasse para cobri-los. Lambi a camada de sal dos meus lábios. Mais um mês até que o inverno começasse oficialmente e o ar quente fosse substituído por um frio, e todos os bronzeados do verão desapareceriam. Tirei um pouco de areia do braço olhando para o bronzeado que tive neste verão.

O nível da água começou a subir, movi-me para mais alto para sentar numa pedra seca e descansei o meu queixo nas pernas. O vento aumentou e chicoteou meu cabelo nos meus olhos, que estava pesado com o sal do meu mergulho anterior. Eu olhei para longe imaginando, como sempre fazia, o que deve ter sido remar em condições selvagens no escuro para resgatar alguém, como William, o meu bisavô, fez três vezes, especialmente quando ele não sabia nadar. Não acho que eu faria isso, não é realmente heroico, eu sei, mas é assim que as coisas são. Tu aprendes a força do oceano a crescer e ganhas por ele um respeito saudável se fores inteligente.

Eu ouvi um carro e me virei para ver Seb a conduzir ao longo da estrada próxima, indo para casa depois do trabalho. Levantei a mão em saudação quando o braço de Sebastian estendeu, acenando da janela do 4WD. Segui a sua jornada pela estrada sinuosa até a casa em ruínas, empoleirada na beira, que chamamos de lar. Eu a vi então, Ophelia, não a tinha visto voltar para casa. Ela estava de pé emoldurada pela janela do quarto, uma pequena figura, uma silhueta, mas era ela. Achei que estava a olhar para mim, então levantei a mão e acenei-lhe. Ela pareceu hesitar, como se não quisesse parecer que estava a olhar para mim, e então acenou de volta.

Ela se afastou da janela e eu a vi passar o seguinte nível de janelas enquanto descia, provavelmente para cumprimentar o seu tio.

Eu saltei quando uma onda lambeu os meus pés e me trouxe de volta à realidade. A maré estava a subir rápido. Eu me levantei e saí a correr das rochas, antes que fosse tarde demais.

Era hora de conhecer a Ophelia pessoalmente.

CAPÍTULO 4

OPHELIA

– *E*xcelente. – Tio Seb exclamou, engolindo o seu último pedaço do ensopado de carne da Sra. Duck.

– Delicioso. – eu balancei a cabeça em concordância e o Tio Seb sorriu, satisfeito por ter feito a minha parte em devorá-lo. Era um ótimo ensopado de carne. Às vezes eu me sentia culpada pelo meu apetite estar a voltar.

– Sabe cozinhar a nossa Sra. Duck. Ela seria uma boa esposa. – Adam brincou com o Tio Seb, que riu e abanou a sua cabeça.

– Exceto que ela já é casada e vinte anos mais velha do que eu. – Tio Seb o lembrou.

– Exceto por isso. – ele concordou.

Eu estava a tentar estudar Adam sem o olhar. Ele era apenas dois anos mais velho do que eu, e já tinha terminado o último ano, mas parecia muito mais velho. Era um pouco mais alto do que eu, mas era magro e desportivo. Tinha o físico de um corredor.

– É herdado. – disse o Tio Seb.

– O quê? – Eu perguntei, tendo perdido o fio da

conversa. Completei o chá de todos com o bule no meio da mesa.

— Falar, é herdado. Ou isso, ou tu já apanhaste de mim.

— Acho que falei mais durante o jantar do que provavelmente desde que cheguei, há alguns dias atrás. — Encolhi os ombros. — Primeiro dia na escola, tinha muito para vos contar... sobre Peggy, a Monitora, e Harry, embora ele queira ser chamado Geers, mas Harry é mais fácil de lembrar porque tem uma gémea, Holly. Harry e Holly, mas provavelmente vocês já sabiam... e depois, o Sr. Wall foi divertido, mas eu também gostava do Sr. Meadows, ele tornou a história interessante. Aí está. — Eu podia sentir que estava a ficar vermelha. Tenho a certeza de que Adam pensava que eu era uma idiota errante.

— Os meus pais são nómadas. — disse ele, — Por isso mudei de escola seis vezes.

Ofeguei.

— Isso é horrível.

— Sim. — ele concordou. — Tudo bem se fores extrovertido, mas eu não sou. Então, pensa em mim como o teu irmão mais velho. Se alguém te incomodar, eu protejo as tuas costas.

— Obrigada. — eu já gostava dele. — Eu sempre quis um irmão ou uma irmã.

— Sim, também queria ter um. — disse ele.

Tio Seb se recostou e sorriu a observar a nossa interação.

— Estou aliviado pelo teu primeiro dia ter corrido bem, estava preocupado. — disse ele.

— Obrigada, Tio Seb. — Fiquei comovida com a sua preocupação. — Pensei em dar um passeio nas rochas. Estarei de volta antes de escurecer, se me permites?

Tio Seb se levantou, pegou no meu prato e no de Adam e os levou para a pia.

– Agora és a tua própria pessoa, Lia, confio em ti.

– Queres companhia? – Adam perguntou.

– Claro. – eu encolhi os ombros casualmente. – Podemos levar os cães, Tio Seb?

– Eles adorariam, Lia. – ele concordou.

– Vou buscar um pulôver. – disse Adam, a sair da sala.

Peguei na minha chávena de chá, fui até a pia e peguei num pano de prato, enquanto o Tio Seb enchia a pia com água quente e sabão. Ele baixou o tom de voz e se virou para mim. – Já tiveste aquela conversa sobre sexo, não?

Engasguei com a minha boca cheia de chá.

– Tio Seb!

– Eu não disse que te ia dar, mas sabes, acho que tenho de verificar o que acontece sabes quando...

– Sim. – eu o interrompi, – Obrigada, eu tenho tudo sob controle.

Ele acenou com a cabeça, a raspar os pratos.

– Ótimo. Precisas de tomar a pílula?

– O quê! A sério?

– Eu não sei, Lia, eu deveria ser responsável, mas não sou muito, bem, sou muito bom a cuidar das crianças peludas, elas estão desesperadas, mas isso é um pouco diferente. Tens que me dizer se precisares que prepare algo para ti... se não queres engravidar..., mas a Sra. Duck pode ajudar-te com esse tipo de coisas.

Eu levantei a minha mão a desejar que ele parasse de falar agora.

– Tio Seb, espera aí. Não vou engravidar, nem mesmo o vou fazer... sabes que mais... não tenho nenhuma intenção de fazer isso neste momento... e posso ir ao médico sozinha se for preciso, mas obrigada por perguntares.

– Bom, bom. – ele exalou e se virou para a pia, para lavar. – Mas é melhor vires fazer compras comigo, pelo menos na primeira vez, ou todas as vezes, se quiseres, então aprendo o que te comprar a cada semana... compras produtos especiais para meninas?

– Podemos fazer compras na mercearia juntos. – assegurei-lhe acrescentando a minha chávena de chá para lavar.

Ele suspirou de alívio e colocou um prato lavado no escorredor de pratos. Eu o agarrei e sequei.

– Graças a Deus, acabou. – disse ele. – Estive a pensar o dia todo em como levantar o assunto.

– Mesmo? Porque podias ter-me enganado apenas deixando escapar assim! – Eu o provoquei.

Ele sorriu e pareceu um pouco envergonhado.

– Bem, todo o resto deve ser fácil de agora em diante.

Adam reapareceu, com as trelas na mão, um pulôver e os cães colados perto.

– Eles já sabiam antes de eu pegar nas trelas. – disse Adam.

– Sim, tens que soletrar, não dizer. – Tio Seb nos disse. – Esquece a limpeza, eu farei isso. Vão e fiquem em volta das rochas, procurem os colares de Neptuno.

– O que é isso? – Eu perguntei, enquanto colocava o saleiro e o pimenteiro de volta no armário.

– É uma alga verde que pode chegar a trinta centímetros de comprimento e tem todas essas peças juntas que parecem como um colar de pérolas...

– É um fio de algas. – eu fiz uma careta e lancei a toalha para o Tio Seb, antes de pendurá-la. – Até logo. – disse e saí pela porta atrás de Adam, Argo e Agnes, antes que ele pudesse entrar em mais detalhes.

~

JACK

Eu estive a observá-la nos últimos dias, principalmente à noite, mas ela não me viu. Embora ela tenha me visto de relance no primeiro dia. Agora, ela vinha na minha direção, Adam ao lado dela e os cães a correrem em círculos ao redor deles. Tirou as sandálias e passou os dedos pelas alças. Eu a vi cravar os dedos dos pés na areia, aquela sensação adorável quando está frio e húmido, estranhamente bom. Ela olhou para o oceano e inalou o ar salgado, então olhou para trás, consciente da segurança da sua nova casa atrás dela.

Por um momento, foi como se ela olhasse diretamente para mim e depois se virasse para Adam. Ele estava a se inclinar para olhar para um lago de pedras e apontava algo para ela. Eles ainda não estavam confortáveis juntos, mas ele parecia estar tomando-a sob a sua proteção. Pareciam que eram irmãos, ela com os olhos azuis mais pálidos e os dele eram quase da mesma cor do azul profundo do oceano. O seu cabelo preto era liso e longo na frente, continuamente batendo em seus olhos. Ela pegou num elástico em volta do pulso e amarrou o seu próprio cabelo escuro para trás, enquanto o vento soprava ao redor deles. Eu estava perto o suficiente para ouvi-los. Os cães me sentiram e circularam.

– Queres andar por aí? – ele acenou com a cabeça para a praia.

– Sim. – Ophelia o seguiu quando ele se virou e começou a subir a praia em direção à área de natação pública e ao prédio dos salva-vidas de surf. Ele parou e esperou que ela caminhasse ao lado dele. A praia estava vazia, exceto por uma gaivota ocasional pairando acima e os grandes cães a relaxar ao redor deles. Eu os segui também, mas eles não podiam me ver.

– Então conheces a maioria dos meus professores? – Ophelia disse-lhe.

– Sim. – disse Adam. – E conheço muitos dos miúdos do teu ano, porque fazíamos desporto e dança juntos.

– Então, o que fazes agora? – ela perguntou.

– Sou aprendiz de construtor de barcos. A empresa onde trabalho constrói e adapta barcos e também fazemos reparos.

– Isso é bom. – disse Ophelia. Se ela achou isso bom, espera até que eu a apresente ao meu mundo. Ela continuou. – Tio Seb ama os seus barcos.

– Sim, não apenas os ama. – sorriu Adam. – Não o faças começar a falar... Já fiquei preso antes.

Ophelia riu. A sua risada foi quase musical. Eu poderia ouvi-la o dia todo. Adam continuou.

– Estou apenas a trabalhar nas pequenas coisas de momento, como jet skis e embarcações de lazer, nada que interessaria a Seb, mas vou trabalhar para subir. No ano passado, eles tiveram navios de guerra para trabalhar e eu adoraria fazer isso.

– Aqui?

– Não, vamos a Williamstown para isso, ou às vezes a Portland. – disse ele. – Oh, tu não és daqui... ainda é nova neste estado. Portland fica a cerca de uma hora de carro daqui e Williamstown a cerca de três horas e meia de carro.

– Certo. – ela sorriu para ele. – Ainda não tenho a certeza de onde estou agora, mas vou chegar lá. – Ela olhou para o oceano. Sentiu uma pontada no coração, que também percebi. Estava a se lembrar que não tinha mais casa. Eu, involuntariamente, toquei o meu próprio coração. Sabia o que era se sentir deslocado.

– Tenho a certeza de que encontrarás o teu caminho, eventualmente. – ele sorriu para ela.

– Tu gostas do mar, então? – Ophelia perguntou.

– Eu amo o mar. Não consigo imaginar não estar perto dele ou vê-lo todos os dias. Quando o verão chegar, esta praia estará cheia de surfistas, nadadores e pessoas a apanhar sol. – ele olhou para ela. – Tu fazes surf?

– Não.

– Nadas?

– Se eu puder tocar o fundo. – Ophelia corou. – Não sou muito peixe. – Ela vagou até a beira de uma piscina de pedra e olhou para a pequena vida dentro dela. Adam se juntou a ela e subiram mais alto. Eu queria mostrar-lhes o poder do oceano, testar Adam um pouco para ver se ele iria fugir ou ajudá-la. Isso iria mostrá-lo.

A minha onda traiçoeira atingiu a rocha com um rugido e ela caiu de susto. Adam a agarrou, ajudando-a a descer da rocha e colocá-la na areia. Ele a abaixou.

– Desculpa, isso me assustou. – ela se endireitou, com a mão no coração.

– Sim, assustou.

Eu não teria permitido que ela sofresse nenhum dano, era apenas um teste. O seu coração estava a bater muito rápido.

— Isso poderia ter me sugado para o mar! — ela olhou para a água agora calma. — De onde isso veio?

Adam balançou a cabeça.

— Não me agrada. Mas de momento não há riscos e eu estou aqui, se não, terias sido sugada para fora.

Eu a vi estremecer e ela se moveu ainda mais para a areia, longe das rochas. Os cães os circundaram novamente, Argo lambeu a mão dela, lendo o seu stresse, e ela passou a mão no seu pelo. Provavelmente não havia sido a coisa mais inteligente a fazer, criar aquela onda, as chances eram de que eu a havia deixado com mais medo do mar agora.

Eles continuaram a sua caminhada com os cães numa zona de bem-aventurança de ar fresco e espaço aberto. Eu estava a tentar ler a linguagem corporal de Ophelia e Adam, não era flerte o que eu sentia entre eles, era mais carência. Se ela gostasse dele, não se apaixonaria por mim e eu teria que tratar disso. Eu sei que as raparigas achavam que Adam Ferrier era bonito, com o seu bronzeado e constituição atlética, braços e peito fortes, provavelmente por causa do seu trabalho. Ele parecia bem. Eu sou o oposto completo, as raparigas dizem que sou atrevido e infantil, elas gostam das minhas covinhas e cabelo claro, sim, as raparigas geralmente adoram essas coisas. Voltei a observá-los.

— Então, quanto tempo vais ficar com o Tio Seb? — ela perguntou. Adam pegou num pedaço de pau e o lançou. Ambos os cães o perseguiram.

— Não tenho a certeza. — disse ele. — Como mencionei, os meus pais são errantes. — ele começou.

– Desde que nasci, estamos na estrada, eles são verdadeiros nómadas. Mas esta é a base deles, eles têm um lugar aqui e sempre voltam, mesmo que possa demorar alguns anos. Fui educado em casa e também estudei em seis escolas diferentes. Implorei a eles que me deixassem terminar o secundário num só lugar. Então, quando entrei no décimo primeiro ano, eles concordaram em ficar por dois anos.

– Isso é difícil. – disse Ophelia. – Sinto falta dos meus amigos e todos têm sido muito gentis, mas eles já têm os seus grupos.

– Eu sei. É um pouco mais fácil para os rapazes porque, se tu fores bom nos desportos, podes pelo menos sair em equipa. De qualquer forma, os meus pais concordaram em ficar até eu terminar a escola e ter as malas feitas antes do meu baile de formatura. – ele riu.

– Então, eles foram embora com o teu irmão ou irmã? – Ophelia perguntou.

– Irmãzinha. Ela tem apenas oito anos, foi uma bebé "surpresa".

– Tu não sentes a falta deles?

Pude sentir pela sua reação que sim, mas ele não iria mostrar a Ophelia o seu lado suave.

Adam encolheu os ombros.

– Às vezes. Eu poderia ter ido com eles, mas foi muito importante conseguir entrar na faculdade... mais de duzentos se inscreveram. Então, eu realmente queria fazer isso ao invés de ir para a estrada. Eles virão pelo Natal e, provavelmente, partirão novamente.

– Como vieste para o Tio Seb?

– Ele e o meu pai se encontraram algumas vezes no Museu Marítimo. Se tornaram um pouco íntimos e

Seb me ajudou com o meu pedido para a faculdade. Quando os meus pais quiseram seguir em frente, eles não queriam me deixar em casa ou com colegas de apartamento, para o caso de fazermos muitas festas. – ele sorriu. – Então, eles alugaram nossa casa por um contrato de seis meses e continuam a prorrogá-lo se ainda não estiverem prontos para voltar. Seb ofereceu a sua casa. Ele não aceita aluguel, mas eu dou dinheiro para comprar mantimentos e tento fazer um pouco pela casa, como aparar e consertar. Seb não é muito bom nisso.

Pude ler que ela estava a pensar no seu tio a cuidar de cães perdidos, dela e de Adam.

– Por que estás aqui... Quero dizer, por que te mudaste para cá? –Adam perguntou.

Ophelia pareceu surpresa.

– O Tio Seb não te contou?

– Não, ele apenas disse que a sua sobrinha viria morar com ele e decidimos que faríamos o apartamento de solteiro no andar de baixo e tu poderias ficar com o andar de cima.

– Os meus pais morreram.

– Merda.

– Sim, mata uma conversa. – ela encolheu os ombros. – Então, o Tio Seb é o meu parente vivo mais próximo. Ele é irmão da minha mãe. O pai tem algumas irmãs, mas uma está no exterior e a outra, bem, eu realmente não a conheço e ela não queria filhos.

Adam acenou com a cabeça.

– Tu poderias fazer pior. Ele é um tipo muito bom, o teu tio. – Eles chegaram ao Surf Life Savers Club e ele se virou para voltar. Eu também, para ficar com eles.

Eles pararam momentaneamente para observar vários surfistas a pegar uma onda considerável. Dois foram esmagados, rolando de ponta cabeça, enquanto as suas pranchas emergiam diante deles, um surfista pegou a onda. Ele saltou na água rasa e agarrou a sua prancha. Ao ver que tinha audiência, sorriu para Ophelia e deu a Adam um aceno relutante. Nenhum amor perdido entre aqueles dois, nunca haverá.

— Você o conhece? — Ophelia perguntou, observando o surfista alto e loiro a voltar para o oceano.

— Sim. Pronta para caminhar de volta? — Disse Adam.

Ophelia sorriu.

— O quê? — Adam perguntou, sorrindo para ela.

— Claramente não gostas dele.

Ele encolheu os ombros.

— Chayse Johann, ele está bem, um pouco cheio de si. Ele mora em Warrnambool e costuma fazer surf lá, não sei por que está aqui.

— Ondas melhores? — ela sugeriu.

Adam encolheu os ombros.

— Há um pouco de história da família com ele... mais rancor dele do que nosso.

Ophelia olhou para o mar, os cabelos do seu braço se arrepiaram. Não muito longe da praia, a água tornava-se de um azul-escuro, ameaçador e profundo. Eu amava isso. Ela também o faria um dia, assim espero.

— É incrível pensar que ainda existem navios por aí. — ela estremeceu.

— Ainda mais estranho mergulhar ao redor deles, ou assim eu ouvi. — ele riu, mas soou vazio.

Eles caminharam até que avistaram o caminho

para a casa e Ophelia chamou os cães para mais perto. Eles podiam ver Sebastian a olhar para o mar na janela do sótão, observando o pôr-do-sol no horizonte.

— Eu poderia conseguir qualquer coisa do Tio Seb, ele não tem a certeza do que devo fazer na minha idade. Até me ofereceu as chaves do carro. – disse ela.

Adam riu.

— Então, tu tens que aplicar o teu próprio toque de recolher e te mandar para o teu quarto?

— Pelos vistos.

— Pode ser divertido. – ele sorriu para ela.

Ophelia corou e eles terminaram a caminhada em silêncio.

Não se apaixone por ele, Ophelia, sussurrei enquanto caminhava ao lado deles.

CAPÍTULO 5

OPHELIA

Eu não conseguia dormir, de volta à minha velha rotina. Raramente dormia durante a noite desde que os meus pais... você sabe. Eu sinto tanto a falta deles que o meu peito dói às vezes e, então, não penso neles por algumas horas e depois me sinto terrível por ter me esquecido. Tenho uma foto de cada um deles num medalhão, sei que é antiquado, mas posso mantê-los perto, contra a minha pele.

É engraçada esta nova vida, o Tio Seb é tão adorável e parece muito bem comigo por aqui. A escola era melhor do que eu pensava e Adam... é bom ter um irmão mais velho, alguém que me protege. Estou feliz que ele não esteja na escola, é bom ter amigos de mundos diferentes. Ainda sinto que estou em destaque na escola, acho que isso vai parar quando todos se acostumarem comigo.

Ouvi o relógio no corredor bater três vezes. A sala estava muito iluminada. O luar penetrava pelas bordas da cortina e se filtrava pela rede ao redor da minha cama. A lua devia estar pendurada do lado de fora da minha janela. Levantei-me e fui até a janela, abri as cortinas. Era lua cheia e eu tinha razão, era espetacular e estava apenas a inclinar a borda do oceano. Era tão brilhante que parecia um poste de luz.

Sentei-me no amplo assento de madeira abaixo da janela saliente e puxei as minhas pernas para cima, enganchando os meus braços em volta dos joelhos. Olhei para o mar, lindo e assustador. O oceano escuro, as ondas a quebrar perto da costa e o brilho fantasmagórico da lua e, depois, eu vi-o. Eu pensei que tinha imaginado isso no primeiro dia, mas não, era a mesma figura que eu vi por alguns momentos.

Eu saltei e alcancei a cortina puxando-a quase fechada de novo, mas ele não estava a olhar para mim, ele não tinha reparado nas cortinas abertas, estava a olhar entre as pedras. Eu o estudei pela fresta da cortina, ele parecia ter a mesma idade que eu, talvez alguns anos mais velho. O seu cabelo era claro, penteado e varrido pelo vento, curto nas laterais, usava calças escuras, botas pretas e um grande macacão de malha azul-marinho. O que ele estava a fazer ali nas rochas às três... olhei para o relógio ao lado da cama... três e quinze da manhã? Eu o observei sentar-se na maior rocha e olhar para o oceano. Deve estar muito frio lá fora. Se os meus pais ainda estivessem aqui, eu nunca teria pensado em ir à praia para conhecê-lo, acho que se estivessem por perto, eu não estaria aqui de qualquer maneira. Mas talvez a sensação de entorpecimento nos últimos meses tenha aumentado a minha sensação de risco, afinal, qual é a pior coisa que poderia acontecer? Morte. Sim, eu conheci isso e já não me assustava muito.

Eu ainda estava a pensar em descer para encontrá-lo quando olhou diretamente para mim, pela janela. Eu saltei para trás, deu-me um susto infernal. Bem, é melhor descer agora que ele me viu a espreitar.

Eu, timidamente, espreitei por entre as cortinas novamente e ele tinha desaparecido! Olhei ao redor da praia e da área rochosa, e subi o caminho para a casa, mas ele tinha desaparecido, desaparecido como um fantasma.

Devo ter voltado a dormir depois de ter observado o tipo na praia, porque acordei às sete horas. Fui à casa de banho, tomei banho, vesti-me e desci para ir buscar umas torradas. Larguei a minha mochila perto da porta da frente. Tio Seb já estava acordado e sentado num banco ao lado da janela da cozinha, de onde podia ver o oceano. O seu cabelo ainda estava ligeiramente húmido do banho e estava vestido com jeans e uma camisa de manga comprida, a sua roupa de trabalho usual. Tinha uma tigela vazia à sua frente e o pacote de cereais ainda estava no balcão da cozinha. Agnes e Argo trotaram para me cumprimentar e eu beijei os dois na cabeça. Adam não estava à vista, provavelmente já tinha ido trabalhar.

– Dormiste bem? – Perguntou o Tio Seb.

– Não. E tu?

– Eu geralmente durmo. – respondeu ele. – Uma combinação de pensar demais durante o dia e o cheiro do ar salgado à noite... delicioso.

– Queres que eu cozinhe alguns ovos para ti?

– Não, mas obrigada. Estou bem com as torradas. Queres algumas?

Ele abanou a cabeça.

– Estás preocupada? – Perguntou o tio Seb.

– Sobre o quê?

— Sobre algo. É por isso que não estás a dormir? — ele se levantou, foi até a chaleira e a ligou. Pegou uma segunda chávena para mim e colocou um saquinho de chá na dele e na minha.

Encolhi os ombros.

— Não, eu simplesmente não durmo muito.

— Mas costumavas? — Tio Seb persistiu.

— Acho que sim.

Ele balançou a cabeça e despejou água a ferver nas nossas chávenas. Passei por ele e coloquei um pedaço de pão dentro da torradeira.

— Sinto muito, Lia. Eu gostaria de poder ajudar mais.

— Não precisas, Tio Seb, já fizeste muito. Eu adoro estar aqui.

— De verdade? — ele sorriu. — Isso é um alívio.

Eu sorri e desviei o olhar. Fiquei um pouco surpreendida por ele parecer genuinamente feliz por me ter aqui.

— Pensei que poderia ter-lhe cravado o estilo. — disse-lhe aceitando o chá dele, depois de ele ter adicionado o leite.

O Tio Seb troçou.

— Acho que podes ver que não tenho estilo. Argo e Agnes são meus filhos e ficamos aqui com a casa, não é?

Argo ladrou de novo ao ouvir o seu nome, e Agnes apareceu a acenar com a cabeça.

— Agora, — Tio Seb continuou, — somos uma família de cinco pessoas, a andar pela casa. — Ele voltou para o seu banco perto da janela e eu espalhei um pouco de manteiga e Vegemite na minha torrada. — Sabes que há conselheiros e médicos que lidam com a dor, se quiseres conversar com alguém que sabe o que estás a passar. – Tio Seb ofereceu. – Não seria um problema agendá-lo.

– Eu tive alguns conselheiros. – eu disse-lhe. – Eles me apoiaram antes de eu vir para cá. Já tiveste aconselhamento antes? – Sentei-me num banquinho perto dele com o meu pequeno-almoço.

Tio Seb acenou com a cabeça.

– Já fui casado.

– Mesmo? Eu não sabia disso. – eu disse.

– Eu tinha apenas vinte e dois anos. Mas a minha esposa, Meg, ela morreu e eu tive um pouco de aconselhamento.

A casa uivou e as janelas do andar de cima tremeram. Tio Seb olhou para a escada.

– Obrigado. – ele disse para a casa. Sim, positivamente estranho.

– Como ela morreu? Posso perguntar? – Bebi o meu chá.

– Ela afogou-se. – Tio Seb engoliu e olhou para fora da janela. – Ali fora. – disse ele.

Eu engasguei sem pensar, a sua resposta foi um choque.

– Muito cedo em uma manhã. – Tio Seb explicou. – Não sei por que ela estava nas pedras ou o que aconteceu, mas alguém a viu cair, e quando correram para ajudá-la, não conseguiram encontrá-la. Ainda estava escuro, pouco antes do amanhecer. – ele encolheu os ombros.

– Isso é horrível. – eu disse olhando para a rocha traiçoeira. – Encontraste Meg, eventualmente?

– Ah, sim, mais tarde naquele dia, ela deu à praia. Muito estranho, ela era uma nadadora competente.

– Ela deve ter escorregado, talvez batido a cabeça... – Eu me esforcei para dizer algo certo. Sabia por experiência própria que era difícil dizer a coisa certa. – Quanto tempo vocês ficaram juntos?

– Começamos a namorar no último ano do secundário, nos casamos depois da universidade e ela morreu dois anos depois disso. – disse o Tio Seb. Ele pronunciou as palavras sem emoção, como se tivesse dito isso mil vezes.

– Isso é terrível... – disse eu, – Terrível. – não havia nenhuma foto de Meg ou dos dois na casa.

– Já faz muito tempo agora. – Tio Seb disse, enquanto se levantava. – Entendo por que não estás a dormir, Lia. Mas vais de novo, eu prometo.

Ouvimos uma comoção na porta e Argo e Agnes saltaram e começaram a latir. As suas caudas balançavam furiosamente quando Harry e Holly apareceram na janela. Holly acenou e o Tio Seb os deixou entrar.

– Ei, pensei em irmos todos para a paragem juntos. – disse Harry.

– Ótima ideia. – Tio Seb disse. – Deixa esses pratos, Lia. – ele me orientou, quando comecei a ir para a pia. – Eu tenho muito tempo.

Holly estava a brincar ao cabo de guerra com Argo.

– Foi ideia minha. – disse ela. – Passamos por aqui todos os dias se quiseres encontrar-nos no portão.

– Teria sido ideia minha se não tivesses me vencido. – Harry interrompeu a sua irmã gémea.

Eu sorri e olhei para o Tio Seb, que estava a balançar a cabeça para os dois.

– Vês o que tenho que aguentar todos os dias. – Holly revirou os olhos. – Onde está o Adam?

– Ele saiu para trabalhar. – disse o Tio Seb.

– Tens o teu almoço? – Harry me perguntou, enquanto pegava na minha mochila perto da porta.

– Ah, almoço! Eu não pensei nisso. Ainda não preparei nada para ti, Lia. – Ele foi para a cozinha.

– Está tudo bem, Tio Seb, de verdade. Não como lanche desde a escola primária, mas obrigada. – assegurei-lhe.

– Vou te levar um lanche se não quiseres. – Harry saltou.

– Dinheiro então, precisas de comprar o almoço. – ele se dirigiu ao

escritório.

– Estou bem, realmente, tenho dinheiro. – gritei atrás dele, parando-o no seu caminho. – Adeus, Argo, adeus Agnes, até logo, Tio Seb. – empurrei Harry para fora da porta na minha frente e parei para deixar Holly ir em seguida.

– Sim, adeus Tio Seb. – Harry falou alto.

Eu ouvi o Tio Seb rir. Aposto que ele se perguntava no que se meteu. No final do caminho, olhei para trás e o vi a olhar pelas janelas, um cão de cada lado e a casa parecendo surpresa, acenei para ele.

~

HOLLY

Ela parecia cansada, a nova rapariga, engraçado como a nova pessoa é sempre conhecida como a nova pessoa, até que alguém mais novo apareça. De qualquer forma, os seus olhos estavam escuros. Eu colocava um lápis de maquilhagem preto ao redor dos meus, para ficar com uma aparência escura, mas ela estava tão pálida que os seus olhos simplesmente se destacavam. Sentamos uma ao lado da outra no autocarro e Harry se lançou no assento à nossa frente, estendeu-se sobre ele e virou-se de lado para não perder a conversa. Eu poderia dizer que ele já gostava dela. Não consegui ler Ophelia, mas não acho que Harry estava na sua zona. Decidi descobrir quem estava na sua zona.

– Então, falaste com Adam? – Perguntei.

– É muito difícil não o fazer quando ele mora lá com ela. – Harry saltou.

Ophelia assentiu e disse em voz baixa.

– Levamos os cães para passear na praia ontem à noite.

– Mesmo? Estou com tantos ciúmes. – Acho que gritei e baixei a voz. – Eu tenho uma queda por Adam Ferrier desde... bem, desde sempre! Ele é lindo, aqueles olhos azuis sonhadores e profundos, e um sorriso fofo. – eu sonhei acordada por um momento, então lembrei que não estava sozinha. – Metade das raparigas da escola têm uma queda por ele, ou pelo menos, tinham quando ele estava na escola. Ele andava a sair com a Vanessa Jones no ano anterior, mas eles se separaram.

– O que as raparigas veem nele? Quero dizer, o que ele tem que eu não tenho? – Harry nos interrompeu. Olhei para o meu irmão gémeo, com o seu cabelo ruivo e sardas, os seus olhos verdes e o nariz ligeiramente fora de proporção. Seja como for, alguém iria se apaixonar por ele eventualmente. Eu o ignorei e voltei a minha atenção para Ophelia. – Gostas dele?

– Claro. – respondeu Ophelia. – Ele disse para pensar nele como o meu irmão mais velho e que sempre me protegeria. Gosto disso.

– Prefiro pensar nele como um namorado. – disse eu. – Se queres o meu conselho, não deixes que ele te veja logo de manhã... não queres assustá-lo muito cedo.

– Mas estamos todos a morar juntos... bem como a extensa família de vadios do Tio Seb. – ela sorriu.

– E tenho a certeza de que o cabelo de Lia está melhor do que o teu de manhã. – acrescentou o meu irmão. Eu continuei a ignorá-lo.

– Eu gostaria de poder estar tão perto dele. – suspirei novamente. – Eu até amo o nome Adam. Adam... Adam e Holly, Adam e Holly Ferrier.

– Desiste. – disse Harry me trazendo de volta à terra.

Ophelia começou a rir e eu me juntei a ela.

– Apenas certifique-se de não o manter do lado de fora perto da meia-noite. – Harry murmurou.

Eu acotovelei Harry e lhe dei um olhar de advertência. Acho que Ophelia não viu.

~

OPHELIA

Harry, Holly e eu estávamos na mesma turma em quase todas as disciplinas, exceto que eu tinha contabilidade enquanto eles estudavam biologia e estávamos todos em equipas de desporto diferentes. Tive um pouco de pena da Holly, as suas duas melhores amigas partiram no final do décimo ano, uma assumiu o papel de aprendiz de chef e a outra foi para Sydney com os seus pais, depois que seu pai mudou de emprego. Ela ainda via Sally, a aprendiz, nos fins de semana, mas estava quase tão perdida quanto eu, era bom para nós duas termos um vínculo.

Eu vinha da aula de biologia e quando entrei na aula de história, Holly e Harry ainda não tinham chegado. Respirei fundo e continuei a entrar. Temia entrar numa sala e ter que encontrar um lugar para sentar e tentar não tomar o lugar de outra pessoa, ou parecer patética e me sentar sozinha.

Fiquei aliviada ao ver Peggy sentada no canto, ela acenou para mim e apontou para o lugar ao lado dela.

– Eu sei o que estás a pensar. – Peggy começou a falar, antes que eu pudesse dizer olá. Eu sorri em saudação e caí ao lado dela.

No que é que estou a pensar? – Perguntei. Eu tinha a certeza de que Peggy não iria adivinhar que eu estava a pensar em Adam e aquele tipo que vi nas rochas às três da manhã. Quem era ele?

Peggy respirou fundo e disse com confiança:

– Estás a pensar em qual tópico de projeto deverias escolher neste período? Eu também, mas acho que já resolvi.

– É claro. Eu, definitivamente, pensaria sobre isso em breve. – eu concordei, qualquer dia agora, com certeza. Peggy estava prestes a continuar quando um homem robusto e atarracado entrou na sala. Meia dúzia de alunos, incluindo Harry e Holly, correram atrás dele antes que fechasse a porta. Holly acenou na minha direção e sentou-se perto da porta.

– Acabei de conseguir. – ameaçou o professor.

– Este é o Sr. Meadows, nós o tivemos em história o ano passado também. – sussurrou Peggy.

– Um pouco de silêncio. – ele pediu. – Tempo de seleção do projeto para o período!

A classe gemeu.

– Sim, eu sabia que vocês também ficariam animados. – Ele olhou ao redor da sala. – É bom ver um novo rosto. Bem-vinda, senhorita?

– Ophelia... Ophelia Montague. – eu disse, novamente.

– Ah, agora há um nome da história, história literária pelo menos... do Hamlet de Shakespeare. Mas todos vocês sabiam disso, é claro. – ele sorriu indulgentemente.

Peggy assentiu. O resto da classe parecia em branco.

O Sr. Meadows continuou.

– Então, aqueles de vocês que estiveram na minha classe no semestre passado, que são todos vocês exceto a Ophelia, saberão que temos um teste, um projeto individual e um projeto de equipa para avaliação. Neste semestre, vocês farão os vossos projetos individuais. Têm uma semana para me dar os vossos tópicos para aprovação.

A turma gemeu novamente.

– Alguém, além da Peggy, sabe o que está a fazer? – Perguntou Meadows. Peggy pareceu surpresa. – Eu só estou a supor que resolveu isso? – ele lhe disse.

Ela assentiu.

– Eu estava a pensar sobre de que forma a Terceira Guerra Mundial poderia assumir se houvesse uma, e como seria diferente da Primeira e da Segunda Guerra Mundial, você sabe, armas melhores, quem pode ser o inimigo e o aliado. Isso é bom? –

Peggy perguntou, parecendo preocupada. Tenho a certeza de que ela é provavelmente a melhor da turma, mas sempre se preocupava.

— Mais do que bom, isso é ótimo. Mas se você achar que fica muito grande, basta selecionar uma das guerras para compará-la... talvez a última, a Segunda Guerra Mundial, já que era mais sofisticada em armamentos e guerra, supostamente. — disse o Sr. Meadows.

Algumas mãos se ergueram.

— Russell McCannes, é a sua mão que vejo diante de mim? Deixe-me sentar antes que o choque me mate. — o Sr. Meadows dirigiu-se a uma cadeira.

A turma riu e Russell sorriu.

— Vou discutir se as Nações Unidas têm um papel de manutenção da paz... ou se são apenas um desperdício de espaço.

O Sr. Meadows abanou a cabeça, concordando.

— Formulado de forma tão eloquente. Isso soa bem, Russell, muito bem, permissão concedida. — Olhou para as poucas mãos restantes e apontou para uma rapariga indiana atraente na fila da frente. — Nami, qual é o teu tema proposto?

— Eu penso em falar da ascensão da Índia e da China como possíveis superpotências, professor. — disse ela.

— Adorei Nami, vá em frente.

Ele olhou para mim.

— Então, Ophelia, estes são tipos de tópicos que precisamos para o projeto. Todos têm até esta sexta-feira para apresentar a sua ideia.

— Eu tenho uma ideia, professor. — eu disse. Que diabos, é melhor acabar com isso.

— Bom, conte...

– Só para me familiarizar com a área, eu ia estudar a história dos naufrágios nesta costa oeste e ver o quanto foi erro humano. Provavelmente, isso já foi feito muito antes, embora eu acho... – eu encolhi os ombros.

– Há muito material por aí, mas acho que pesquisar o que foi erro humano, o que foi um ato de Deus, como o clima, e o que foi erro estrutural, como a falha dos navios e materiais, seria uma comparação interessante. Muito bem. – disse ele, impressionado. – Há alguns alunos com quem deve falar que são descendentes de famílias de naufrágios. Alguém nesta classe?

Garth Dart ergueu a mão.

– Nós somos descendentes do *Júlia*, professor. William Dart era o capitão e meu familiar.

A turma riu novamente. Pelo menos as aulas do Sr. Meadows seriam animadas.

– Qual é a história do *Júlia*, então Garth? – O Sr. Meadows continuou.

– Ele perdeu o leme em mares agitados, professor, e bateu com força contra as rochas. Uma baleeira com seis homens a bordo saiu para ajudar e toda a tripulação do *Júlia* sobreviveu, mas seis dos baleeiros morreram ao ajudar a resgatá-los.

Vários alunos ficaram boquiabertos.

– Bem, obrigado por essa alegre história, Garth. – disse o Sr. Meadows. – Aqui está Ophelia, converse com Garth. Além disso, no ano acima está Chayse Johann. Ele perdeu parentes distantes no *La Bella*.

– E ele é lindo. – uma das raparigas na minha frente deu uma risadinha.

– E ele é lindo, obrigado, Jane, isso será uma grande ajuda para Ophelia com o seu projeto. – o Sr.

Meadows provocou e Jane ficou vermelha. – Certo, – ele continuou, – Vamos começar com o tema de hoje, o mundo no início do século 20.

A turma gemeu novamente.

Depois da aula, Peggy me convidou para almoçar e fomos para a área comum. Sentamos sob uma árvore enorme à sombra.

– Aquele ali é Chayse Johann. – Peggy acenou com a cabeça na direção de um estudante loiro, alto e bonito, cercado por um grupo de outros estudantes bonitos, e uma rapariga em particular pendurada nele. Tinha cabelo até aos ombros e era bronzeada e atlética.

Harry e Holly se lançaram na relva ao nosso lado.

– Para quem estamos a olhar? – Holly perguntou.

– Chayse Johann. – disse Peggy. – Sabes, o Sr. Meadows disse que Ophelia deveria conversar com ele sobre o projeto do naufrágio.

– Eu falaria com ele se pudesse. – disse Holly, – Mas não posso falar na presença dele. Fico com a língua presa.

– Então ele é alto, desportivo, loiro e rico. – Harry encolheu ombros. – Grande coisa.

– Sim, grande coisa. – disse Peggy, batendo os cílios para Harry. *Ah ah, Peggy gosta de Harry e Harry... parece alheio. Eu terei que trabalhar nisso, sim, trabalhar rápido... daqui por alguns dias, tenho os moradores selecionados, conheci um tipo na praia e estou a emparelhar Peggy e Harry. Faz te perguntar como eles sobreviveram antes de eu chegar, eu brinquei comigo mesma e, então, senti uma onda de saudade da minha melhor amiga.*

Eu ouvi uma risada estridente subir do grupo de Chayse e todos nós olhamos novamente. As raparigas do seu grupo olhavam para ele adoravelmente e uma delas aconchegava-se mais perto dele, ela era linda. Acho que não vou perguntar nada a Chayse Johann. Não consigo imaginar atravessar o grupo para chegar perto o suficiente e lançar uma pergunta sobre ele.

— Eu o vi por aí. — eu disse e puxei a minha saia para baixo enquanto esticava as pernas na minha frente, na relva. — Ele estava a fazer surf ontem à tarde e pegou uma onda até o fim. Disse olá, mas deu a Adam um olhar um pouco tímido.

— Sim, nenhum amor perdido ali. — disse Harry.

— Porquê? — Eu perguntei, olhando para Chayse novamente.

— Longa história. — Harry começou antes que Holly o interrompesse com uma bisbilhotice.

— Aquela linda rapariga pendurada no Chayse é a sua namorada, Imogen Harper... ela é tão dona de si. Por que as raparigas bonitas sempre têm que ser donas de si? — Holly suspirou.

— A Amber não é. — disse Peggy. — Nem a Alice.

— Sim, é verdade. — concordou Holly.

— Nem vocês as três. — disse Harry.

Todas nós olhamos para ele e sorrimos. *Tranquilo, Harry*. Eu não conhecia as raparigas sobre as quais elas estavam a falar, mas estudei Imogen Harper, a namorada de Chayse. Ela era linda, um tipo de praia com cabelo loiro, super magra com um bronzeado brilhante e natural, mas era mais alta do que a maioria da minha turma e do último ano. Tinha um corpo que provavelmente ficava ótimo de biquíni.

— Ela combina com Chayse. — eu disse, — Eles ficam bem juntos, como Barbie e Ken. — Olhei para os meus próprios braços brancos da "cidade". — Eu pareço mais uma vampira do que uma surfista.

– Os vampiros estão dentro. – Harry me assegurou. Dois elogios, mais ou menos. Harry iria vencer com charme, se nada mais.

– Tu e a Imogen têm algo em comum, os vossos nomes são de peças de Shakespeare. – disse Peggy. – Damasco seco? – ela ofereceu um pacote e todos nós pegamos um.

– Terás que passar pela Imogen e seu rebanho para chegar a Chayse. – Holly disse, ignorando a conexão literária. – Ela está sempre com ele, muito territorial.

– Mas ela é linda. – eu disse o óbvio. – Certamente tem tipos atrás dela também. Não pode ser tão insegura a ponto de ter que se pendurar nele.

Holly encolheu os ombros.

– Talvez ele não a faça se sentir segura. – disse Peggy, com grande sabedoria. Todos nós nos viramos para olhar para ela e ela corou. – Isso é o que acontece em *The Bold And The Beautiful*. Elas ficam realmente pegajosas até conquistarem o tipo.

Suspirei olhando para Chayse.

– Sim, bem, posso viver sem a sua versão dos eventos de naufrágio. – bem quando eu disse isso, ele olhou bem para mim. Por algum motivo conhecido apenas pelo universo, ele deve ter me reconhecido da praia ontem e ergueu a mão num aceno. *Muito bem, rapariga nova... ótima maneira de fazer novos amigos.* Senti que todos se viraram para olhar para mim. Eu sorri e acenei de volta e desviei o olhar muito rapidamente.

– AI MEU DEUS! – Holly disse: – Chayse acabou de te acenar... e tu deverias ver o olhar mortal que a namorada dele está a dar-te.

Peggy sorriu.

– Já tens um admirador, Lia!

Balancei a cabeça.

– Não, ele só me reconheceu da praia ontem. Eu sou apenas aquela rapariga que estava com Adam.

– É bom ter um admirador, no entanto. – Peggy disse, puxando a sua longa trança escura e olhando na direção de Harry novamente. – Sabes que o primeiro baile é daqui a dois meses.

Harry gemeu.

– Isso significa que tenho de começar a me esconder agora... Paige Stark estará atrás de mim.

Peggy franziu a testa. Harry não conseguia vê-la.

CAPÍTULO 6

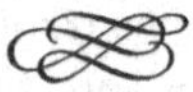

JACK

Ophelia não podia me ver, mas assim que ela ficou em frente à praia, eu a avistei enquanto ela subia o caminho para a porta da frente da que agora é sua casa. Ela sorriu ao ver Argo e Agnes deitados no calor do sol, de cada lado da porta. Tinha um sorriso bonito, mas o seu rosto estava tão pálido que parecia positivamente translúcido. Argo e Agnes a viram e correram pelo caminho para saudá-la com uma rodada rouca de latidos e energia. Ela parecia realmente encantada em vê-los e largou a mochila para abraçar os dois.

– O Tio Seb está em casa? – Eu a ouvi perguntar aos cães e olhei para a janela do escritório dele, à direita da porta. Ao ouvir o barulho, ele apareceu na janela e acenou.

Ophelia pegou na sua mochila e abriu a porta, mas ela se abriu facilmente. Os cães a seguiram. Fiquei do lado de fora, a ouvir, mas não via. A casa gemia, podia sentir que estava por perto.

– Olá, Lia. – ouvi Sebastian chamar do corredor. – Eu tenho uma vídeo conferência em cinco minutos, então estarei ausente por cerca de meia hora.

– Tudo bem. – ela gritou de volta e eu a ouvi subir as escadas, dois degraus de cada vez, até ao seu piso e seu quarto. Ela gritou: – Posso levar Argo e Agnes para passear na praia?

– Com certeza, obrigado! – Sebastian respondeu de volta.

Excelente. Recuei pela estrada em direção à praia, à espera de que ela aparecesse. Eu estive à sua espera o dia todo, incapaz de tirá-la da minha mente desde que a vi emoldurada pelo luar na janela na noite passada, ela estava linda e fantasmagórica.

Em poucos minutos, ela reapareceu vestindo leggings cinza justas de três quartos, uma sweatshirt preta enorme, o cabelo amarrado para trás e aparecendo através de um boné de basebol preto. Na porta da frente, enfiou os pés nas sapatilhas de lona branca, agarrou a trela dos cães, que eram mais para mostrar e dizer, caso fosse necessário e, fechando a porta atrás dela, foi para a praia. Os dois cães sacudiram o rabo com entusiasmo e a flanquearam como cães de guarda.

Eu caminhei na sua sombra. A vi parar ao chegar ao fim do caminho e à entrada da praia, tirar os sapatos e aproveitar a areia fresca entre os dedos dos pés. Ela respirou profundamente, o ar estava cheio de sal, tão espesso que quase se podia cortar. Os cães pararam obedientemente e esperaram por ela. Se dirigiram para a areia firme. Para cães grandes, eles se moviam bem. Agnes e Argo perseguiram um ao outro, correndo para a beira da água. Ophelia olhou para a esquerda e para a direita, e decidiu andar na direção oposta à sua caminhada com Adam na noite anterior. Os cães correram na frente.

Eu caminhei perto dela. Sussurrei o nome dela no

vento. Ela virou bruscamente para a esquerda e depois para a direita, mas não conseguiu me ver. A sua mão alcançou o medalhão em torno da sua garganta e ela o tocou, acreditando que o som que ouviu era dos seus pais. Eu podia ler os seus pensamentos e a sua energia. Ela estava satisfeita com o tempo sozinha, sua hora de pensar nos seus pais. Ela sorriu para os cães, que se divertiam enquanto corriam de volta para o lado dela e de volta para a beira da água. No mar, ela podia ver um navio no horizonte e sabia que Sebastian ficaria animado assistindo da janela do seu escritório. Mais abaixo na praia, alguns corredores passaram por nós, mas, fora isso, a praia estava quase totalmente deserta. Nesse ponto, os surfistas estavam a pegar as ondas restantes do dia.

Isto era bom, muito bom, apenas nós dois e Agnes e Argo. Eu senti como se a tivesse só para mim. Ela respirou fundo novamente e seguiu os cães até a beira da água, para caminhar na areia mais firme. Eu podia fazer isto todos os dias, Ophelia. Podíamos fazer isto juntos. Como protetores treinados, Agnes e Argo se revezavam para voltar e verificar como ela estava, nem iam muito longe. Talvez eles tenham me sentido, Ophelia também, ela estremeceu ao caminhar por uma bolsa de ar frio. Caminhou por quinze minutos ou mais, a brisa do oceano gentilmente afastava o cabelo do seu rosto e mascarando-a com spray de água salgada. Ao se aproximar do ponto, ela viu um grupo de seis pessoas na praia a observar os surfistas. Ophelia estremeceu, estava frio lá fora, eles eram obstinados. Ela chamou os dois cães e, quando eles se juntaram a ela, disse-lhes que era hora de voltar e eles começaram a caminhar para o outro lado.

Enquanto eu caminhava, atrás dela, nós os dois

ouvimos a chamarem pelo seu nome. Eu sabia quem era, como abutres, esses homens a procurar novas presas. Primeiro Adam Ferrier, agora Chayse Johann. Ele estava a sair da água, a prancha de surfe debaixo do braço. Ele chamou pelo nome dela novamente.

– Ophelia, espera.

Ela parou e os cães se juntaram a ela. Esperei perto enquanto Ophelia o observava a subir a praia e puxar a alça da prancha de surfe da sua perna. Ele largou a prancha na areia, agarrou a toalha e correu na sua direção. Senti o coração de Ophelia disparar, ele era alto, bonito e brilhante, a pele bronzeada molhada e o cabelo penteado para trás. Ela podia ver por que ele era o galã da escola, mas não o tipo dela, eu tinha certeza disso.

– Ei. – ele a alcançou. – Não nos conhecemos oficialmente, sou o Chayse.

– Olá, eu sou a Ophelia. – ela ofereceu a sua mão.

A grande mão bronzeada dele a envolveu.

– Eu sei. Não recebemos muitos alunos recém-chegados na escola no 11º ou 12º ano, especialmente no meio do ano. Quando chegaste? – perguntou ele. Passou a mão pelo cabelo e sacudiu o excesso de água.

– Na semana passada. Tu és bom. – ela disse com um aceno de cabeça para as ondas.

– Sim, bem, eu gostaria de ser. Tenho feito surfe desde que comecei a andar.

Ophelia sorriu-lhe sem saber o que dizer.

– Estás a morar com o Sebastian. – ele disse mais como uma declaração do que como uma pergunta.

– Sim, ele é meu tio. Foi bom o suficiente para me aceitar.

– Sim, eu ouvi sobre... bem, me desculpa. –

Chayse disse. Ele olhou para ela com sinceridade e sustentou o seu olhar.

Ophelia acenou com a cabeça.

– Obrigada. – Ela olhou de volta para o mar. Limpou a garganta, e perguntou: – Posso pedir um favor? – Argo se aproximou e ficou ao lado dela e Ophelia passou a mão sobre a cabeça sedosa de Argo.

– Tão cedo? – ele sorriu.

Ophelia ficou vermelha.

– Não é grande coisa se não quiseres.

– Pergunta à vontade.

– Estou a fazer um artigo para a aula de história, sobre a história dos naufrágios da área, sua causa e efeito, e o Sr. Meadows disse que tu és um descendente com um antepassado naufragado e podes me contar a tua história. – Ophelia encolheu os ombros. – Mas só se tiveres tempo e quiseres... não é grande coisa...

Ele a cortou.

– Um prazer. Talvez neste fim de semana possamos conversar, se tu estiveres livre?

Ophelia acenou com a cabeça.

– Isso seria ótimo. Não conheço muitas pessoas aqui ainda, então estou livre o tempo todo no momento.

Chayse riu.

– Ainda bem que me encaixaste.

O meu coração deu um salto. Eu queria Ophelia para mim neste fim de semana. Desejei que ele fosse embora.

– Acho que tu és desejado. – disse Ophelia. Eu a vi olhar para trás de Chayse, para ver a sua namorada loira deslumbrante e linda, num biquíni branco muito pequeno e parte superior cortada. Claramente, ela estava alheia ao frio enquanto estava perto da sua toalha a olhar para eles à distância, com as mãos nos quadris. Ela era mais o tipo dele do que Ophelia, espero que ele se lembre disso.

Ophelia ergueu a mão e acenou para Imogen, que foi retribuído com relutância. Boa jogada, no entanto. Chayse olhou para trás e depois de volta para Ophelia. Ele parecia irritado, passava a mão pelo rosto e pelos cabelos.

– Tenho que ir para casa, obrigada por concordar em ser o meu objeto de pesquisa. – ela sorriu e se virou, levando Argo e Agnes para casa.

– A qualquer hora. – ele disse atrás dela. – Te vejo amanhã na escola, podemos trocar os números então.

Ophelia olhou para trás, acenou com a cabeça e sorriu. Ela caminhou ao meu lado, me sentindo e tocando o seu medalhão novamente. Os cães correram à frente. Depois de um minuto ou mais, ela olhou para trás para ver a namorada de Chayse a se envolver sobre ele, reivindicando o seu território. Era hora de apostar no meu.

CAPÍTULO 7

OPHELIA

Eu o vi novamente naquela noite, bem cedo pela manhã. Era como se ele controlasse a lua e iluminasse o meu quarto. Sua luz vazava pelas cortinas, pendurada na frente da nossa casa, no meio do oceano. Passava um pouco das três horas quando me mexi e decidi levantar. Às vezes, quando não consigo dormir, a única resposta é me levantar e fazer alguma coisa. Eu tinha que manter o barulho baixo para não acordar o Tio Seb, o Adam e as crianças peludas.

Decidi sentar na janela saliente do meu quarto novamente e observar o oceano, talvez visse um navio no horizonte ou algum dos arrastões a chegar. Puxei uma calça de treino e um pulôver de tricô sobre a minha camiseta e calcinha e, abrindo um pouco da cortina, deslizei para o banco da janela saliente. Eu me virei para olhar para baixo e saltei de medo. Ele estava ali de novo, o mesmo tipo, desta vez parado nas pedras, a olhar diretamente para mim, as mãos nos bolsos do casaco, como se esperasse que eu aparecesse.

O meu coração estava a bater tão rápido de susto.

Eu podia facilmente ver o seu sorriso, como se estivesse a gostar da piada. Ele olhou para as pedras um pouco envergonhado e depois voltou a olhar para mim. Usava uma jaqueta longa, como uma jaqueta militar que ia até aos joelhos, com calças escuras e botas pretas. Parecia incrivelmente bonito. O seu sorriso era contagiante, um pouco atrevido, e então ele ergueu a mão e me chamou para baixo.

Senti um arrepio de medo e excitação. Mordi o lábio enquanto pensava nisso, ele poderia ser um assassino de machado, ou então, poderia me atacar e no dia seguinte toda a gente diria como eu fui estúpida por estar ali nas rochas àquela hora. Ele inclinou a cabeça para o lado, como se estivesse a tentar ler os meus pensamentos, então olhou para as rochas novamente, pontapeou algo com a bota e enfiou as mãos no casaco esburacado, se virando para olhar o mar.

Eu saltei. Ia conhecê-lo. Calcei as minhas sapatilhas e peguei no armário uma longa jaqueta impermeável preta que o Tio Seb tinha me dado à minha chegada. Amarrei e cuidadosamente abri a minha porta, embora não houvesse nenhum ruído. Desci as escadas e encontrei Argo na parte inferior. Dei uma palmadinha nele e ele voltou para a sua cama. Abri a porta, escapei e me movi rapidamente pelo caminho até a beira da praia. Esperava que ele tivesse ido embora novamente enquanto eu caminhava pela areia e virei à direita em direção às rochas e piscinas naturais. Mas lá estava ele, a caminhar de rocha em rocha, curvando-se e passando a mão pelas piscinas naturais. Ele me avistou e ficou em pé. Estremeci de frio, ou talvez de expectativa. Devo estar louca por sair para encontrar um tipo na praia, às três da manhã. Quem faz isto, sem ser naqueles filmes de terror que assistes por entre os dedos e gritas "acende a luz" ou "não entres aí, volta, volta!" Eu estava a me deixar levar. Ele parecia tão nervoso quanto eu e deu um lindo sorriso. Era um pouco mais alto do que eu e pálido também. Eu podia ver uma cicatriz perto da sua sobrancelha e o topo de uma tatuagem no seu pescoço, o resto da tatuagem desaparecia sob a linha da sua jaqueta.

–Olá, rapariga do luar. – ele disse num tom caloroso.

Eu sorri.

– Ophelia. – eu disse-lhe.

Ele repetiu o meu nome.

– E tu és? – Perguntei.

– Prazer em conhecê-la, finalmente. – ele disse. – Eu pensei que tu nunca virias. Sou Jack. – Ele estendeu a mão. – Jack Denham.

Peguei a sua mão e não posso explicar o que aconteceu. Foi algum tipo de conexão. Parece loucura dizer, mas era como se eu sempre o tivesse conhecido, como se eu precisasse conhecê-lo. Então, ele soltou a minha mão.

～

JACK

Ela era linda. Eu soube, no momento em que coloquei os olhos nela, que a teria, mas quando nos tocamos fiquei um pouco sobrecarregado pela eletricidade, tive que soltar a sua mão. Tenho a certeza de que estávamos destinados, algumas pessoas não acreditam nisso, mas sempre acreditei que as almas são feitas aos pares. Todas as outras pessoas que conheces são apenas uma experiência de aprendizado, mas uma pessoa é feita apenas para ti e tu não queres perder a oportunidade de estar com ela.

— Por que estás acordado a esta hora? — ela perguntou. — Eu já te vi antes, não foi?

— Tu me viste então? — Eu perguntei.

Ela assentiu.

— Eu pensei que estava a ver um fantasma.

— Isso é uma coisa má? — Eu a provoquei.

Ela sorriu novamente, mordeu o lábio inferior e olhou para o mar. Eu a observei, não querendo tirar os meus olhos do seu rosto.

— Eu poderia te perguntar a mesma coisa... o que tu estás a fazer acordada a esta hora?

— Eu acho que nós dois somos almas inquietas. — ela encolheu os ombros.

— Eu me sinto calmo agora. — eu disse-lhe.

Os seus olhos procuraram o meu rosto, ela não tinha a certeza sobre mim ou por que sentiu a química, mas eu sabia que ela sentia também. Eu ofereci a minha mão para ela.

— Vens sentar-te comigo na rocha por um tempo e observar um pouco a lua e as marés? Não precisamos de conversar, se não quiseres.

Ela parecia surpresa, como se eu tivesse lido os seus pensamentos, o que eu fiz.

— Isso seria bom. — ela suspirou muito suavemente. — Quando és novo em um lugar, toda a gente quer falar e ouvir a tua história.

— E contá-la é como abrir uma ferida. — eu disse.

– Tu sabes... sobre mim? – a sua testa franziu quando ela olhou para mim.

– Não, – respondi, – Mas sei sobre mim.

– Oh. – ela disse, percebendo que eu poderia não querer compartilhar a minha história. Ela deu um passo na minha direção e colocou a sua mão na minha. Eu a conduzi pelas rochas e a guiei, enquanto ela saltava sobre algumas das pequenas piscinas naturais.

– Tu tens um leve sotaque. – ela estreitou os olhos me estudando. – Ou falas... bem, formalmente.

– Eu não percebi. – eu encolhi os ombros.

– É bom. – ela me assegurou. – Tu és daqui?

– Eu sou. – eu disse-lhe. Já estava aqui há muito, muito tempo.

Ela caiu em mim uma vez e eu, relutantemente, a endireitei.

– Desculpa. – ela corou.

– Eu não. – eu disse, fazendo-a corar ainda mais. Escolhi um local que sabia que permaneceria alto e seco e onde a lua pareceria mágica, e ficamos sentados ali até ao amanhecer.

Quando ela teve que ir, ajudei-a a voltar para a areia. A observei sair antes que Adam e o seu tio acordassem e a casa entrasse em ação. Eu tinha ido embora antes que ela olhasse pela janela do quarto para mim, mas eu sabia que ela iria olhar. O nosso vínculo era para acontecer e eu já sentia falta dela.

CAPÍTULO 8

OPHELIA

— Não paraste de bocejar a manhã toda. — Peggy me acotovelou na hora do almoço. — Ficaste acordada até tarde a estudar?

Harry gozou.

— É a segunda semana do semestre!

— Só porque não estudas, não significa que as outras pessoas não estejam a estudar. — disse Holly ao irmão gémeo.

Eu vi Peggy a acenar com a cabeça. Ela estava hesitante em ir contra Harry, mas concordou com Holly. Percebi que ela estava a experimentar alguns penteados diferentes, agora que estava mais próxima a Harry através de mim. Acho que Harry continuava sem a noção dos seus encantos.

— Houve uma briga na noite passada. — disse Harry, salvando-me de ter que explicar os meus acontecimentos noturnos para Peggy.

— Sim, e Adam ficou pior. — acrescentou Holly. Ela pegou o elástico do seu pulso e amarrou o seu cabelo loiro descolorido para trás enquanto um vento leve soprava entre nós.

As minhas orelhas se atentaram com a menção do nome de Adam.

– O que aconteceu? Adam está ferido? Mas ele estava em casa ontem à noite.

Harry assumiu a narração da história.

– Deve ter saído por um tempo, por volta das nove, foi na frente do clube de surf, Adam e Chayse outra vez, mas Adam levou a pior. Ele está bem, foi caminhando para casa.

– Eu não o vi esta manhã..., mas ele apareceu cedo ontem à noite. Deve ter voltado. – Tentei me lembrar. – Por que eles estavam a brigar? –Procurei Chayse e o seu grupo no terreno, mas não consegui vê-los.

Harry olhou para Holly e de volta para mim, e encolheu os ombros.

– Eu não sei realmente, algum rancor familiar que vem de há muito tempo.

Franzi a testa.

– Mas... Eu não entendo.

Holly interveio.

– É complexo.

Peggy revirou os olhos.

– O excelente ancestral de Adam, chamado William Ferrier, salvou alguns dos marinheiros do *La Bella*, mas não conseguiu salvar um dos parentes de Chayse. Ele e os outros resgatadores só puderam alcançar alguns por causa do tamanho do mar.

– Bem, isso dificilmente é culpa do Adam e tenho a certeza de que o William salvou tantos quanto pôde. – eu disse. – A sério, eles estão a brigar por causa disso?

– Não. – continuou Peggy. – A viúva do ancestral de Chayse mudou-se para cá, para que pudesse ficar perto de onde o seu marido deu o seu último suspiro, romântico, hein? – ela disse, com um olhar para Harry, e então continuou. – Ela já tinha três filhos, então o nome Johann continuou nesta cidade. Mas o clã Johann estava sempre zangado porque a cidade celebrava o ancestral de Adam e outros heróis da cidade com estátuas e a anual Parada do Marinheiro, mas nunca reconhecia aqueles que perderam as suas vidas aqui. Eles pensaram que também deveriam ser lembrados.

– Ah. – começou a despertar em mim. – Então eles invejavam os Ferrier pelo seu status na comunidade e, desde então, tem havido essa rivalidade ao longo das gerações, mais ou menos isso?

– Precisamente. – Holly interrompeu. – Especialmente quando estás a falar de homens. – ela disse, revirando os olhos e olhando para Harry.

– O que foi? – ele ergueu as mãos. – Eu não seria tão estúpido.

Todos nós pensamos nisso por um momento e seguimos em frente. Holly disse:

– Então, por gerações, eles se odiaram e se insultaram, e mesmo que reunisses Chayse e Adam para falar sobre por que se odeiam, aposto que eles não poderiam te contar. Mas está no sangue deles.

– Isso é idiota. – acrescentei.

Peggy riu.

– E Chayse é mais alto e mais entroncado do que Adam, ele deveria parar. – acrescentei mais uma vez.

Harry brincou novamente.

– Não te preocupes, Adam se segurou. Ele está em forma, é rápido e bom com os punhos.

Holly, Peggy e eu fizemos uma careta.

– E sabes sobre a maldição da meia-noite? – Peggy disse.

Eu vi Holly e Harry a trocar olhares.

– Não. – eu olhei para eles com desconfiança e depois de volta para Peggy. Lembro agora que Harry disse algo sobre Adam não ficar fora depois da meia-noite. Eu peguei na minha audição periférica no primeiro ou segundo dia no autocarro, mas havia tanta coisa a acontecer que me esqueci.

– Não é nada, só uma piada. – disse Holly. – Uma espécie de mito ou lenda, só isso.

– Não, não é. – disse Peggy cheia de conhecimento. – É uma maldição. – Ela se voltou para mim, saboreando o seu papel de contadora de histórias. – Diz-se que a viúva tinha ouvido o seu marido chamar pelo seu nome quando o relógio bateu à meia-noite, no momento em que ele morreu, apesar de ele estar aqui e ela no outro lado da terra. Diz-se que chorou tantas lágrimas que todos os marinheiros sobreviventes e os seus descendentes, se estivessem perto do oceano à meia-noite, seriam arrastados para o mar no seu oceano de lágrimas e afogados como o seu marido.

Eu sorri para eles.

– Sim, claro. Eles testaram essa lenda mítica?

– Sim. – disse Peggy, com os olhos arregalados. – Dois dos descendentes de Adam se afogaram no mar depois da meia-noite.

– Mesmo? – Eu fiz uma careta, a tentar ler nos seus rostos se eles estavam a me enganar. – Isso é estranho. Estás a assustar-me.

– É apenas um mito. – Harry encolheu os ombros, – Um conto de esposas antigas, como a mãe o chama.

– Mas isso assusta Adam o suficiente para que ele não o teste? – Perguntei.

Ninguém respondeu.

– Eu me pergunto se é por isso que os seus pais se mudam o tempo todo? Talvez não seja um destino tentador. – disse Peggy.

– E se ele sair depois da meia-noite e não chegar nem perto do oceano? – Perguntei.

Holly olhou à volta.

– Quase todos os lugares por aqui são próximos ao oceano. Se tu quiseres o meu conselho, apenas não aceite em fazer nenhuma caminhada à meia-noite na praia com ele!

Não consegui me concentrar a tarde toda na aula, precisava ver Adam. Eu esperava que ele estivesse bem. Felizmente, Peggy e eu tínhamos história nas duas últimas aulas e podíamos usar o tempo para os nossos projetos, já que a minha concentração estava esgotada. Eu fui à biblioteca para começar a minha pesquisa sobre naufrágios para o projeto de história. Entrei na Internet, reuni tudo que pude sobre a história de naufrágios da área, a trilha de naufrágios e alguns pontos de referência onde pude ler recortes de notícias originais.

Eu senti a sua presença antes de vê-lo, Chayse Johann se sentou no banco ao meu lado. Ele brilhava com força, como se guardasse o sol ao fazer surfe.

– Ophelia. – ele sorriu.

– Olá, Chayse. – eu olhei à volta, ele estava sozinho. – Sem o harém?

Ele sorriu e teve a boa graça de parecer um pouco envergonhado.

– Elas são minhas amigas, na verdade.

– Oh, desculpa, erro meu. – eu o provoquei.

Estudei o seu rosto. Adam acertou alguns golpes, Chayse estava machucado acima do olho e o nariz estava ligeiramente inchado. Tinha um corte na sua bochecha esquerda.

– O que aconteceu contigo? – Eu perguntei, sabendo muito bem. Ele estendeu a mão e tocou no hematoma acima do olho. – Ah, nada, apenas uma luta amigável.

Assenti.

– Dói?

Ele encolheu os ombros.

– Um pouco. Mas ele está a sofrer mais. – ele sorriu.

– Pobre homem.

Chayse percebeu que estava a perder a simpatia.

– Oh, não te preocupes, ele se segurou. Acertou-me uma boa nas costelas. – ele as esfregou. – Não consegui respirar por um momento.

Recostei-me e me virei ligeiramente para encará-lo. Ele era lindo, eu podia ver por que Holly ficava com a língua presa perto dele. Aposto que ele teve uma vida encantadora até agora.

– Tens tempo agora para me contar a história do teu navio naufragado? – Perguntei.

– Agora? Claro. – ele se inclinou para trás e sorriu para mim. – Era uma vez, numa noite escura e tempestuosa...

Eu ri.

– Posso ter a versão real, não o conto de fadas?

– Oh, certo, a versão real, ok. – ele puxou a sua cadeira para mais perto da minha. Eu esperava que a namorada dele não aparecesse agora, senão, eu estaria na lista da sentinela da morte. Me inclinei para longe dele, ele entendeu e recuou um pouco.

– O ano era 1905 e o meu tetravô, Pierre, são três avôs, certo? – perguntou ele.

– Três avôs, estou a prestar atenção. – eu disse. – Pierre, hein?

– Sim, Pierre. – disse ele com sotaque francês e me recompensou com o seu sorriso novamente, continuando. – Ele estava num navio chamado *La Bella*. Foi na Nova Zelândia, onde foi carregado com madeira. Estava a chegar a Warrnambool, que é perigoso na melhor das hipóteses, mas em 1905 e com menos tecnologia para guiá-lo, era notório. O mar estava muito agitado e tinha a névoa do costume, tu viste?

– Grossa como sopa às vezes. – eu concordei.

– Imagina navegar às cegas com isso? – Chayse balançou a cabeça. Ele era mais interessante quando se superava e era apenas real. – O capitão ficou confuso e o *La Bella* encalhou. Agora, chama-se de Recife La Bella a zona onde ele encalhou. Eu vou te mostrar um dia, se tu quiseres.

– Claro. – eu disse, mantendo-o perto. Eu não queria interromper a história.

– De qualquer forma, o Mestre do Porto de Warrnambool, seu nome era Capitão Roe, vendo que o *La Bella* estava em perigo, agarrou quatro salva-vidas e eles remaram para ajudar, mas não conseguiram chegar perto dele porque as ondas estavam muito grandes. A tripulação do *La Bella* havia se amarrado aos corrimões do deque, esperando pelo barco salva-vidas e torcendo para que não fossem levados para o mar.

Arrepios subiram pelos meus braços. Chayse percebeu e esfregou a mão no meu braço, o que me deu mais arrepios.

— Deve ter sido tão assustador. — gaguejei, tentando me concentrar nas suas palavras e não nas suas ações.

— Especialmente não sabendo nadar, como muitos deles não sabiam naquela época. — disse ele. — Era muito selvagem lá fora e o meu ancestral Pierre e dois dos outros homens foram os primeiros a morrer. Eles foram levados ao mar por volta da meia-noite. Outros dois morreram da exposição não muito depois, mas continuaram amarrados ao navio, de modo que as cordas os mantiveram no lugar até cerca das duas da manhã, quando foram levados pela água. Quando o bote salva-vidas finalmente alcançou o *La Bella*, eles resgataram três tripulantes. Um pescador local remou o seu bote e salvou alguns outros. Outro dos dois marinheiros se afogou ao tentar chegar ao bote salva-vidas. Sete morreram, cinco sobreviveram.

Assenti. Eu já tinha lido um pouco e conhecia o básico da história. Chayse não mencionou que o pescador era ancestral de Adam Ferrier, que ele não sabia nadar ou que foi incrivelmente corajoso até mesmo para sair naquele oceano selvagem e correr o risco de se afogar ele mesmo.

Chayse respirou fundo.

— Finalmente, o *La Bella* foi atingido por uma onda enorme e o navio bateu no recife e partiu. O capitão foi posteriormente considerado culpado por navegação descuidada e foi suspenso por 12 meses. Eu diria que saiu levemente.

— Uau. — percebi que estava a prender a respiração. — É estranho morar perto de onde o navio afundou, onde Pierre se afogou?

— Não é estranho..., mas é meio... — ele procurou as palavras, — É preocupante, eu acho. Dizem que a esposa do Pierre costumava caminhar na praia, até ao fim de sua vida. Ela falava em voz alta, como se ele estivesse a caminhar ao lado dela. Mas acho triste que a cidade não reconheça todos os que perderam as suas vidas no mar aqui. Eles vão ficar aqui para sempre, se é que entendes o que quero dizer? – Ele passou a mão pela boca como se estivesse preocupado com o que disse ser poético demais para a sua imagem.

O meu coração inchou por Chayse, era bom ver um lado dele que não era só chamativo. Ele tossiu e baixou o tom de voz.

– Desculpa, eu me empolguei um pouco com isso.

– Está no teu sangue. – eu disse.

– O nosso sangue ferve há gerações. – ele quase sussurrou as palavras.

– Então, faça algo a respeito. – sugeri. – Ou estou a ultrapassar o limite? – Mordi o meu lábio, à espera de uma reação de raiva. Em vez disso, os seus olhos se estreitaram quando olhou para mim.

Ele acenou com a cabeça e se levantou.

– Tenho que ir, Ophelia, te vejo por aí.

– Obrigada por compartilhares a... – ele se foi, –... a história.

CAPÍTULO 9

ADAM

*E*u sabia que não seria fácil evitar a Ophelia, mas não queria que ela me visse com um aspeto preto e azul. Consegui sair antes que ela acordasse pela manhã, mas quando cheguei à praia naquela tarde para fazer surfe, ela estava a caminhar ao redor das piscinas naturais com Argo e Agnes. Eu ia tentar escapar na direção oposta, mas Chayse e os seus companheiros estavam a fazer surfe naquela extremidade da praia e nenhum de nós precisava de outro encontro. Eu gostaria que ele fizesse surfe no seu próprio território.

Ophelia me viu, e Argo e Agnes vieram a correr. Ela parecia tão frágil, o seu cabelo estava solto, os jeans enrolados, e ela enfiou as mãos numa grande camisola de tricô. Os seus olhos pareciam azuis ainda mais claros contra o vermelho da sua camisola. Eu me virei e esperei por ela.

— Ei. — eu disse, olhando para ela brevemente e então para o oceano.

Ela não falou, então eu olhei em sua direção e ela estava a morder o lábio inferior.

– Isso parece mau. – disse ela.

Dei de ombros e me abaixei para dar as boas-vindas a Argo e Agnes.

– Chayse, hein? – disse ela.

– Ouviste? – Eu perguntei: – Não foi nada.

Ela se aproximou, cheirava a pó, suave e doce. Estendeu a mão para tocar o corte e o hematoma acima do meu olho direito e eu hesitei, ainda latejava de dor. Senti o calor dos três dedos que ela colocou na minha pele.

– Podes precisar de alguns pontos. – ela franziu a testa, – Isto é um corte decente.

– Não, está tudo bem, obrigado irmãzinha. – eu encolhi os ombros com um sorriso.

– Eu sou a mulher da casa agora, bem, Agnes e eu somos. – ela brincou, – E devemos ser obedecidas em questões de primeiros socorros, negócios de mulheres e bem, a Sra. Duck pode tratar da comida. – disse ela. – Ninguém deve ser infligido com o meu ensopado de carne.

– Fica à vontade para praticar o teu cozinhado sempre que quiseres. – encorajei-a. – Estou com saudades dos bolos da mãe. – Senti fome ao pensar neles.

– Adam. – ela procurou o meu rosto novamente, – Não posso acreditar que ele te fez isso.

O meu olho estava preto, tinha cortes e arranhões na bochecha e no queixo esquerdos, e um corte profundo acima do olho direito. Chayse havia me dado alguns golpes antes mesmo de eu começar.

– Não é nada, realmente. – eu assegurei e dei um passo para trás. – Ele também não fugiu levianamente, mas tenho a certeza que disse isso. – eu não queria parecer aborrecido, mas posso imaginar Chayse a conversar com ela na escola e fingir ser a vítima para ter a simpatia dela.

Ela riu.

– Onde vais fazer surfe? Eu vou andar por aqui.

–Tudo bem. – peguei na minha prancha e comecei a descer a praia na direção em que queria ter um remo com Lia ao meu lado. Os cães correram ao nosso redor.

– Vocês dois são idiotas. – disse ela.

Eu ri e enfiei a mão que não segurava a prancha no calor do bolso da minha sweatshirt.

– Sim, bem, ainda bem que não estava a sair por qualquer simpatia. Já pensaste em ser enfermeira quando terminares a escola? Serias boa nisso. – eu a provoquei.

Ophelia deu-me um sorriso.

– Não gosto muito de simpatias.

– Eu percebi, não dás e não aceitas bem. – Lembro-me de como ela ignorou as minhas condolências quando tentei oferecer. Ainda assim, eu não deveria ter dito isso, ela se fechou. Limpei a minha garganta e tentei novamente. – A culpa foi dele.

– Sim, tenho a certeza de que foi ele que começou. – disse ela.

Assenti.

– Foi ele.

– Ou foi iniciado há um século? – ela perguntou. Ela fingiu perseguir Argo enquanto ele corria até ela.

– Bem, sabes tudo sobre isso. – eu disse. – Não há necessidade de eu te informar. – Eu fiz de novo, não queria fechá-la quando ela parecia genuinamente preocupada.

– Tu és muito sensível a isso. – disse ela.

Ela era tão direta que eu não estava acostumado a isso.

– Desculpa. – eu murmurei, pois não sabia o que dizer.

Caminhamos um pouco, apreciando o abraço do ar frio, falando sobre a beleza da praia e os seus primeiros dias na nova escola. Eu conhecia pessoas da sua turma. Fiquei feliz por ela estar com Holly e Peggy, elas eram simpáticas. Harry também era bom.

– Estou a escrever um artigo para a escola, para a aula de história. – disse ela. – Seria muito bom se me contasses a história do *La Bella* do ponto de vista da tua família. Contas? – ela perguntou, parando ao meu lado, enquanto eu colocava a prancha para baixo e tirava a minha sweatshirt. Ela bateu palmas para chamar a atenção dos cães.

Assobiei e eles voltaram a correr para nós, tão rápido quanto dois cães dogue alemães conseguiam se mover com os seus grandes membros desajeitados.

– Terei todo o gosto. Uma noite durante o jantar, talvez... Quero dizer, jantar em casa.

– Sim, eu entendo. – ela olhou para mim com uma sugestão de sorriso. – Não entres em pânico, Adam, não estou em busca de um namorado e agora somos uma família, lembras-te?

Novamente direta.

– Eu não quis dizer que estavas, desculpa. – lá estava, desculpa novamente. Eu não sabia como falar com ela.

– Não tens namorada? – ela perguntou. – Alguém chamada Vanessa?

Eu parei para olhar para ela com surpresa.

– Quem te disse isso?

– Agora não me lembro.

– Não, nós terminamos.

– Ah, desculpa. – Foi a vez dela.

– Vais entrar? – Perguntei.

Ela estremeceu.

– Dez roupas de neoprene não iriam me colocar na água com este tempo frio.

Eu sorri.

– Sim, sou duro, vou ficar bem.

Ela balançou a cabeça e eu ri enquanto amarrava a corda da perna à volta do meu tornozelo, içava a minha prancha e partia. Ao atingir a água, que estava gelada, me virei e vi Ophelia sentada na praia perto da minha toalha, os cães de guarda em cada lado. Foi bom tê-la ali, uma espécie de pseudo-família.

~

OPHELIA

Observei Adam e os outros três surfistas à sua volta. As ondas estavam boas e ele era muito bom nisso. Levantei-me para voltar e levar Argo e Agnes para jantar em casa. O sol estava quase a mergulhar no horizonte agora e iria desaparecer a qualquer minuto. O oceano estava vermelho.

Pensei ter ouvido alguém sussurrar o meu nome e me virei, mas não havia ninguém ali. Isso tinha acontecido comigo algumas vezes, ok, muitas vezes, na semana passada. Eu me perguntei se eram os meus pais a me dizer que estavam comigo. Isso me fez tremer, embora a minha camisola fosse quente o suficiente.

Antes que Argo, Agnes e eu estivéssemos na metade do caminho para casa, Adam correu ao meu lado. Ele tinha a toalha em volta dos ombros e a prancha debaixo do braço.

– A temperatura cai muito rapidamente quando o sol se põe. – disse ele.

– És bom na prancha.

– Obrigado, eu adoro isso.

Olhei para a nossa casa em ascensão.

– Mais luzes estão acesas, o Tio Seb deve estar em casa.

Caminhamos em direção ao caminho da praia que levava à casa.

– Então, tinhas namorado em Brisbane? – Adam perguntou, revertendo a minha pergunta anterior.

Balancei a cabeça.

– Não.

Chegamos ao caminho para atravessar a estrada, verificamos o trânsito, mesmo que fosse no final de um beco sem saída e raramente atraíssemos alguém, cruzamos a estrada e começamos a subir pelo caminho, Agnes e Argo correndo para cumprimentar o Tio Seb.

– Eu aprendi alguns truques por ser um rapaz novo em várias escolas diferentes. – disse Adam. – Queres ouvi-los?

– Sim, oh ensina-me, atira-os para mim. – eu o convidei.

– Vais me agradecer. – ele brincou. – Número um: não deves concordar em sair com ninguém até teres uma perspetiva. Toda a gente é muito boa e agradável quando és novo e todos querem sair com a nova pessoa, mas não sabes quem eles são, se são os idiotas da turma ou não, e como te sentes sobre qualquer coisa.

– Acertaste em cheio. – eu concordei. – Sinto que todos estão a me observar e vários tipos já meio que demonstraram interesse, mas não preciso disso agora e não quero tomar decisões até me sentir com os pés no chão.

– Boa jogada. Continua... – Adam disse, e se afastou para o chuveiro externo, ao lado da casa, para tirar a areia do corpo. Abri a porta da frente e Argo, Agnes e eu entramos.

Me perguntei se ele disse isso para se certificar de que não desenvolvesse uma queda por ele. Nesse caso, ele era um cabeçudo ou ainda amava Vanessa, seja ela quem for.

JACK

Esperei por ela naquela noite, esperei até as cinco da manhã, um pouco antes do nascer do sol, mas ela não foi até a janela, nem se juntou a mim nas pedras. Eu a estou a perder.

OPHELIA

Tive o sonho mais estranho, *um sonho dentro de um sonho*, para citar Edgar Allan Poe, o meu professor de inglês ficaria satisfeito. Acordei, mas ainda estava a sonhar. Tão estranho. Sonhei que sempre tinha estado nesta casa, mas estava no quarto errado e não conseguia encontrar o quarto certo. Mesmo quando acordei, ou pensei que tinha acordado, não conseguia descobrir onde estava e ainda procurava o meu quarto. Acordei de verdade algum tempo depois disso e percebi o que estava a acontecer. Eu não sei o que isso significa.

A casa uivou ontem à noite, não estava ventando tanto, mas depois descobri o porquê. Tio Seb foi para a cama cedo, disse que começou cedo, mas estava quieto e um pouco monótono. A noite começou normalmente, a Sra. Duck nos deixou um salmão pela manhã e estava excelente. Contei ao Tio Seb sobre o meu dia e ele perguntou a Adam sobre os ferimentos que tinha. Tio Seb nos contou sobre o seu dia de brigas clandestinas. Ambos brutais.

Não contei a Tio Seb, ou pro Adam, sobre Jack, não sei por que não lhes contei, eles podem tê-lo conhecido, mas eu precisava ver Jack de novo e só queria mantê-lo para mim por um tempo. Isso esteve na minha mente o dia todo. Havia algo sobre Jack... algo. Ficamos sentados por um longo tempo sem dizer nada, mas a sua presença era tão forte ao meu lado, que eu senti a sua falta quando o deixei. Nunca senti isso antes.

De qualquer forma, estou a sair do caminho. Depois do jantar, Argo e Agnes se acomodaram no tapete, Tio Seb leu por um tempo na sala de estar e eu me sentei na frente dele, fazendo o meu trabalho de casa. Adam estava com os fones no ouvido, sentou-se com o seu computador portátil na mesa da cozinha. Eu poderia ter subido, mas era aconchegante e confortável cá em baixo. Independentemente disso, a noite se arrastou indefinidamente... Eu só queria que fosse tarde o suficiente para que pudesse fugir e ver se Jack estava lá. E se ele não estivesse lá? E se eu nunca mais o visse? E daí, eu disse a mim mesma algumas vezes. Eu nem o conheço, mas quero conhecê-lo.

Às nove da noite, o Tio Seb se levantou, beijou o topo da minha cabeça, depois o topo das cabeças de Argo e Agnes, acenou boa noite para Adam e virou costas. Eu o observei a caminhar pelo corredor, ele parecia cansado. Adam desconectou quinze minutos depois e fez o mesmo. Fiquei sozinha. Fui até a janela e olhei para fora, a praia e as rochas estavam desertas.

Voltei para o sofá, arrumei o meu material escolar e coloquei a televisão no mínimo. Assisti a uma repetição de *Torchwood* só para parar de pensar por um tempo. Adormeci algumas vezes. Tinha dormido tão pouco na noite anterior e estive nas rochas com Jack, das três horas ao nascer do sol, o cansaço estava a apanhar-me.

Uma publicidade barulhenta acordou-me e me levantei e fiz um chocolate quente. Não queria dormir muito cedo e arriscar não ver Jack. Foi então que descobri o que deixava o Tio Seb um pouco melancólico. Eu estava a procurar nas gavetas um descanso para a mesa e encontrei uma gaveta cheia de papéis, papéis do seguro, como usar o manual da máquina de lavar louça e um programa de memorial, eu o reconheci imediatamente, tinha acabado de fazer um para os meus pais. Era para a Meg, o funeral da sua esposa.

Senti alguém atrás de mim e me virei, mas estava sozinha, todos os cabelos do meu pescoço se arrepiaram. Enquanto esperava a chaleira ferver, li. A foto dela estava na frente, ela era linda, atlética, cheia de vida e ria na foto. Dentro havia homenagens, orações e mais fotos dela quando criança: num tutu a aprender balé, como salva-vidas, uma foto da escola primária, uma foto formal do colégio com um Tio Seb muito jovem, fotos de formatura e uma linda foto de casamento da Meg e do Tio Seb. Voltei para a primeira página e vi a data. Era hoje, hoje era o aniversário do funeral de Meg. Era por isso que o Tio Seb estava melancólico, mas ele não disse nada. Talvez não quisesse falar sobre isso, ou talvez achasse que eu estava a carregar coisas pesadas o suficiente por aí.

Corri o meu dedo ao redor do contorno da Meg e sorri para ela. A casa uivou novamente. Tenho a certeza que foi ela. Tenho a certeza de que ela estava com o Tio Seb esta noite, aqui em casa, e eu esperava que ela me aprovasse. E talvez fosse por isso que sonhei com os quartos da casa quando fui para a cama uma hora depois. Talvez eu esteja no quarto dela agora e ela esteja deslocada.

Antes de entrar, olhei para fora novamente, mas não havia ninguém na praia ou nas rochas. Deitei na cama por um tempo, a ouvir o barulho do oceano e o gemido ocasional da casa. Além do sonho, dormi o tempo todo. Quando acordei, corri para a janela, eram quase cinco e meia da manhã, e também não havia nenhum sinal do Jack. Eu estava tão cansada da noite anterior que meu corpo simplesmente assumiu o controlo e eu dormi. Eu estava com raiva de mim mesma e não conseguia acreditar que teria de esperar mais vinte e quatro horas agora, se ele voltasse para me ver. Eu me pergunto se ele veio me procurar na noite passada ou se eu irei vê-lo novamente.

CAPÍTULO 10

HOLLY

Chegamos à casa de Ophelia quando ela estava a descer o caminho para nos encontrar para apanhar o autocarro. Ela acelerou e cumprimentou-nos. Todos nós acenamos para Sebastian e os cães, que estavam a ver da porta.

– Alguma briga na noite passada? – Ophelia perguntou.

Harry riu e disse-lhe que isso não acontecia todos os dias. O autocarro estava a chegar à esquina e aceleramos para chegar ao ponto de embarque. Harry deu um passo para trás e deixou Ophelia e eu entrarmos primeiro, ele estava a trabalhar no seu charme, bem, a tentar fazer um bom espetáculo na frente de Ophelia, de qualquer maneira.

– Achas que o Harry sabe que a Peggy gosta dele? – ela sussurrou, enquanto me seguia pelo corredor do autocarro.

Eu sorri e me virei para olhar para ela.

– Hã, não. Acho que é seguro dizer que Harry não sabe nem que dia é hoje.

– Eu ouvi isso. – disse ele.

– O que ouviste? – Eu perguntei, enquanto ele

mergulhava num assento vazio no lado esquerdo do autocarro.

Ele parecia envergonhado.

– Só o meu nome, mas quero saber o que estavas a dizer.

Ophelia e eu sentamos atrás dele e trocamos olhares. Ophelia pigarreou.

– Bem, eu conheço alguém realmente amável, doce e bonita, que gosta de ti. – Ophelia contou.

– Mesmo? – Os olhos de Harry se arregalaram com a expectativa esperançosa de que a Ophelia estava a falar sobre si mesma. Como eu disse, ele não fazia ideia.

– A sério. – Ophelia sorriu.

– Bem, quem? – ele sorriu.

– Peggy.

O seu rosto caiu.

– Ah. Bem, sim, ela é fixe, eu acho.

– Ela é adorável. – tentei enfatizar a sua importância. – Ouvi dizer que alguns tipos gostam da Peggy.

– Sim? – ele parecia curioso.

Ophelia tentou uma tática diferente, baixando a voz e inclinando-se para a frente.

– Ela acha-te lindo e espera que a convides para o baile.

Eu podia ver a sua cabeça inchar.

– Escuta mano, se tu quiseres o meu conselho, eu agarraria Peggy com as duas mãos. Um pássaro na mão é melhor do que... como se diz... dois no mato ou um peixe no tanque? O que quer que seja!

– Sim, ótimo conselho, irmã, obrigado. – Harry sorriu. – Vou ver o que acontece... talvez a convide para o baile.

Eu revirei os olhos.

– Estou surpresa que alguém pense que és lindo, exceto a mãe. – eu lhe disse.

– Somos gémeos idênticos! – ele me lembrou.

– Não mais. – eu enrolei uma longa mecha de cabelo loiro em volta do meu dedo. – Não se eu puder evitar.

Vinte minutos depois, quando o autocarro parou em frente à nossa escola, as meninas do último ano, da última fila do autocarro, passaram e uma delas lançou um bilhete no colo de Ophelia. Ela olhou para cima surpresa, mas as meninas continuaram a andar e não havia como saber quem o lançou.

Ophelia o agarrou e olhou de mim para Harry, e de volta para o bilhete. Nós nos levantamos e as seguimos para fora do autocarro, até ao pátio da escola.

– O que diz? – Harry olhou por cima dos ombros de Ophelia.

Ela mordeu o lábio enquanto o desdobrava, leu e balançou a cabeça.

– Diz que sou uma vagabunda e devo ficar longe do Chayse ou então... – coloquei o meu braço em volta do ombro dela.

– Ignora isso. – eu disse. – Elas são amigas da namorada do Chayse... o harém.

Ophelia suspirou e enfiou o bilhete no bolso da camisa.

– Sabes, antes dos meus pais morrerem... – ela parou como se dizer essas palavras exigisse muita energia. Ela continuou, – Isso teria realmente me preocupado. Mas, a falar a sério, quem se importa com esse tipo de coisa. Se Imogen, ou as suas amigas, têm um problema, elas devem vir e falar comigo. Não estou interessada no namorado dela e foi ele que me abordou, não o contrário.

— Eu diria que ela se sente ameaçada. — eu disse a Ophelia.

Harry encolheu os ombros.

— Nós protegemos-te, não te preocupes com isso.

Ophelia sorriu.

— Obrigada, H e H.

Peggy nos viu e correu. Harry fez uma fuga rápida.

~

OPHELIA

O nome da nossa professora de arte era Sra. Nolan, nenhuma relação com o famoso pintor Sidney Nolan, de acordo com o que ela nos contou. Nenhum de nós sabia quem era Sidney Nolan, tudo bem, Peggy e Christopher Kessels sabiam, mas era só isso. Ela insistia em ser chamada de Srta., o que ninguém parecia pronunciar corretamente e, todas as vezes que parecia que havíamos dito Srta. ou Sra. ela nos fazia repetir.

Eu gostava de arte. Não era muito boa nisso, mas gostava da história e do estudo das palavras e os seus significados. Harry era bom, Harry era muito bom. Ele podia capturar rostos e expressões, as suas dimensões e ângulos funcionavam perfeitamente. Como parte da nossa tarefa, tivemos que reproduzir uma obra-prima. Pelo que pude ver, o mundo da arte estaria muito seguro de que nenhuma das nossas falsificações inundaria o mercado. Eu escolhi *Mulher Chorosa* de Picasso. Todos acharam isso corajoso, mas foi super fácil. Tudo era uma forma e uma cor brilhante e eu poderia lidar com o desenho de uma série de triângulos... apenas isso.

Era uma pena que Peggy não estudasse arte para ver o trabalho de Harry, mas ela estava a fazer matemática I, matemática II, ciências e física. Eu, vidrada, pensava sobre isso. A Sra. Nolan olhou por cima do meu ombro, fez alguns comentários sobre a minha *Mulher Chorosa*, acho que pode ter sido um pedido de desculpas a Picasso, e seguiu em frente. Holly deu-me um sorriso... a sua reprodução de Jeffrey Smart não era uma competição com o trabalho de Harry, mas era um aprimoramento do meu.

– Oh Harry. – a Sra. Nolan suspirou enquanto passava por ele. – Magnífico.

Harry sorriu.

– Sim, obrigado, Srta. Nolan.

Harry estava a reproduzir a *Mona Lisa*, que presunto. Josie Clarke, que estava a pintar à minha direita, estava a fazer *O Grito*, de Edvard Munch e era positivamente assustador.

Holly sussurrou o meu nome e eu olhei para ela. Ela tinha manchas de tinta no rosto e mais nas mãos do que no avental. Acenou com a cabeça para a janela.

Eu olhei para fora para ver Chayse, e um grupo de alunos do último ano, a fazer Educação Física, demorei um pouco para descobri-lo por aí, a maioria das meninas na aula de arte já estavam distraídas. A Sra. Nolan também não tinha notado. Estudei Chayse entre as minhas pinceladas na *Mulher Chorosa*. Por que ele estava a se incomodar comigo? Ele fez isso apenas para irritar Imogen ou era realmente um tipo amigável? Ou era para se vingar de Adam?

Foi então que vi Jack, respirei fundo. Tive que olhar duas vezes, mas era definitivamente ele. O que ele estava a fazer aqui? Ele me disse que não frequentava a escola por aqui, mas estava sentado na arquibancada, de calça escura e jaqueta comprida que tinha usado na noite em que o conheci. Ele estava com outra pessoa? Aproximei a minha pintura de Holly.

— Estás a ver aquele tipo ali sentado na arquibancada? – Eu sussurrei para ela.

Ela apertou os olhos e olhou para o terreno.

– O fofo com a jaqueta fofa? – ela perguntou.

– Sim. Quem é ele? – Perguntei.

Ela revirou os olhos.

— Não achas que tens ação suficiente no momento? Adam está obviamente ansioso para mostrar-te tudo, Chayse gosta de ti o suficiente para acabar com a sua namorada.

— Tu sabes que isso não é verdade. – eu fiz uma careta para ela e ela olhou novamente. – Conhecê-lo?

— Não. – ela disse, olhando para ele novamente, – Eu nunca o vi antes. Porquê?

Eu encolhi os ombros e voltei para a minha pintura.

— Eu o vi nas pedras na frente da casa do Tio Seb na outra noite.

— Na sua casa. – disse Holly.

Eu olhei para ela.

– Sim, acho que sim, na minha casa.

Quando olhei para trás, ele tinha desaparecido. Olhei à volta do oval, tanto quanto podia ver do meu cavalete, mas ele não estava em lugar nenhum. O meu coração estava disparado. *Sinto muito, Jack*, eu disse na minha mente. *Estarei lá esta noite*. Eu desejei que ele pudesse me ouvir. Mas o que ele estava a fazer aqui? Ele estava com raiva porque eu não apareci na noite passada e estava a me observar? Será que ele tinha namorada nesta escola? Murmurei para Holly que voltaria num minuto e perguntei a Sra. Nolan se poderia sair e ir à casa de banho.

No corredor, corri para a saída e apertei os olhos em plena luz. Tentei não deixar Chayse, ou qualquer um dos seus companheiros de equipa, me ver. Ele pensaria que eu o estava a espiar, sim, exatamente o que eu precisava. Não pude ver Jack, graças a Deus perguntei a Holly ou teria pensado que tinha imaginado. Me virei para regressar e ele estava bem atrás de mim.

– Jack! – Ofeguei.

Ele sorriu com aquele charme de menino, passou a mão pelos cabelos cor de areia com franjas, e disse o meu nome como se fosse ouro fiado.

– Ophelia.

Nenhum de nós falou. Eu encarei os seus olhos azuis e senti como se ele me segurasse num transe.

– Senti a tua falta, precisava de te ver. – disse ele, engolindo em seco e desviando o olhar. Eu não acho que ele quisesse sentir a minha falta. A minha mão foi para o meu coração e pude sentir o meu rosto corar. Era um novo tipo de dor, diferente da dor de perder os meus pais, mas ainda um sentimento de separação e não sei... antecipação talvez. – Eu também senti a tua falta, Jack. – eu sussurrei. – Tu vives no meu pensamento.

Ele riu.

– Eu não vou te deixar acordada à noite, no

entanto. – ele disse, suavizando o seu insulto com as costas da mão.

– Foi porque me mantiveste acordada na noite anterior que não consegui ficar acordada nesta! – Eu me defendi. – Eu sou humana.

– Sim, és. – disse ele.

Olhei nos seus olhos e vi algo, surpresa, apreensão, algo inesperado.

– Esta noite? – perguntou ele. Não me tocou, apesar de estar no meu espaço.

Atrás de mim, o meu nome foi chamado e me virei para ver uma bola de futebol a voar na minha direção. Eu hesitei e, então, Jack estava ali, pegou e devolveu com a mesma rapidez.

– Tenho que ir. – ele disse e virou a esquina do prédio antes que eu pudesse dizer qualquer coisa. Eu olhei à volta e estava sozinha.

Chayse gritou.

– Estás bem, Ophelia?

Eu balancei a cabeça e desapareci de volta no prédio. Não precisava da cavalaria a vir em meu resgate. Eu estava de volta ao meu cavalete em minutos.

Podia sentir Holly a olhar para mim, a sua mão suspensa sobre a pintura, tinta acrílica azul na ponta do pincel, à espera para ser aplicada.

– Estás bem, parece que viste um fantasma? – ela perguntou.

Assenti.

– Tudo bem, apenas algo que eu comi, talvez.

– Ou algo que não fizeste. – disse ela. – Na hora do almoço, vais conquistar uma sanduíche! – Ela voltou para a sua pintura e começou a aplicar a tinta azul no seu céu, quase completo, da imitação da pintura de Jeffrey Smart.

Suspirei. Era bom ter amigos que se importavam, mas o que Jack estava a fazer na minha escola e como ele chegou rapidamente ao campo de futebol? Por que eu senti como se ele estivesse a ler a minha alma quando mais ninguém tinha alcançado essa profundidade? Esquisito.

CAPÍTULO 11

OPHELIA

dam foi o primeiro a ir para a cama, depois o Tio Seb e os cães, pensei que nunca mais fossem! Eu vi quando, eventualmente, a luz que saía debaixo das suas portas desapareceu. Eu não confirmei se Jack estava lá à minha espera, na praia, na nossa rocha, só queria estar lá. Peguei na minha jaqueta e amarrei à volta da minha cintura. Era uma noite fria, ainda mais fria quando os respingos da água do mar me atingiram. A porta da frente resistiu a que eu a abrisse. Tio Seb disse que ela inchava e emperrava por causa do ar salgado. Olhei para o teto, a pedir permissão, e a casa cedeu e me deixou sair. Fechei a porta silenciosamente atrás de mim e saí a correr pela estrada para a praia.

A areia fria estava maravilhosa quando os meus dedos do pé cravaram. Não olhei muito para o mar, o pensamento do que poderia estar abaixo me apavorava. Mas quando se tratava de conhecer Jack, não senti nenhum medo, muito pelo contrário. O meu coração estava a bater sozinho, a brisa do oceano me fez sentir viva e acordada pela primeira vez em meses e logo, ele estaria aqui.

Então o vi. Ele estava sentado na rocha, na nossa rocha, para onde me levou na primeira noite em que nos conhecemos. Parecia que ele comandava o oceano dali, a lua bem na sua frente, as ondas a baterem na rocha numa adoração gentil. Então, ele se virou para mim e um sorriso lento se espalhou pelo seu rosto. Ele já tinha dúvidas de que eu viria?

JACK

Eu odiava precisar vê-la. Nunca senti isso antes, sempre estive no comando e... bem, não importa, mas com ela é diferente. Eu senti isso desde o início. Senti a sua presença antes de vê-la e, virando-me, vi que estava ali, a me olhar. Eu me levantei e desci a rocha para encontrá-la.

– Vieste. – eu disse.

Ela corou e sorriu, o seu cabelo flutuava na brisa do oceano e os seus olhos estavam cheios como a lua, azuis-pálidos, grandes demais para o seu rosto. Eu estendi-lhe a minha mão e ela colocou a mão dela na minha. A guiei pelas rochas até ao nosso lugar. Ela era uma escaladora de pés firmes, mas senti os seus olhos fixos em mim, a me estudar.

– Não vamos ser arrastados aqui, vamos? – ela perguntou, com um olhar nervoso para o mar.

– Espero que sim. – respondi, o que a fez rir. Eu li os seus pensamentos então, ela concordava. Eu acho que quando perdes tudo, demora um pouco para te juntares aos vivos.

Nós nos abaixamos até a rocha. Eu não larguei a mão dela. Ficamos sentados em silêncio por um breve momento, a sentir o cheiro do ar salgado, a proximidade um do outro e como estávamos sozinhos. Foi mágico. Era uma sensação estranha sentir tão intensamente algo por alguém tão rapidamente. Claro, eu já senti atração antes, pensei que fosse amor, mas isso era diferente, isso era como ganância. Eu estava preocupado com ela, queria protegê-la, mantê-la... Eu só queria estar com ela o tempo todo, mesmo se nós apenas ficássemos aqui, como estamos agora, para sempre.

~

OPHELIA

Eu não conseguia olhar para ele, porque queria desesperadamente beijá-lo, e não queria que isso acontecesse muito rápido... Eu quero me lembrar de cada momento disso. O meu primeiro beijo, o meu primeiro beijo de verdade, que não fosse o de Christian McDonald no oitavo ano me prendendo contra a parede e dizendo que me amava.

Sem nem mesmo tocar os meus lábios, Jack sugou o ar dos meus pulmões, eu mal conseguia respirar ao lado dele e tinha calafrios, que tinha certeza não eram por causa da brisa do oceano. Achei que deveria dizer algo ou poderíamos não conversar a noite toda, o que poderia ser um pouco estranho. – As ondas, isto é a maré, parece mais alta esta noite, se isso faz sentido? – Eu olhei para o mar.

– Elas estão maiores do que o normal. – Jack concordou.

– Porquê? Como a maré é criada? – Eu perguntei apenas para que pudesse ouvi-lo falar de verdade.

Jack sorriu.

– Simplificando, a Terra e a Lua são atraídas uma pela outra. A Lua tenta puxar tudo da Terra para mais perto, como um íman. A Terra não permite. Exceto quando se trata de água, a Terra tem dificuldade em segurá-la porque está sempre a se mover. Portanto, a cada dia, as marés sobem e descem ao sabor da Lua, acho que se pode dizer isso.

– Isso é meio romântico. – eu disse. Tudo era romântico em torno de Jack, eu não tinha jeito.

– Nós somos como a Terra e a Lua, atraídos um pelo outro, eu puxo por ti e espero que fiques. – ele brincou.

Eu sorri-lhe e segurei o seu olhar até que ele o quebrou. Mais uma vez, ficamos sentados em silêncio por um tempo.

– Por que estavas hoje na minha escola? – Eu perguntei, sem olhar para ele.

Ele esticou as pernas na rocha à sua frente e se recostou, apoiando o peso nos braços.

– Não tens que me justificar. – eu encolhi os ombros.

– Não foi por outra rapariga. – disse ele.

– Eu sei. – olhei para ele. Não sabia, mas não ia deixar transparecer que ficaria arrasada.

Ele sorriu para mim e sentou-se para a frente novamente.

– Senti a tua falta, eu te disse isso.

Franzi a testa.

– Então, imaginaste que se apenas aparecesses e

sentasses num banco na arquibancada, em algum momento durante o dia, poderias me ver?

– Eu sabia exatamente onde estavas e que podias me ver da tua sala de aula. – ele disse, enquanto olhava para o oceano e então, diretamente para mim.

– Como? – Perguntei.

– Não importa.

– Ok. – eu desliguei. Ficamos sentados em silêncio por um tempo.

– Desculpa. – disse ele. – Eu não queria... bem, estou sem prática. Eu não estava a te perseguir, só queria te ver.

Ele não podia deixar de sorrir. Queria essa resposta. Gaguejei na minha pressa para assegurar-lhe que sentia o mesmo.

– Também queria te ver. Estava preocupada que não pudesses voltar. – Eu parei, não queria falar muito e afastei-lo.

Ele esfregou a minha mão com o polegar, a sua mão estava tão fria que enviou um volt gelado através de mim, mas eu virei a minha mão para envolver os meus dedos nos dele. Eu queria que ele me beijasse agora, neste momento. Queria sentir os seus dedos no meu pescoço, na minha pele, tocar o meu rosto. Eu queria beber no seu beijo, neste cenário perfeito e eu nunca iria esquecer isso.

E então, ele colocou o polegar nos meus lábios, me observando com os seus profundos olhos azuis do oceano. Ele se aproximou, tão perto que pude sentir os fios do seu cabelo a tocar a minha pele. Ele podia ouvir o meu coração a bater forte? Estava tão alto nos meus ouvidos que estava a abafar os meus pensamentos. Todas as minhas terminações nervosas estavam a formigar, o meu cabelo cheio de carga, ele estava tão perto de mim.

Ele olhou nos meus olhos.

JACK

Eu tracei os seus lábios, queria tanto beijá-la, mas eu queria que este momento durasse para sempre. Ela se sentou completamente imóvel, a sua respiração curta e aguda, apenas os seus olhos se moviam, enquanto ela observava cada movimento meu. Eu me aproximei dela.

De repente, me senti fraco. Ela estava a me drenar, não o contrário. Como aconteceu? Olhei dos seus lábios aos seus olhos e me perdi. Fechei os meus olhos para recuperar as minhas forças. Tinha que ser o responsável... o que estava a acontecer aqui?

Ela estava tão perto de mim agora, o seu doce perfume era opressor, eu tinha que beijá-la, mas estava fora de controle. O poder escoou de mim para Ophelia, para o oceano, para a rocha. Eu não podia deixar. Engoli o nó na garganta e forcei-me a afastar dela.

Uma onda enorme rugiu ao se chocar contra a rocha, Ophelia gritou de medo. Eu a criei? Ela saltou com medo, tropeçando para trás, mas eu estava de pé antes que ela perdesse o equilíbrio e a levantei, correndo das pedras para a areia mais segura. Ela colocou os braços em volta do meu pescoço e enterrou o rosto no meu ombro. Eu poderia tê-la agora, levá-la comigo, mas era muito cedo. Eu queria mais, mais desses sentimentos, era isso que era a vida, que era o amor? Era isso que toda a gente experimentava?

Continuei a abraçá-la, subindo na areia e correndo para a entrada da praia, perto da sua casa. Coloquei Ophelia de pé, ela estava segura agora. Toquei com a minha mão no seu rosto, por apenas um momento, e depois deslizei para as rochas próximas, fora da vista. Eu a ouvi chamar o meu nome, mas me perdi com a mesma rapidez no som das ondas a quebrar.

CAPÍTULO 12

HOLLY

Era sexta-feira e todos estavam felizes com isso, exceto Ophelia. Pensaria que, dado que ela sobreviveu às primeiras semanas numa nova escola, o fim de semana seria a melhor notícia que poderia imaginar. Ela ficou quieta durante todo o caminho no autocarro, enquanto todos nós conversávamos à sua volta. Ela sorria quando se dirigia e falava quando era forçada, mas os seus olhos estavam tristes. Eu me perguntei se talvez fosse o aniversário da sua mãe ou do seu pai, ou algo significativo. Perguntei-lhe se estava bem e ela me agradeceu e disse que estava bem. Mas não estava.

Na hora do almoço, nos sentamos em grupo à sombra de uma árvore Lilly Pilly. Ophelia encostou-se no tronco, com os olhos fechados. Harry a acotovelou.

— O que tens hoje? Normalmente, não conseguimos te calar.

Ophelia sorriu.

— Sim, eu sei que é difícil falar uma palavra perto de mim. – ela concordou. – Eu não dormi nada ontem à noite. Já percebeste isso?

Peggy assentiu.

– Às vezes, porque só paro de estudar depois das dez horas, vou para a cama e a minha mente ainda está disparada. Demoro séculos para apagar.

Todos nós olhamos para Peggy como se ela fosse um alienígena. Quem poderia se comparar com isso? Bom para ela, porém, quando todos nós estivermos a lutar para entrar na universidade, ela ganhará.

– Eu ouvi-te. – disse Harry, – Eu tenho esse problema o tempo todo. – Todos nós rimos e Peggy corou, mas ainda parecia satisfeita por Harry estar a brincar com ela.

Eu concordei com Ophelia.

– Acordei uma manhã pouco depois das duas e estava completamente acordada. Não naquela zona de sono, meio acordada, meio morta, completamente acordada! Isso é irritante. – eu disse.

– Sim, bem, tens todo o fim de semana para te atualizar, agora, eu amo o fim de semana. – disse Harry. – O que tens planeado? – ele perguntou a Ophelia.

– Eu poderia mostrar-te, se quiseres? – Peggy saltou, provavelmente à espera de que Harry viesse também.

– Obrigada, Peggy, és muito gentil em oferecer, mas o Adam vai me levar ao local do *La Bella*, onde o seu ancestral foi um herói. É para o meu projeto. – disse Ophelia.

– Vais mergulhar? – Perguntou Harry.

– Não, eu não fiz o curso, talvez a gente faça mergulho... Estou meio que feliz por ele apenas ficar na costa e apontar na direção geral. – ela encolheu os ombros.

Harry riu.

– Ei, não olhes agora, mas o Chayse está a vir para

aqui. – todos nós olhámos e era verdade, o bronzeado, lindo e dourado Chayse estava a caminhar na nossa direção. Suspirei.

Ophelia endireitou-se na cadeira e não parecia feliz. Ele caiu ao nosso lado.

– Ei, pessoal. – disse ele.

Eu balancei a cabeça, já que não conseguia formar uma frase perto dele, e a boca de Peggy apenas permaneceu aberta. Harry grunhiu uma espécie de saudação.

–Olá, Chayse, conheces os meus amigos? – Ophelia perguntou e depois nos apresentou, antes que ele pudesse responder. Ele acenou com a cabeça para cada um de nós enquanto ela dizia os nossos nomes.

– O que queres? – ela perguntou.

Antes que ele pudesse responder, um dos amigos de Chayse se aproximou e se sentou também. Isso estava a ficar muito estranho agora. Dois integrantes do grupo connosco... porquê?

– Este é Tyler. – Chayse sacudiu a sua cabeça de anjo na direção do novo tipo. Tyler era bronzeado e em forma também, com um corte curto e os olhos castanhos mais escuros que eu já vi.

– Ei. – respondeu Tyler. Mais uma vez, Ophelia foi a única que encontrou a língua para cumprimentá-lo. Chayse era lindo, mas Tyler era lindo também, não tão lindo, mas numa escala de 1 a 10, com Chayse tendo 10, então Tyler tinha 9. Certo, que bom que resolvemos isso. Olhei para onde o grupo onde Chayse costumava estar e, é justo dizer que se olhares matassem, estaríamos todos mortos.

Chayse começou.

— Ouvi dizer que recebeste um bilhete que era sobre mim.

— Não foi nada. – Ophelia encolheu os ombros.

Eu encontrei a minha voz.

— Estávamos no autocarro a caminho da escola, mas não sabemos quem o lançou, era apenas um bando de raparigas, mais ou menos. Dizia para ficar longe de ti e outra coisa desagradável.

Chayse balançou a cabeça.

— Tens ele?

Ophelia mordeu a língua e pensou sobre isso por alguns segundos.

— Não é tão importante, realmente, não estou preocupada com isso.

Chayse parecia frustrado.

— Eu gostaria de ver.

Ela respirou fundo, abriu a bolsa e tirou-o do estojo. Não sei por que Ophelia decidiu mantê-lo, talvez apenas para lembrá-la do novo blues escolar. Entregou-o a ele.

— Como soubeste? – ela perguntou.

— Alguém do teu autocarro me contou. – disse ele, evasivamente. Ele abriu o bilhete, franziu a testa e o entregou a Tyler, que o leu e balançou a cabeça. Ele o devolveu a Chayse, que o embolsou.

— Isso é uma palhaçada. – disse ele. – Sinto muito.

Ophelia corou.

— Realmente não é nada, não é grande coisa. Estamos bem com isso, não é? – ela se virou para nós.

— Não. – eu disse. – Eu acho que é infantil e rude.

— Exatamente. – Chayse disse e me deu um sorriso. Sim, um sorriso só para mim, com os seus gloriosos dentes brancos e aqueles olhos verdes a olhar para mim por quinze segundos, ok, talvez foram apenas cinco segundos, antes que ele os voltasse para Ophelia.

— Deixa isso comigo, Lia, eu trato disso. — ele a assegurou. Ela começou a protestar, mas ele a calou. — Não está correto. — disse ele. — É simplesmente estúpido e me desculpa.

Tyler se virou para Harry.

— Ei, aquela era uma Cell Lapa que eu te vi a pedalar no fim de semana passado?

— Sim. — Harry pareceu surpreso. — Tenho poupado para ela por um tempo e retomei algumas semanas atrás. Eu te digo, o quadro flex-free é ótimo, ela só implora para ser empurrada com mais força. O que estás a fazer?

— Um polígono. — respondeu Tyler.

— Fixe. — disse Harry.

— Sim, é um bom ajuste, mas estou a pensar em trocar.

Ophelia olhou de Tyler para Harry e me acotovelou.

— Do que eles estão a falar? — ela sussurrou.

Revirei os olhos e Chayse sorriu.

— Bicicletas de estrada, tu sabes... bicicletas. — eu disse a Ophelia. — Devíamos dar uma volta no sábado de manhã. Não te importarias de experimentar a Cell se quiseres trocar um pouco? — Disse Tyler.

— Parece-me bem. Normalmente estou na estrada por volta das cinco. — disse Harry.

— Cinco da manhã? — Ophelia exclamou.

— Alguns dizem que é a melhor hora do dia. — Chayse a provocou.

— Mm, eu já fui para a cama aquela hora, mas nunca me levantei. —A campainha tocou, e Chayse e

Tyler voltaram para pegar nas suas mochilas junto do seu grupo.

Eu me inclinei.

– Tu acreditas nisto?

Peggy balançou a cabeça, ainda com a boca aberta, e Harry encolheu os ombros com indiferença.

Ophelia olhou para mim confusa.

– O que foi? – Ela não entendia que aqueles tipos eram reis na escola.

Harry se levantou e puxou todas nós, uma por uma. Ele definitivamente vai para a escola de charme, Peggy corou profundamente. Eu puxei o meu uniforme para baixo e peguei na minha mochila.

Ophelia ficou ao meu lado, enquanto caminhávamos para as duas últimas aulas do dia.

– Lia, posso te garantir, – comecei, – Antes de chegares, Chayse e Tyler não sabiam que existíamos, muito menos viriam e falariam connosco.

Ela encolheu os ombros.

– Talvez eles simplesmente não tivessem uma razão para isso antes.

Às vezes, acho que a Ophelia não percebe a quantidade de atenção que ela tem ao redor da sua órbita.

OPHELIA

Eu estou em agonia. Subi o caminho para a minha casa, a minha casa, eu disse isso, e fiquei tão aliviada por me despedir de todos e ficar sozinha. Acho que a distração de hoje foi boa, mas eu só preciso de pensar. Abri a porta da frente e os adoráveis Argo e Agnes perceberam o meu desespero e se aproximaram de mim. Dei um grande abraço em ambos. Eu tinha a casa só para mim, sem gente pelo menos. Peguei uma Coca Diet no frigorífico, subi as escadas, lancei a minha mochila no meu quarto e continuei a subir as escadas para o sótão. Argo e Agnes vieram comigo e nos sentamos em frente às grandes janelas, com vista para o mar.

Por que ele saiu sem dizer nada, sem me beijar? Ele mudou de ideia? Eu o desliguei ou disse algo errado? Repassei isso na minha cabeça o dia todo, mil vezes, ele tocando os meus lábios, me levantando e descendo correndo pela rocha de maneira tão responsável, tão confiante nos seus movimentos. Então, ele se afastou um pouco e esfregou os olhos. Ele tocou na minha bochecha por apenas um minuto, a sua mão estava gelada e então, ele se fora. Porquê? O que ele estava a ver que eu não estava?

Durante toda a aula de arte, continuei a procurar por dele, mas ele não apareceu. Insuportável, sou uma idiota a ficar doente por causa dele.

É Sexta Feira à noite, ele virá esta noite? Com quem ele está esta noite? Por que, Jack? Por que fiz isso comigo mesma?

Estou aqui há um minuto e, em vez de ficar de luto pelos meus pais, estou a perder a minha cabeça, ou coração, para alguém que acabei de conhecer e agora estou com o dobro de dor. Sou seriamente estúpida. Levantei-me e comecei a andar, sentei-me novamente e depois me levantei e comecei a andar de novo, sem fazer ideia de como a mudança foi tão rápida, de quase me beijar para fugir de mim.

Ele disse que sentiu a minha falta, eu apenas retribuí. Talvez contar-lhe o que estava na minha cabeça fosse demais. Sou tão idiota. Fechei os meus olhos e respirei fundo várias vezes.

Ele pode vir esta noite. Talvez eu deva apenas me juntar aos meus pais... Eu poderia ser enterrada no mar. Não é um pensamento saudável, mas eu não tinha muitos pensamentos brilhantes no momento.

CAPÍTULO 13

ADAM

Ela não estava feliz com alguma coisa, talvez tenha sido um dia mau na escola ou, depois das primeiras semanas, tudo ficou um pouco opressor. Nós dois notamos isso, Sebastian e eu, e discutimos isso depois de ela se ter deitado cedo na noite passada, muito cedo, especialmente para uma noite de sexta-feira. Por volta da meia-noite, Seb subiu para ver como estava, mas ela não estava no seu quarto. Ele a viu no assento do sótão, a olhar para a praia, mas não invadiu o seu espaço. É difícil decidir se interfira ou não, mas ela poderia querer algum tempo para pensar... sobre os seus pais, escola, o que quer que estivesse na sua cabeça. Nenhum de nós era um bom comunicador.

Na manhã seguinte, olhei para Ophelia quando saímos da garagem de Seb e começamos a nossa viagem para Warrnambool juntos. Nós dois estávamos rijos, era uma manhã fria. Estaríamos de volta do local do naufrágio logo após o almoço, ou antes, se ela não quisesse comer. Mordi o meu lábio, enquanto decidia se puxava por ela ou não. A nossa comunicação até ao momento não era ótima, ela era direta, eu era sem tato. Mas que raio.

– Estás bem?

Ela olhou para mim e sorriu.

– Claro, como tu estás?

– Sim, estou bem. – revirei os olhos. – Mas tu não estás.

Ela suspirou e desviou o olhar.

– Ok, para com isso. – eu disse.

– Bom. – ela se virou para me olhar. – Quanto tempo vamos demorar a chegar lá?

– Cerca de vinte minutos. Porquê? Já queres sair?

Ela revirou os olhos e sorriu novamente.

– Não, Sr. Paranoico, só gosto de me orientar. Então, já que tens um público cativo, conta-me sobre o teu parente que se tornou um herói.

– Ah, sim, é de família. – eu disse para rirmos e funcionou.

– Vai em frente, seu presunto grande. – ela me encorajou.

Eu conduzi para a estrada e, respirando fundo, comecei a minha história.

– O meu ancestral, um jovem muito bonito, viveu e trabalhou em Warrnambool e ele estava no lugar certo na hora certa, sem falar que foi incrivelmente corajoso quando o naufrágio aconteceu. Ainda estás comigo? – Perguntei.

– Sim, dificilmente isso é complexo ainda. Muito diferente da narrativa de Chayse. – acrescentou ela.

– Mm, sim, isso teria sido uma conversa seca. – tirei os meus olhos da estrada para olhar momentaneamente para ela. Ela apenas mencionou isso para se vingar de mim pela minha última piada, tenho a certeza.

– Continua. – disse ela.

Era bom tê-la ao meu lado... ser amigo de uma

rapariga e desfrutar da companhia um do outro, sem toda a tensão e drama do outro. Eu continuei:

– O *La Bella* era um navio de construção norueguesa, uma barquentina, que é um veleiro com três ou mais mastros, muito bonito.

– Eu vi uma foto dele na biblioteca, quando comecei o meu projeto. – disse ela.

Assenti.

– O Seb tem um modelo dele no seu escritório. Bem, o *La Bella* estava a se aproximar de Warrnambool com um carregamento de madeira. Ela tinha vindo da Nova Zelândia. O mar estava muito agitado e havia neblina também. Era novembro de 1905 e o capitão, o Capitão Mylius, ordenou que o navio navegasse para a luz, como faria. Mas quando aconteceu, ele foi atingido por um mar realmente agitado.

Eu a vi estremecer e ela esfregou os braços.

– Frio? – Eu perguntei, esticando o braço para ajustar o ar condicionado.

– Não. – ela me assegurou. – É que eu estava numa rocha quando uma onda enorme bateu e ela rugiu. Me assustou quase até a morte, então, não posso imaginar como seria estar num navio num mar agitado.

– Eu sei. Enquanto faço surfe, tive algumas ondas enormes que me prenderam ao fundo do oceano e pensei que estava tudo acabado. O mar é um amante duro. – disse eu.

– Mm, de onde é isso? – ela perguntou.

– Então estás a dizer que eu não poderia inventar uma deixa dessas?

Ela riu novamente.

– Foi muito boa, tenho a certeza.

– Ok, um poeta. – eu concordei.

– Oh, bem, isso restringe tudo. – ela gozou comigo, novamente. Ela estava a ganhar. – Por favor, continua.

– Ah sim, La Bella. O oceano enorme e traiçoeiro o atingiu, derrubando-o, as ondas quebrando sobre ele, até que foi literalmente lançado contra um recife submerso.

– Ai. – Ophelia estremeceu.

– Eu sei. Quase podes ouvir o rangido do recife no fundo do navio, não é? Então, o capitão do porto de Warrnambool, cujo nome era Capitão Roe, e quatro salva-vidas, remaram numa baleeira para ajudar. A maior parte da tripulação usual do barco salva-vidas estava ausente e, então, os voluntários foram chamados. – eu parei para respirar.

– E foi então que o teu tetra...

– Avô se ofereceu. – terminei a frase. – Os outros voluntários retiraram a baleeira, mas era quase impossível chegar perto do *La Bella* por causa das ondas. O resgate durou cerca de dez horas, mas a tripulação do barco salva-vidas não conseguiu chegar perto o suficiente do navio e foi forçada a retornar à costa. Os marinheiros ficaram mais fracos e a sofrer de exposição e exaustão, e alguns foram levados para o mar.

– Tão aterrorizante. – ela estremeceu novamente.

Parei de falar por um momento para negociar algum tráfego e continuamos.

– Então, três dos homens foram finalmente resgatados e o meu parente, William Ferrier, saiu duas vezes num pequeno bote e salvou outros dois, incluindo o Capitão Mylius. O resto da equipa, de doze pessoas, do *La Bella* foi levada para o mar. O capitão foi suspenso por doze meses e William recebeu vinte libras e uma medalha de prata. – terminei em alta.

– Um dos homens afogados era ancestral de Chayse, então? – ela perguntou.

– Sim, Pierre Johann era o nome dele. Não sobreviveu. Nem o capitão, a longo prazo. Diz-se que o stresse o levou a ter um ataque cardíaco seis meses após o incidente, ele nunca mais navegou e morreu aos trinta e sete anos.

– Pobre homem, eu só posso imaginar. E o naufrágio ainda está ali, é para onde vamos. – afirmou.

Assenti.

– Ele está deitado a bombordo na água, protegido dentro do recife que atingiu. Esta secção da proa está relativamente intacta e o recife onde elo atingiu agora é chamado de recife La Bella.

– Eu me pergunto por que mais pessoas não fizeram o que William fez, sabes, pegar um barco e ajudar. – disse ela.

– Demasiado arriscado. Ele parecia um tipo muito humilde, há um registo, em algum lugar, do seu discurso de agradecimento e ele diz 'Eu só tentei cumprir o meu dever e tenho a certeza de que todo o homem... teria feito tanto'. – eu disse na minha melhor imitação de fazer um discurso.

– Foi heroico. – ela concordou. – Eu não poderia fazer isso. Poderia?

Franzi a testa.

– Eu não acho que nenhum de nós realmente sabe, a menos que seja testado.

OPHELIA

Fiquei aliviada por passar o dia com Adam. Foi bom sentar ao lado dele, observá-lo conduzir o carro sem esforço, assumir o controle e me distrair por um tempo.

Tive uma noite ruim. Jack não apareceu. Não sei por que, ou onde ele está. Eu gostaria de nunca o ter conhecido. Eu me encontrei passando do estágio de dor para o estágio de raiva.

Só terei amigos, de agora em diante, como o Adam e os gémeos, a Peggy, Argo e Agnes. Apenas confiarei no Tio Seb e manterei a vida simples por um tempo.

Adam entrou na área do quebra-mar de Warrnambool. Era tão lindo e estranho estar constantemente rodeada de água, aqui e em casa. Na minha vida anterior, a única vez que vi água costeira foi durante uma semana no feriado anual de Natal, na Costa do Ouro. Agora, eu estava cercada por mais água do que terra. Ele estacionou o seu veículo, com tração nas quatro rodas, num estacionamento próximo a um ute e um pequeno sedã.

Agradeci e saímos. Tirei a minha câmera da mochila e lancei a alça no ombro. Adam pegou uma jaqueta para mim que me ofereci para carregá-la, mas ele disse que a tinha sob controle. Ainda bem que os carros estavam estacionados longe do cais, enquanto as ondas e os respingos do mar batiam contra ele com um forte estalo.

– Os barcos de mergulho partem da rampa de barcos de Lady Bay. – Adam disse apontando para uma rampa ao longe. – Podemos alugar um barco e passar por cima, o naufrágio está a cerca de treze metros abaixo da água, então não vais ver, mas dá para ter uma ideia de onde está. Ou posso apenas mostrar a partir daqui.

Era muito difícil lá fora, quero dizer, muito difícil. Ele deve ter lido a minha mente e dito:

– Vamos lá, vamos dar uma vista de olhos na área geral.

Eu balancei a cabeça, satisfeita. Caminhamos ao redor da área enquanto Adam indicava onde o *La Bella* entrou, onde teve problemas e onde agora estavam os destroços. Tirei fotos da área e observei tudo. Era incrível pensar que um pedaço da história estava abaixo da superfície da água. Se eu não fosse um gato tão assustado, teria adorado mergulhar para ver... talvez um dia. Eu poderia dizer que Adam estava ansioso para entrar num barco e sair, até mesmo para flutuar por cima dele.

– Desculpa ser um marinheiro de água doce. – eu encolhi os ombros. Me perguntei se ele estava desapontado comigo, odiava ser um cobertor molhado.

Adam riu.

– Está muito selvagem lá fora hoje, não vamos desafiar o destino.

– Estás a te referir à maldição, ao mito, quero dizer? – Perguntei. Ele pareceu surpreso. Enfiou as mãos nos bolsos das calças jeans e me olhou interrogativamente.

– Quem te contou sobre isso?

– Toda a gente, quando comecei a fazer este projeto.

– Mm. – disse ele. – É apenas superstição.

Assenti.

– Então, sais depois da meia-noite?

– Não se puder evitar. – disse ele.

~

ADAM

Saímos da zona dos destroços do *La Bella* e levei Ophelia para ver algumas das melhores praias para nadar e fazer surfe.

Eu não conseguia acreditar, quando avançamos na praia, adivinha quem estava lá? Sim, Chayse Johann. Todos os dias ele faz surfe em Port Fairy quando eu estou lá, mas não hoje, ele decidiu fazer surfe perto da sua casa. O tipo é um idiota.

Ele vê Ofélia, acena, larga a prancha, e tem a coragem de se aproximar. Fico feliz em ver que ele ainda tem alguns cortes e hematomas desde que nos vimos pela última vez.

– Ei, Ophelia. – diz ele, depois olha para mim e diz o meu nome, – Adam.

– Chayse. – eu expulsei o seu nome por entre os dentes cerrados. – O que estás a fazer aqui? – ele pergunta a Ophelia. Ele está ali, molhado do oceano, apenas com as suas pranchas, sem roupa de mergulho neste frio, e a pensar que é uma lenda do surf.

Ophelia olha para mim.

– Adam está a me ajudar com o meu projeto, então estamos a verificar a zona onde o *La Bella* está e apenas a fazer algum passeio turístico.

– Sim, vamos verificar os fatos também. – disse Chayse.

– Como assim? – Eu arqueei. Senti a mão de

Ophelia ir ao meu peito e ela gentilmente me empurrou um passo para trás.

– Estou a fazer muitas pesquisas. – ela o assegurou. – Vocês os dois foram muito úteis. – Ophelia direcionou o assunto para algo seguro e, olhando para o mar, disse: – Parece estar bom para fazer surfe.

– Sim, deves voltar a isso. – sugeri.

Chayse me ignorou.

– Queres que eu te leve no barco? – ele perguntou a Ophelia.

Dou um passo à frente novamente.

– Que boa ideia, já que claramente isso não teria me ocorrido. – repliquei.

Ele olhou para mim e Ophelia fisicamente se moveu na minha frente.

– Ah, obrigada Chayse, mas nós temos tudo sob controle. Na verdade, estávamos a sair, certo Adam?

Chayse e eu estávamos muito ocupados a olhar um para o outro para eu responder.

– Certo, Adam? – ela disse um pouco mais alto. – Adeus, Chayse, bom te ver. – Ela se virou, prendeu o seu braço no meu e me tirou dali.

– Sim, adeus Lia, vejo-te na segunda, na escola.

Estou com ela agora, esta noite e durante todo o dia de domingo também, amigo, pensei. Suspirei. Por que deixei aquele idiota me atingir? Eu olhei para Ophelia e ela tinha o traço de um sorriso nos lábios.

Eu revirei os olhos.

– Eu sei, desculpa. É só que ele é um...

– Sim, percebi. – ela me cortou.

– Estou esfomeado. Queres comer? – Perguntei.

– Um café, pelo menos. – ela concordou. Ela cambaleou rapidamente para olhar para alguém.

– O que é? – Eu perguntei e olhei para ver o que a distraiu.

Ela se virou abruptamente e olhou para longe.

– Nada, só pensei ter visto alguém... alguma coisa. – ela balançou a cabeça.

Eu poderia jurar que os seus olhos se encheram de lágrimas, mas ela desviou o rosto de mim e quando eu olhei de seguida, ela estava de volta ao controle. Voltamos para o meu carro, destranquei e peguei a câmera dela, coloquei junto com a jaqueta que estava a carregar na parte de trás. Enquanto estávamos a ir embora, pude ver Chayse a fazer um espetáculo para ela, mais adiante na praia estava Imogen com as suas amigas, a apanhar sol apesar do frio.

– Ele tem uma namorada linda, por que anda à tua volta? – Eu disse sem pensar, outra vez.

Ela olhou para mim e fez uma careta.

– Sim, por que ficaria à minha volta... sem atrativos, eu parecendo anémica, quando tem Imogen?

Balancei a cabeça. Tarde demais para voltar atrás, comecei a emendar rápido.

– Eu não quis dizer isso. Também és linda, mas... quero dizer, de um jeito fraterno..., mas só estou a dizer quando será o suficiente para aquele tipo? – Eu olhei para ela e percebi que só estava a piorar as coisas. – Eu vou me calar.

– Tens a certeza de que queres ser visto comigo no café? Poderias fazer melhor. – ela perguntou.

Merda... isso foi tudo culpa do Chayse outra vez. Eu tamborilei os meus dedos no volante, a minha mente a trabalhar horas extras em como me livrar desta. Virei o carro em direção ao café na costa, com a bela vista do oceano, isso deveria impressioná-la.

Ela socou o meu braço e sorriu.

– Relaxa, Adam, estou apenas a brincar contigo.

Soltei um suspiro de alívio.

– Eu não posso saber. – eu disse-lhe. – Nós não nos conhecemos bem o suficiente para brincares comigo ainda.

– Bem, acostuma-te com isso, mano. – disse ela com ênfase no "mano".

Parei num estacionamento em frente ao café.

– Meu convite, – eu disse, – já que sou eu quem trabalha e quem tem que fazer as pazes.

– O mínimo que podes fazer. – ela concordou, com um sorriso. – Vamos, vou ver se consigo identificar alguém que é o teu tipo. Deverias de me chamar de irmã, no entanto, apenas para que ninguém pense que estás preso a mim.

– Sim, sim. – eu fiz uma careta. Acho que merecia isso.

CAPÍTULO 14

JACK

Eu sabia que ela estava com dor, assim como eu. Foi pior para mim, pelo fato de que ela estava a andar com Adam e aquele tipo Chayse, ambos gostavam dela. Quando ela colocou a mão no peito de Adam, quase rasguei entre eles. Senti o meu coração rasgar de ciúmes.

Estou a tentar me manter longe dela, mas ela não é como as outras. Eu estava no controle e quando tudo acabou com elas, foi isso. Mas ela tem algum poder sobre mim, ela me quer, mas não precisa de mim, ela drena de mim e isso a torna mais forte. Como ela está a fazer isso, ou eu estou a fazer isso, porque fui apanhado de surpresa por ela?

Eu a observei na manhã em que a levei para casa, segurando-a nos meus braços e carregando-a praia acima. Ela ficou deitada na cama depois, se revirando e se revirando, poucas horas antes do amanhecer. Eu a segui para a escola e a observei na aula de arte... os seus olhos sempre fora, à minha procura. Eu queria parar a dor por nós dois e apenas aparecer, mas tenho que pensar bem sobre isso. Se ela for mais forte do que eu, posso ter que desistir dela ou nunca a deixar me ver, ela vai me destruir. Mas não acho que poderia vê-la com outra pessoa.

Ela esperou por mim durante toda a noite de sexta-feira, sentada na janela do sótão, uma figura pálida e solitária. Eu queria ir até lá, beijá-la e abraçá-la tanto que doía. Eu odeio isso.

Não, é melhor eu ficar longe. Estou a tentar ficar longe.

Podes ficar longe do teu destino?

~

OPHELIA

Segunda-feira. Eu nunca, nunca pensei que ficaria feliz em ter uma segunda-feira de manhã imposta sobre mim, mas preciso de sair da minha cabeça. Eu só preciso estar ocupada, estar com os meus novos amigos e não pensar nele.

Sem sinal dele, nenhum sinal dele. Ele se foi, não sei o que eu era para ele, mas acabou, por mais breve e intenso que tenha sido.

Eu te odeio, Jack.

Não voltes, não chegues perto de mim. Para me deixares magoada como estou desde a madrugada de sexta-feira... para não vires para mim ou mesmo explicar... não tens coração.

Não estou mais a pensar em ti.

Não vou perder mais a minha vida contigo, Jack. Não sei por que clicamos, de qualquer maneira...

talvez porque éramos iguais, talvez porque acabaste de me pegar e não sentiste pena de mim ou me viste como a nova rapariga.

Eu suspirei, estás fora, Jack! Se ao menos o meu coração pudesse entrar em sincronia com a minha cabeça e fazer o que eu pedi.

~

HOLLY

– Não vais acreditar. – eu disse a Ophelia, enquanto corríamos para o autocarro.

– O que foi? – ela perguntou.

– Está aqui, apressem-se. – disse Harry na nossa frente, a acenar para o autocarro parar antes que todos nós o perdêssemos. Ophelia e eu corremos atrás dele.

Subimos a bordo e olhei para o bando de raparigas que tinham lançado a carta ameaçadora em Ophelia. Elas estavam a olhar para nós, bem, para a Ophelia. Ela não pareceu reparar. Sentamos nos nossos assentos habituais, no meio do autocarro, e Harry se virou e se inclinou sobre o assento.

– Foi bom o fim de semana? – ele perguntou a Ophelia.

– Sim, obrigada. Adam me levou para conhecer e me mostrar alguns dos locais para o projeto. – ela respondeu.

– Pato de sorte. – eu suspirei. – Eu gostaria que Adam me mostrasse os pontos turísticos, quaisquer pontos turísticos, a dica local serviria!

Ophelia riu e ficou taciturna outra vez. Novamente, não sei o que está a acontecer com ela. Eu me pergunto quem ela era antes de vir para aqui, sabes, como ela era quando a vida dela era normal, com os pais e tudo. Ela ainda parecia pálida e cansada para mim, mais do que quando chegou.

– Ei, tu e Tyler andaram de bicicleta? – perguntou a Harry.

– Sim. – disse Harry a agir normalmente. – Trocamos de bicicletas e depois fizemos um bom circuito longo. Vamos fazer de novo no próximo fim de semana.

Ophelia parecia satisfeita, assim como Harry, mesmo que ele estivesse a tentar ser bom sobre isso. Ele continuou a tagarelar sobre o fim de semana e eu o repreendi.

– Shh, tenho novidades para a Lia.

– Desculpa, desculpa. – Ophelia lembrou que eu estava prestes a dizer-lhe algo. – Estavas a dizer... no que eu não vou acreditar?

Harry revirou os olhos e recostou-se.

– Continua com a conversa de raparigas. – Mas percebi que ele ainda ouvia. Atrás de nós, alguém gritou quando um jogo barulhento de lançar a mochila de alguém saiu do controle.

– No que eu não vou acreditar? – Ophelia pressionou.

Abaixei a minha voz e me inclinei mais perto.

– Eu vi no Facebook que a Imogen e o Chayse se separaram.

Ophelia pareceu surpresa.

– Mesmo? – disse ela. – Eles estavam juntos na praia no sábado.

Harry encolheu os ombros.

— Deve ter acontecido depois disso. Quem se importa?

— Eu me importo. — eu declarei. — Porque acho que ele gosta da Lia.

— De modo nenhum. — disse ela. — Além disso, estou ocupada. Eu tenho escola e um projeto, estudo, vocês, Peggy, o Tio Seb, Adam e os cães para tratar, estou ocupada.

Revirei os olhos e recostei-me.

— És a única rapariga em toda a escola e provavelmente em todo o planeta que estaria ocupada demais para Chayse Johann.

Ophelia riu.

— Do planeta inteiro? Uau!

Eu sorri.

— Demais? Ok, só daqui então. — Observei enquanto ela lançava um olhar furtivo para a parte de trás do autocarro.

~

OPHELIA

Peggy e eu sentamos lado a lado na biblioteca a trabalhar nos nossos projetos de história. O que eu amava em Peggy era que ela era maravilhosamente alheia ao drama e amava Harry. Ela não perguntou sobre o Adam, não sonhava com o Chayse e não fazia ideia de que ele tinha terminado com a Imogen. Ela provavelmente nem sabia que ele andava com a Imogen. Mas sabia muitas outras coisas.

– Vais entrar para algum clube? – ela se inclinou e perguntou.

– Eu não pensei muito nisso. – eu disse. Eu não tinha pensado nisso, na verdade.

– Eu sei o que estás a pensar. – ela continuou. – Estás a pensar que há muitos e como os ajustas com o trabalho de casa e o estudo.

Assenti. Fiquei feliz em pensar nisso.

– A qual vais te juntar? – Perguntei.

– Já estou no clube de música e no clube do livro, mas estou a pensar... na verdade, o meu pai está a me pressionar para entrar num clube com alguma atividade física. – ela estremeceu ao dizer isso.

– Poderíamos nos juntar a um deles. – sugeri. Era o mínimo que podia fazer por Peggy, que cuidou tão bem de mim. – Ouvi dizer que existe um tri-clube... poderíamos formar uma equipe de três... um de nós corre, o outro nada e o outro faz ciclismo?

– Não sei, mas podemos perguntar. – disse Peggy. – Ooh, adorei essa ideia, Lia, obrigada. O pai ficará extasiado. Sabes, Harry foi o campeão de cross country no décimo ano, no ano passado, mas ele também gosta de pedalar. – Ela se iluminou. – Poderíamos pedir-lhe para se juntar à nossa equipa tri e ele poderia fazer a parte de ciclismo, a menos que quisesses fazer isso, é claro? – Ela olhou para mim com olhos preocupados, ansiosa por ter Harry na nossa equipa.

Eu sorri, isto estava a ficar melhor com o tempo.

– Não, sou uma corredora, mas posso nadar se for absolutamente necessário.

Peggy deu um suspiro de alívio.

– Isso é perfeito porque sou boa na piscina, não tão boa em terra.

– Nós temos a equipa perfeita, marca essa caixa então. – eu sussurrei, percebendo a bibliotecária a olhar na nossa direção. – Vamos resolver isso mais tarde.

Peggy sorriu com entusiasmo e voltou a continuar o seu projeto. Olhei para o relógio. Não pensei em Jack por vinte minutos. Que grande distração era a Peggy. Voltei a minha atenção para folhear o antigo jornal digitalizado sobre o *La Bella,* nos arquivos Trove. Era surreal poder ler trechos de jornais de 1905, quando isso realmente aconteceu.

Eu examinei os jornais, a primeira notícia que consegui encontrar foi do *The Argus,* a 16 de novembro de 1905, que dizia "nenhum corpo foi encontrado desde então." Macabro! Em seguida, foi um aviso na sexta-feira, 29 de novembro, no *Geelong Advertiser,* de que a conduta da tripulação do barco salva-vidas foi em todos os sentidos satisfatória, que eles fizeram todo o possível para salvar os marinheiros naufragados e que, mesmo que a tripulação regular do barco salva-vidas estivesse a bordo, ele não achava que eles poderiam ter feito mais. Ele elogiou a conduta do pescador Ferrier, mas ressaltou que ele, no seu bote, poderia ir onde o bote salva-vidas não podia.

Você era o tetravô de Adam! A seguir, algumas linhas minúsculas no *Colac Herald,* na sexta-feira, 29 de dezembro, que diziam: "O Capitão Mylius foi detido viajando de Sydney para Melbourne, sob a acusação de homicídio culposo."

E então, eu vi... uma foto ou melhor, um desenho dos homens falecidos que perderam as suas vidas no *La Bella,* alguns deles não eram muito mais velhos do que eu.

Recuei de susto. Eu nem acreditava. Inclinei-me mais perto da tela novamente. O último homem na extrema-direita da foto era o meu Jack...

Jack Denham.

CAPÍTULO 15

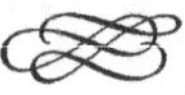

OPHELIA

A foto esperava na minha mochila, latejando na minha consciência, mas não olhei para ela até depois do jantar. Pedi licença e disse ao Tio Seb e ao Adam que tinha que fazer um trabalho e que o ia fazer no meu quarto. Os dois pareciam preocupados, então tentei parecer o mais alegre possível, embora o meu estômago estivesse às voltas, e eu soubesse que lá em cima, pressionada no meu livro de história, estava a foto de um tipo morto por quem eu estava apaixonada. Sou seriamente esquisita. Entrei no quarto e, antes de acender as luzes, agarrei as cortinas e escondi-me atrás delas enquanto as fechava. Eu tinha passado os últimos quatro dias a vigiar as rochas e a praia por Jack, agora, não queria arriscar a vê-lo. Acendi um abajur e me lancei na beira da cama. O que eu faço com essas informações? Jack está numa foto datada de 1905. Mesmo sendo uma foto granulada e castanha, eu sei que é o Jack, ele está a usar a mesma jaqueta que usa agora. Como é isso possível? Ele é um fantasma? Fantasmas não existem, bem, podem existir, quem sabe, quero dizer, como eu sei se existem fantasmas ou não. Eu o vi durante o dia, não se podes ver fantasmas durante o dia. Pode-se?

Peguei no meu portátil e o abri. Procurei as características de fantasmas... talvez haja um especialista em fantasmas. Caçadores de fantasmas, especialistas em paranormalidade, encontros próximos do tipo fantasma... isso vai servir muito bem. Abri a página e rolei para baixo, até encontrar características de fantasmas. Ok, respira fundo. Comecei a ler: *um fantasma pode aparecer dia e noite, mas aparecer à noite é muito mais fácil, porque há menos interferência.* Que tipo de interferência? Não importa. *Aparecer durante o dia esgota um fantasma novato, mas fantasmas antigos são capazes de viver entre nós sem ser detetados dia e noite.* Se Jack é um, parece insano, um fantasma, então ele seria um fantasma antigo, com bem mais de cem anos. Eu o vi e conversei com ele durante o dia, ele seria forte o suficiente para fazer isso. Também explica como ele chegou até a bola de futebol tão rapidamente e como me ergueu das pedras. Fui apanhada por um fantasma, literalmente. Continuei a ler e não conseguia acreditar no que estava a ler. *Um fantasma pode se parecer completamente com um humano e ficar mais forte se o amor for correspondido!*

Eu sentei e pensei sobre isso. Se Jack queria ficar mais forte, por que ele não iria querer o meu amor? Por que ele me rejeitou? Voltei para a lista. Em seguida, *eles podem encantar um humano para se apaixonar por eles,* sim, não me diga. *Eles podem aparecer ou desaparecer,* bem, isso explica como ele desapareceu na praia naquela manhã, quando me abandonou. O próximo fazia sentido, *um fantasma precisa de energia térmica para se manifestar, então o ar ao seu redor fica mais frio.* Eu senti que ao redor dele era mais e as suas mãos estavam tão frias também.

Ouvi uma batida na porta, coloquei o portátil de lado e fui abrir. Adam estava ali parado, em calças de treino e t-shirt, com duas chávenas de chocolate quente.

— Seb e eu pensamos que podias precisar de uma dose de chocolate. — disse ele.

Eu me afastei e o deixei entrar.

— Queres que eu deixe isto e vá? — perguntou ele.

— Não, bebe comigo. — eu o convidei. Fazer uma pausa na minha pesquisa para descobrir sobre o fantasma de Jack durante meia hora não faria muita diferença.

Ele me passou a chávena de chocolate quente e foi até a janela.

— Posso abrir as cortinas? — perguntou ele.

— Não! — Eu não quis dizer isso tão alto.

— Certo. — ele olhou para mim com desconfiança e se sentou numa cadeira. — Queres me dizer o que está a acontecer? Talvez eu possa ajudar.

— Não. — Mudei-me para o fim da cama, afastei o portátil dele e me sentei. Bebi o meu chocolate quente e tentei pensar num novo tópico de conversa.

— Não, que não queres me dizer, ou não, que não achas que posso ajudar?

— Não me perguntes. — eu murmurei. — Ainda não.

Ele assentiu.

— Apenas me diz, isso tem alguma coisa a ver com o Cháyse Johann?

Balancei a cabeça.

— Absolutamente nada... prometo.

Ele pareceu satisfeito com a resposta. Adam olhou para as cortinas fechadas e depois para mim.

— Algo te assustou?

Balancei a cabeça.

— Alguém está a te seguir ou a te observar?

Eu balancei a minha cabeça novamente.

— Esteve...

— Adam! Tu já terminaste o teu chocolate quente? — Perguntei. É claro que ele não entendeu o verdadeiro significado de 'não me perguntes'.

Ele riu.

— Certo, desculpa, vou apanhar a dica. Não é muito uma dica, é mais como um chapo na cabeça. Então estou a ir. — Ele se levantou e foi para a porta, virando-se quando a alcançou. — Eu estou a falar a sério, Lia. Se eu puder ajudar... — ele se virou e saiu.

Quando tive a certeza de que ele tinha realmente ido, coloquei o chocolate quente na mesa e me sentei na cama. Virei o portátil e li a última das características de fantasmas listadas no site, *fantasmas permanecem com a idade que tinham quando morreram.* Jack tinha dezassete anos quando morreu, agora tem dezassete, mas parece mais velho, talvez porque, naquela época, os homens começavam a trabalhar na adolescência e as mulheres se casavam e se tornavam mães quando eram super jovens, então cresciam mais rápido e pareciam mais maduras.

Continuando a leitura: *os fantasmas não precisam dormir como os humanos, são criaturas inquietas sem sombra. Se o fantasma for um demónio, algo estará em falta quando eles assumirem a forma humana.* Eu me encolhi... muito assustador! Mas Jack estava cem por cento lá, eu tinha a certeza disso. Eu podia sentir a sua presença tão forte e ele pegou na minha mão, ele me carregou. Isso é bom, ele provavelmente não é um demónio então. Eu olhei para a foto novamente, era definitivamente o Jack.

~

Eu estava dividida. Precisava de mais informações e sabia exatamente com quem falar, o Tio Seb. Olhei para o grande relógio pendurado perto da porta. Eram dez e meia e o Tio Seb geralmente ficava no seu escritório até tarde. Eu tinha que ver se ele estava acordado.

Peguei na minha chávena vazia de chocolate quente e desci as escadas. A sala de estar estava às escuras, assim como a cozinha. Não acendi as luzes, apenas fiz o meu caminho até a pia com a luz da lua, evitando olhar pelas janelas, o que consumiu toda a minha força de vontade. Eu estava com muito medo do que poderia ver. Estava com medo de que ele aparecesse, mas também queria que ele aparecesse. Argo e Agnes tinham entrado, mas a luz do Tio Seb ainda estava acesa no corredor. Eu tossi levemente, enquanto caminhava pelo corredor, para não o assustar.

— És tu, Adam? — ele chamou.

— Não, sou eu, Tio Seb. — eu apareci na sua porta.

Ele estava sentado atrás da sua mesa, usando os seus óculos e trabalhando num modelo de navio.

— Lia. — ele sorriu e tirou os óculos. — O que é?

— Posso falar contigo sobre o *La Bella*? — Perguntei.

— Claro, sabes que vou falar sobre navios até que os navios cheguem... — ele sorriu da sua própria piada. — Senta-te. — Ele olhou à volta e apontou para um modelo de navio com as suas fileiras de velas levantadas. – É aquele ali. – ele disse.

Puxei uma cadeira do outro lado da sua mesa.

– Ele é lindo. Eu estava a me perguntar o que saberias sobre a tripulação? – Perguntei. – Para o meu projeto.

– Ah sim, como vai isso? – perguntou ele.

– Ótimo. Estou a ver vários naufrágios, mas o Chayse e o Adam ajudaram com as coisas sobre o *La Bella,* e tenho boas informações nos recortes de jornal. Não há muito sobre a tripulação, aqueles que morreram e sobreviveram. – Eu adicionei ambos para evitar suspeitas.

Tio Seb acenou com a cabeça.

– Há uma foto de William Ferrier com alguns dos sobreviventes.

– Eu vi. – disse eu, – E uma imagem de algumas das vítimas.

– Sim, há poucos registos sobre os falecidos. – Tio Seb disse. – Foi um final terrível, o cansaço, as condições, tentar aguentar e alguns deles eram apenas rapazes.

Ele abriu os seus próprios arquivos e notas sobre a zona local. Ele me mostrou várias fotos e falou sobre os sobreviventes. Esperei pacientemente, não querendo denunciar a minha urgência. Finalmente, ele começou a falar sobre aqueles que não conseguiram. Basta chegar ao Jack!

– Então, havia um jovem marinheiro, Jack Denham, de dezassete anos. – Tio Seb voltou para o seu computador e abriu um arquivo, tinha um recorte de jornal que eu não tinha visto. Ele leu em voz alta partes para mim sobre quando uma onda gigantesca chocou os espetadores e fez a sobrevivência parecer impossível: – Parecia certo que a tripulação não conseguiria mais manter o seu domínio precário. Para espanto e alívio dos espetadores aterrorizados, os bravos companheiros ainda se seguraram, mas logo depois, foram obrigados a se deslocar para uma parte mais alta da embarcação, que tinha desviado nas extremidades da trave e começado a desaparecer gradualmente.

Pensei em Jack a se agarrar à vida e percebi como a tragédia parecia muito mais real para mim agora. O Tio Seb continuou a ler:

– Os infelizes homens na escuna podiam ser vistos da costa, implorando lamentavelmente ao barco salva-vidas que se aproximasse... os sofredores cujas vidas estavam em risco... puderam sentir o navio a afundar lentamente sob eles. – Tio Seb parou e olhou para mim. – Tens a certeza de que isto não vai te dar pesadelos, Lia? – perguntou ele.

– Provavelmente dará, Tio Seb. – eu percebi que estava com a mão no coração enquanto o ouvia ler o relato. – Mas é história.

– É. – ele concordou.

– Por favor, continua, eu não encontrei essa informação ainda. – eu disse, me inclinando para a frente e envolvendo os meus braços à minha volta, para calor e apoio.

Ele acenou com a cabeça e continuou a ler. Os meus ouvidos estavam a ouvir o nome de Jack e então ele leu:

– O imediato, Coulson, teve a sua perna partida por destroços que caíram, e ele e o menino [Jack] Denham, foram arrastados juntos num estágio posterior, em consequência de se soltarem das suas mãos e ficarem entorpecidos.

As mãos de Jack eram tão frias. Ele deve ter segurado o máximo que pôde, até não poder mais sentir as suas mãos, ou senti-las soltar a corda.

Tio Seb leu todas as informações que tinha, terminando com uma nota sobre Jack:

– Ele era o mais novo a bordo e era originário de Melbourne. – Ele percorreu o recorte da notícia e leu a declaração do capitão: – Denham estava exausto demais para se mover quando os outros avançaram para a proa a estibordo e, logo depois, desapareceu.

Eu pisquei para afastar as lágrimas antes que o Tio Seb pudesse notar.

– De memória, eu tenho a certeza de que eles encontraram o corpo dele. – Tio Seb disse.

– Encontraram? – Eu me inclinei para a frente.

– Deixa-me ver. – ele vasculhou recortes de jornal salvos no seu computador. – Sim, aqui. Bem, eles meio que encontraram o seu corpo. – Ele leu o recorte. – Isto é o *The Advertiser*, 24 de novembro de 1905: 'no inquérito de hoje sobre o corpo sem cabeça encontrado ontem, foi declarado que se acreditava que o corpo era do menino, Jack Denham, que foi lavado do navio naufragado. O funeral teve lugar esta tarde e contou com a presença dos sobreviventes do naufrágio e de vários residentes de Warrnambool'. E é isto. Embora eu me lembre das minhas leituras que houve alguma confusão inicial sobre se o corpo era de Jack ou do marinheiro Harry Watson.

– Onde achas que o Jack está enterrado, se é o Jack? – Perguntei.

– Eu acredito que ele está enterrado no cemitério de Warrnambool, podes encontrar os registos do cemitério online.

– Se ele era de Melbourne, me pergunto por que a

sua família não o levou de volta para enterrá-lo. – pensei em voz alta.

– Talvez ele não tivesse família ou eles não tivessem dinheiro para isso. Era uma época diferente. – Tio Seb me lembrou. – Naquela época, muitas vezes as pessoas eram enterradas onde morriam. Eles não tinham os métodos de preservação que têm agora, para manter o corpo frio e armazenado por dias a fio.

– Assustador, novamente. Obrigada, Tio Seb. – eu me levantei. – Eu sei que está a ficar tarde, não quero mantê-lo acordado.

– A qualquer hora, Lia. – disse ele, tirando os óculos de leitura novamente. – Espero ter ajudado.

– Foi uma grande ajuda. – assegurei-lhe, dei-lhe um beijo de boa noite na sua bochecha e entrei novamente no corredor escuro. Subi as escadas para o meu quarto. Tinha que ir ao cemitério.

CAPÍTULO 16

JACK

Ela sabe, Ophelia sabe sobre mim e, no entanto, ela não está com medo. Eu estava lá quando Sebastian estava a contar-lhe a minha morte e senti a sua tristeza e compaixão por mim. Eu sabia que ela era diferente. Mas ainda não sei por que ela é mais forte do que as outras e por que estar com ela pode ser o fim para nós dois.

Tive muito tempo para pensar, nos últimos dias, enquanto a observava se ressentir e me odiar, sentir falta e me amar. Se eu conseguir manter o meu poder por tempo suficiente para levar Ophelia comigo, para o meu mundo, não me importo se isso for o fim para nós os dois, ficaremos juntos para sempre.

Ela pode pelo menos dormir, as horas do dia se esvaem na inconsciência, enquanto estou acordado, a cada minuto, de cada hora, de cada dia, a tentar não pensar nela.

Deveria estar a ficar mais fácil, mas não está. Não suporto pensar nela com outro tipo, com as mãos sobre ela, os lábios na sua boca, não aguento!

OPHELIA

Voltei para o meu quarto e fechei a porta. Eu afundei no chão, encostada na cama. Depois que os meus pais morreram, pensei que não tinha mais lágrimas para chorar, mas estava errada, ouvir como Jack morreu, tão frio, e depois de uma luta, foi devastador. Foi por isso que ele não pôde seguir em frente... porque a sua vida nunca teve a chance de começar?

Me levantei do chão, eu estava para ir corrigir isso. Eu não me importo com o que Jack é, ou o que Jack era, ele está aqui agora e eu quero saber porquê, e por que ele me evitou.

Caminhei até as cortinas e as abri. De pé na nossa silhueta rochosa ao lado da lua estava Jack, as mãos nos bolsos do casaco, a cabeça erguida. Ele estava a olhar diretamente para a janela, para mim, a primeira vez que ele apareceu numa semana. Eu não iria deixá-lo escapar levianamente. Eu segurei o seu olhar e ele olhou de volta.

— Vem para mim, Jack. — eu sussurrei. Uma nuvem negra passou na frente da lua e a praia foi envolta em trevas. Quando a lua saiu novamente, ele tinha partido.

— Não, Jack! — Eu chorei de raiva.

— Estou aqui. — uma voz disse atrás de mim e eu me virei.

Eu respirei pesadamente, ele tirou o ar do quarto atrás de mim.

— Ophelia. — ele disse o meu nome e deu um passo na minha direção.

Balancei a cabeça.

– Não se atreva, Jack, não...

Ele desviou o olhar de mim e olhou para o oceano, pela janela. Respirou fundo e a sala gelou.

– Tu és forte, tiras o meu poder. – disse ele, voltando o seu olhar para mim. – Tu vais me destruir, mas eu preciso de ti como tu precisas de oxigénio.

Eu recuei e balancei a minha cabeça.

– Não, Jack. Tu me deixaste... tu não vieste...

– Foi um erro. – ele deu um passo na minha direção e eu estiquei as minhas mãos para detê-lo. Ele ficou onde estava, os seus olhos me perfurando. – Estás assustada comigo?

– Não. – eu disse.

– Sabes o que eu sou, Ophelia. Eu teria te contado, eventualmente.

– Não tenho medo de ti. – eu disse. Percebi que as minhas mãos tremiam e cruzei os braços na minha frente. Afastei-me da janela. Balancei a cabeça. – Não entendes, Jack. Eu... – Eu não podia dizer que estava apaixonada por ele em voz alta. Era muito cedo, muito errado, muito certo. E se ele pirou da última vez, só porque eu disse que ele estava na minha cabeça...

– Estou na tua cabeça, no teu espaço, no teu quarto, no teu mundo. – disse ele, a ler os meus pensamentos. – Não a deixei, Ophelia, porque não te queria, saí porque não tinha o direito de... possuir-te.

Eu não conseguia respirar, a sala estava fria e Jack estava tão perto, e eu estava a tentar pensar em cada palavra que ele disse e o que elas significavam, se ele estava de volta para mim, quando ele correu na minha direção.

— Não! — Eu tropecei para trás e o empurrei. – Eu não confio em ti... estou melhor agora, esqueci-te.

Ele emitiu um som de gozo.

– Sim. – os meus olhos brilharam em desafio enquanto eu recuava para a porta do quarto. Procurei a maçaneta. – Tu não podes simplesmente voltar para a minha vida quando te convém. Não sou a tua amiga da praia.

– Ouve-me. – ele tentou me acalmar.

– Tu não tens nada que eu queira ouvir, Jack. – eu disse. O seu rosto caiu e ele mordeu a língua, olhando para mim. Ele estava perto o suficiente para me alcançar, mas manteve a distância.

Continuei.

– Eu sei quem tu és, ou quem tu eras, e eu sinto muito pelo que aconteceu contigo. Mas simplesmente continuas, eu não. Não posso ter mais um desgosto... não este mês, talvez não este ano. – Eu podia me sentir a rasgar novamente. Merda.

Jack pelo menos parecia envergonhado.

– Acredita em mim, eu não desapareci do teu mundo porque não me importava. – ele disse novamente. – Ophelia, já me afoguei uma vez, mas tu estavas a me afogar outra vez. Não sei o que significa ainda, nunca senti isso.

A casa gemeu alto. Tive que sair do quarto, estava muito frio e se ficasse, sabia que o perdoaria. Virei a maçaneta, silenciosamente, nas minhas costas enquanto ele falava e me virei rapidamente para sair.

Jack estava ali, ele bateu a porta, trancou-a e me girou.

— Me perdoa. – ele pressionou contra mim.

Usei a minha raiva como um escudo sobre o meu coração. Ele não teria a chance de me magoar duas vezes. Lutei para me afastar dele.

– Não lutes comigo, Ophelia, tu drenas aos dois. – disse ele. – Para, por favor.

Ele pressionou com tanta força contra mim que eu não conseguia me mover. Eu queria tanto beijá-lo.

– Por favor, Ophelia. – ele sussurrou.

Parei e deixei a luta escapar do meu corpo. Ele pressionou a sua testa contra a minha, eu fechei os meus olhos e agarrei-o, no caso de ele desaparecer.

~

JACK

O seu toque estava a me queimar, a me drenar, e ainda assim ela estremeceu com a minha presença fria.

Ela respirou irregularmente e se eu estivesse vivo, o meu batimento cardíaco estaria a igualar as batidas rápidas que eu podia ouvir do seu coração.

– Tu estás a me matar, mas estar longe de ti está a me matar mais. – sussurrei para ela. Recuei apenas um pouco, o suficiente para ver o seu rosto completamente. Ela era tão frágil e bonita, aqueles olhos enormes a olhar para mim sem medo. Eu tive que beijá-la desta vez.

Os meus lábios tocaram os dela e eu a respirei. Ela retribuiu o meu beijo, o meu primeiro beijo que realmente importou. Ela se afastou e a sua mão alcançou o meu rosto, o calor passando por mim, o poder deixando o meu corpo. Ela tocou o meu rosto com curiosidade.

– Não faças isso comigo outra vez, Jack. – ela disse. – Fica comigo ou não, mas não me deixes à espera.

– Tu agora sabes o que eu sou. – eu olhei nos seus olhos. – É tua a decisão, Ophelia. Não posso fingir que sou bom para ti, que posso te dar qualquer tipo de vida...

– Shh. – ela pressionou o dedo nos meus lábios. – Os tempos mudaram desde 1905. Os homens não precisam de sustentar as mulheres, Jack. Ter-te, nós...

– Tu não sabes o que estás a dizer agora. – eu lhe disse. – Eu vou te mostrar, em breve, como seria uma vida comigo. Quando tu realmente souberes, se não puderes ficar comigo, irei entender e partir para sempre. Não vou fazer-te passar por nada assim novamente. Tu podes manter a minha foto antiga e talvez, de vez em quando, possas te lembrar de que... se importaste com esse tipo uma vez.

Os seus olhos estavam cheios de lágrimas.

– Eu me importo contigo agora. – disse ela.

– Estou apaixonado por ti, Ophelia. – Eu dei-lhe a segurança de que precisava. Isso drenou ainda mais o meu próprio poder. – Mas agora, eu tenho de ir.

– Não. – ela me agarrou e pressionou a cabeça no meu pescoço.

– Não quero ir, e voltarei sempre, prometo..., mas tenho que ir agora. – ela deu um passo para trás e inclinou a cabeça para o lado, enquanto pensava. Eu queria passar a noite segurando-a nos meus braços e respirando-a.

– Posso te fazer uma pergunta antes de ir? – ela me olhou interrogativamente.

– Talvez, se não for preciso muitos detalhes para responder. – eu a provoquei e peguei na sua mão.

Ela sorriu, a primeira vez que a vi sorrir em dias.

– Tu estás todo aqui? – ela perguntou. – Quero

dizer, tu tens um buraco no peito ou falta de um membro?

Eu fiz uma careta, olhei para os meus pés, de volta para ela e ri.

– Confia em mim, estou todo aqui. De onde tiraste essa ideia estranha?

Encolheu os ombros.

– Nas pesquisas.

– Tu podes confirmar isso em primeira mão. – eu lhe disse. – Mas não agora, eu tenho que ir ou vou ficar muito fraco para... outra hora. – Eu a beijei novamente. – Eu te vejo amanhã, prometo. – então me virei e, atravessando as janelas de vidro do seu quarto, desapareci na noite.

CAPÍTULO 17

HOLLY

— Tu estás muito mais alegre hoje. – estudei Ophelia. Bem, ela estava. Ela parecia, diferente... tinha trançado o cabelo, puxando-o do rosto e os seus olhos brilhavam. O dia todo ela esteve a sorrir, conversar, participar, uma Ophelia totalmente diferente da pessoa quieta que começou na escola há quase um mês agora e, apenas na semana passada, esteve totalmente taciturna!

— Sim, estou a me sentir bem. – ela encolheu os ombros.

— Não, é mais do que isso. – eu a provoquei, enquanto caminhávamos para a aula de Inglês, a nossa última aula antes do almoço.

Ela revirou os olhos.

— Quando tu estás feliz eu não vou te incomodar. – disse Ophelia.

— Sim, mas estou um meio copo feliz. Tu és mais como se fosse... – eu a estudei, – Uma namorada feliz.

Ela riu-se.

— Vamos, conta tudo. – eu disse. – É o Chayse?

— Não! — ela exclamou, – Não que haja algo de errado com Chayse, é claro, ele é um sonho, mas não, então não é o Chayse, e também não é o Adam antes de tu ires para lá.

– Mm, quem sobrou? – Perguntei.

– Eu conheço mais do que dois tipos. – ela disse, segurando-me a porta da sala da aula de Inglês.

– Como? Tu só estás aqui por um minuto. – eu a lembrei.

Peggy já estava lá quando chegamos e nos sentamos ao lado dela.

– Gosto do teu cabelo assim, Lia. – disse Peggy.

– Obrigada, Peggy. – Ophelia sorriu. Ela se deixou cair na mesa do meio, eu fui para o outro lado e me inclinei para Peggy.

– O Harry? – Perguntei.

Peggy balançou a cabeça.

– Não te preocupes. – inclinei-me e dei uma palmada no seu braço, – Tu és boa demais para o meu irmão.

Ela corou e sorriu, desviando o olhar.

– Então, – eu baixei o tom de voz e voltei a minha atenção para Ophelia, – Quem é ele? Ele frequenta esta escola ou alguma das outras? Ele está a trabalhar?

Ophelia olhou em volta, para se certificar de que ninguém estava a ouvir, e disse:

– É o Jack. Tu o viste pela janela na aula de arte, lembras?

– O tipo fofo com o casaco comprido?

– É ele.

– Bom para ti. – eu a acotovelei. – Tu mereces ser feliz.

Ela sorriu.

– Obrigada, Holly. É uma coisa muito boa de se dizer.

– Ele tem um irmão? – Perguntei.

Mm, então Ophelia estava radiante de felicidade, Peggy estava ansiosa pelo Harry, e eu... bem, eu não tinha um par para o baile da escola, mas não me importava... Eu simplesmente iria com as meninas. Seria bom ser convidada, no entanto.

Era uma tarde de debate sobre literatura. O Sr. Wall lançou jogos relacionados à aula de inglês connosco quando percebeu que a turma estava lá apenas pela metade, como um pouco antes do almoço ou na última aula do dia. Ele deve ter me visto a sonhar acordada e me questionou.

– Então, Holly, tu preferes ser Elizabeth Bennett, de *Orgulho e Preconceito*, da Jane Austen, ou a Bridget Jones do *Diário de Bridget Jones*, da Helen Fielding? – perguntou ele.

– Pergunta capciosa, senhor. – eu sorri. Ele não ia me apanhar nessa. – Elas são praticamente as mesmas personagens, mas de uma era diferente.

Ele empurrou os óculos ainda mais para cima do nariz e apontou o dedo para mim.

– Muito bem. Eu te vi a sonhar acordada, mas conseguiste desta vez. – recebi alguns sorrisos de parabéns dos alunos.

– Então, qual prefere ser? – ele persistiu.

Eu fiz uma careta a pensar sobre isso.

– Eu acho que Bridget Jones. Deve ter sido muito frustrante ser mulher na época do *Orgulho e Preconceito*.

– Obedecer aos homens, que ótima ideia. – interrompeu Russel Sparke, na primeira fila. Todos os rapazes da turma aplaudiram e o Sr. Wall encorajou o debate.

– Russell, tu, definitivamente, não és tão inteligente ao dizer isso numa turma com mais mulheres do que senhores. – o Sr. Wall o provocou. – Espero que a sua acompanhante para o baile não esteja nesta sala, porque você pode ir sozinho agora.

Russell sorriu e encolheu os ombros. O Sr. Wall continuou.

– É uma verdade universalmente reconhecida que Helen Fielding não inventou todo o enredo do seu romance *O Diário de Bridget Jones*, ela apenas trouxe *Orgulho e Preconceito* para o final do Século XX e...

Saí novamente e olhei pela janela para o lindo dia lá fora. Eventualmente, a campainha tocou e nós colocamos tudo nas mochilas. Nós quatro fizemos um Elvis e saímos do prédio. Peggy e Harry ficaram para trás, para falar com o Sr. Wall. Do lado de fora, vi Chayse a vir de outra direção, ele estava a olhar para Ophelia, mas não conseguia se livrar de alguém a falar na cara dele.

– Lia, essa é a segunda vez que o Chayse tenta chamar a tua atenção e tu te esquivas dele. – acotovelei Ophelia, enquanto nos abaixávamos na relva debaixo da nossa árvore favorita.

Ela mordeu o lábio inferior e olhou na direção do grupo do Chayse. Imogen e as suas amigas não andavam mais com eles desde o rompimento, mas, de alguma forma, os outros amigos do Tyler e Chayse tinham raparigas suficientes ao redor deles para fazer com que parecesse um harém.

– E se ele quiser te convidar para sair? – Perguntei a Ophelia.

Ela riu-se.

– Yeah, isso é provável. Ele saiu da praia e agora se transforma em fantasma branco e pálido. – ela sorriu com o pensamento.

– É uma coisa de beleza inglesa. – eu lhe disse. – Como em *Orgulho*

e Preconceito, todas as raparigas são justas e femininas.

Ela bufou de tanto rir.

– Sim, tenho a certeza de que elas nunca riram assim. – eu disse.

Ela me deu um empurrão.

– Ei, Holly, olha. – ela acenou com a cabeça na direção do caminho. Harry e Peggy estavam a caminhar na nossa direção. – Achas que ela o encurralou?

– Eles ficam fofos juntos. – eu os estudei, – Mesmo com a cabeça má de Harry.

– Tu és terrível. – disse Ophelia. – Ele é doce e bonito, à sua maneira.

Eles chegaram e apanharam um pouco de relva. Peggy deu um sorriso tímido para nós as duas e sentou-se ao lado de Ophelia.

– Olá, vocês duas, o que estão a tramar? – Perguntou Harry. – Belo

cabelo, Lia.

– Obrigada, Harry. – Ophelia disse alegremente.

– Não conversamos sobre nada durante a maior parte do intervalo para o almoço e eu lamentei o fato de ainda não ter um par para o baile.

– Vou levar a Peggy. – Harry soltou, a Peggy corou e acenou com a

cabeça.

Ophelia e eu tentamos jogar com calma.

– Metade da sua sorte. Não posso acreditar que a Peggy concordou. – eu provoquei os dois.

Uma sombra caiu sobre nós e olhamos para cima para ver Chayse ali, parado.

– Ah, olá. – disse ele. – Lia, alguma hipótese de eu poder te dar uma palavrinha?

Ela me lançou um olhar de pânico.

– Claro. – ela começou a se levantar e ele estendeu a mão e ajudou-a a se levantar. Eu os observei a irem embora.

– Do que se trata? – Perguntou Harry.

– Bate-me. – eu encolhi os ombros. – Mas acho que ele gosta dela e se a Lia quiser o meu conselho, acho que ela deveria libertá-lo imediatamente. O maior erro que tu podes cometer no amor é ansiar por alguém que não está interessado... amor não correspondido. – eu suspirei.

– E como é que tu sabes disso? – Perguntou Harry.

– Eu li num livro. – eu disse-lhe.

– Aposto que ele a convida para o baile. – disse Peggy com um sorriso para Harry.

– Ótimo, eu vou ser a groselha, ou era uma framboesa? Sei lá!

JACK

Ela estava tão radiante, e eu não conseguia tirar o sorriso do meu rosto, apenas olhando para ela. Ela fez algo com o seu cabelo hoje, trançado, e parecia tão fofo. A observei na aula de arte. Eu a deixei ter apenas um vislumbre de mim, e valeu a pena, pelo olhar de felicidade que isso trouxe para o seu rosto. Esta noite eu iria beijá-la e abraçá-la novamente. Eu lhe diria o que significa para mim estar com ela e o que tínhamos que fazer para ficarmos juntos, para sempre. Mas só se eu achar que ela está pronta para isso.

Então, eu a vi a se afastar com o surfista alto. Se o meu coração ainda batesse, teria parado pelo frio que corria nas minhas veias ao vê-los juntos. Ela é minha agora e não estou preparado para perdê-la. Não estou vivo e nem morto, mas com ela, renasço.

Eu caminhei ao lado deles, ao lado de Ophelia. Não me mostrei, mas eu iria intensificar se ela precisasse de mim. Chayse estava nervoso, eu podia lê-lo. Limpou a garganta.

– Acho que tu já ouviste falar que a Imogen e eu nos separamos. – disse ele, enfiando as mãos nos bolsos.

Ophelia acenou com a cabeça.

– Sinto muito.

– Tudo bem. Demorou muito para chegar. Tentei terminar no final do ano letivo do ano passado, mas ela não queria e, durante as férias de Natal, meio que voltamos a ficar juntos. – disse ele. – Tu deixaste alguém para trás, em Brisbane?

Ophelia balançou a cabeça

– Não. Eu nunca tive um namorado de verdade.

O desejo por ela me inundou e eu queria aparecer para ela, ali mesmo. Eu podia sentir o desejo de Chayse por ela aumentar. Eu quero ser o seu primeiro, o seu único e o seu último. Eu a inspirei.

Eles pararam, ao chegar ao limite da escola, e Chayse se virou para Ophelia.

– Eu só estava a me perguntar se talvez tu gostarias de sair, sabes, assistir a um filme neste fim de semana? – ele perguntou, – Talvez irmos ao baile juntos?

Os olhos de Ophelia se arregalaram de surpresa e ela riu. Chayse parecia envergonhado e um pouco zangado.

— Desculpa. — ela disse. — É que tu poderias ter qualquer rapariga nesta escola, e eu sou tão, bem, não sou o teu tipo.

Chayse encolheu os ombros.

— Como é que tu sabes? Nós realmente não nos conhecemos muito bem e, de qualquer forma, eles dizem que os opostos se atraem.

Ela tocou o seu braço e eu me movi rapidamente, pude evitar, corri para ela. Ophelia me sentiu, ela esfregou o braço onde a pele arrepiada apareceu e olhou à volta, à minha procura. Ela balançou a cabeça levemente, me dizendo para não me preocupar.

— Obrigada, Chayse. Fiquei muito lisonjeada, a sério, quem não ficaria? — ela lhe respondeu. — Mas eu conheci alguém.

Eu estava no paraíso.

— Mesmo? — Chayse perguntou.

Ophelia revirou os olhos.

— Tu és tão mau quanto o Adam. — ela disse. Chayse se irritou com a comparação. — É tão difícil acreditar que alguém pode me convidar para sair?

— Eu não quis dizer isso. É que tu não estás aqui há muito tempo... não é o Adam, é?

— E se fosse? — Ophelia perguntou. Eu podia ler que ela estava a ficar impaciente com a conversa deles.

A mandíbula de Chayse se apertou e ele encolheu os ombros.

— Ele não é bom o suficiente para ti.

Agora eu sabia que a Ophelia estava com raiva, podia sentir o seu ritmo cardíaco acelerar e não estava muito feliz por ela estar a defender um e a conversar com o outro. Desaparece surfista.

Ela respirou fundo e se forçou a sorrir.

– O Adam é como um irmão para mim.

– Isso é bom. – Chayse sorriu.

– E, – ela continuou, – ele tem sido muito bom para mim.

Chayse acenou com a cabeça.

– Ok, posso ter ultrapassado os limites.

– Mas tu também tens sido muito bom para mim, Chayse, obrigada. Tu tornaste a coisa da nova rapariga um pouco mais fácil. – ela deu-lhe um sorriso que derreteria qualquer coração, – E obrigada por me convidares.

Ele ficou vermelho.

– Então, quem é esse rapaz?

– Não o conheces. Ele também é novo na zona, acho que é o que temos em comum. – disse ela. Os seus olhos se suavizaram enquanto ela falava de mim.

A campainha para as últimas aulas do dia tocou, sinalizando que o almoço tinha acabado. Assim que anoitecesse, e ela pudesse fugir, eu a teria só para mim.

CAPÍTULO 18

OPHELIA

Eu não iria direto para casa depois da escola, tinha algumas pesquisas para fazer. Ia ao cemitério para encontrar o túmulo de Jack. Não sei se as minhas ações iriam irritar Jack, mas não queria perguntar-lhe e correr o risco de mandá-lo embora. Eu queria encontrar o túmulo sozinha, primeiro. Verifiquei a rota do autocarro e isso significava trocar de transporte duas vezes, muito difícil. Eu teria que apanhar um táxi, mas, como tinha uma mesada semanal do seguro de vida dos meus pais, e não tinha gastado nada desde que cheguei, não era grande coisa.

Depois da última aula, disse à minha turma que tinha uma consulta médica, sim, ninguém quis saber mais nada sobre isso, e esperei pelo táxi que reservei pelo telefone, entre as duas últimas aulas. Quando ele chegou ao virar a esquina da escola, deslizei para o banco de trás, dei o endereço ao motorista e estava lá em menos de dez minutos. Se eu tivesse uma bicicleta, poderia ter pedalado até lá facilmente. Agradeci ao motorista, paguei e ele disse que lamentava a minha perda. Eu também.

Eu estava no portão de entrada. Era enorme e

bonito, o cemitério até tinha vista para o mar. Peguei no meu telefone, folheei as minhas anotações e verifiquei o corredor e o número do lote. Ficava na secção da Igreja de Inglaterra, compartimento vinte e oito, sepultura dezassete. Não pode ser muito difícil, pensei, e olhei em volta à procura dos sinais. Vaguei por um tempo entre os túmulos, indo em direção à parte mais antiga da secção da Igreja de Inglaterra, onde Jack estava. Agora, isso parecia estranho.

Ao longe, vi uma senhora idosa a limpar uma sepultura, desviei os olhos para lhe dar privacidade. Eu sei o que é ter toda a gente a olhar para ti, quando tu queres ficar sozinha para lidar com a tua dor ou mesmo apenas para conversar com a tua família, viva ou morta. Uau, estou realmente a viver em dois mundos no momento!

Encontrei a linha correta, agora só precisava encontrar o túmulo. Verifiquei o número novamente e fui andando. Encontrei o local, mas não tinha lápide. Eu olhei novamente, era um túmulo sem identificação. Porquê? Por que ele não tinha uma lápide com o seu nome, e as datas do seu nascimento e morte, Jack Denham, tragicamente levado no mar, 1888/1905, ou algo assim? Era como se ele nunca tivesse existido. Ajoelhei-me na área da sepultura não marcada e apenas olhei para ela. Era tão estranho estar a olhar para o túmulo do tipo por quem eu tinha me apaixonado de uma forma importante, um tipo morto que eu veria esta noite. Eu estremeci com o pensamento.

— É aqui que você está, Jack. — sussurrei e fechei os olhos. Eu não conseguia senti-lo, ele não estava aqui. Ele ficou perto da água, talvez porque era onde gostava de estar, e foi ali que a sua vida acabou.

O meu telefone apitou com uma mensagem de texto e saltei de susto. Gato assustado..., mas estava tão quieto no cemitério que qualquer barulho me fazia saltar. Olhei para a mensagem e era do Adam, a me pedir para esperar que ele levasse os cães para passear. Eu mandei uma mensagem de volta, a dizer que ainda estava em Warrnambool e ele ligou.

– Eu também. – disse ele, indo direto ao ponto. – Estou a sair do trabalho agora, queres uma boleia?

– Sim, por favor. – Eu me iluminei. Isso evitava esperar pelo próximo autocarro ou gastar muito para apanhar um táxi. – Estou no cemitério.

~

ADAM

Essa criança é muito bizarra, ok, talvez Ophelia não seja mais uma criança, ela tem dezasseis anos e, provavelmente, está mais madura do que a maioria por ter perdido os pais, mas o cemitério? Sério? Eu me pergunto se devo deixar Sebastian saber. Quem ela conhece para visitar ou o que exatamente ela está a planear que envolva ficar no cemitério? Percebi que estava a conduzir muito rápido e diminuí a velocidade, pelo que eu sabia, ela não corria perigo, estava apenas rondando o cemitério!

Pelo que pude perceber, Ophelia passou metade do tempo a fingir que tudo estava ótimo, como se a morte de seus pais no mesmo dia, a mudança de estado, mudança de escola, mudança de vida, tudo estivesse sob o seu controle, e o resto do tempo passava se escondendo no seu quarto. Juro que a ouvi a falar sozinha, ou falava com alguém. Ela também é diferente, todos os outros adolescentes têm fones enfiados nos ouvidos e são totalmente egocêntricos, mas a Lia não. Ela afirma não querer o barulho a encher a sua cabeça, quer ter tempo para pensar. Ela vai explodir, a cabeça dela vai se espalhar por toda a parte, sério.

Ao me aproximar do portão da entrada do cemitério, a vi à espera, perto da parede de tijolos. Ela sorriu, pegou na sua mochila e correu para o carro.

— Ei, Adam, obrigada pela boleia, brilhante. — disse ela, entrando no meu veículo com tração nas quatro rodas, que eu realmente não precisava para ser um aprendiz de construtor de barcos, mas era ótimo para encaixar a prancha de surfe, a bicicleta e os companheiros. Vanessa não gostava, não era sofisticado o suficiente para ela, queria que eu comprasse um carro desportivo.

Então, aqui estava a Ophelia, toda alegre e doce.

— O prazer é meu. Posso estar um pouco sujo, desculpa. — eu disse, ao perceber a graxa nas minhas pernas.

— Tu estás! — ela torceu o nariz em falso desgosto e sorriu.

— Estás bem? — Perguntei.

— Sim, obrigada. Como tu estás? — ela olhou para mim.

Eu odeio como ela se desviou, caramba, mas ela era boa nisso.

— Estou bem. — disse lenta e deliberadamente, — Mas não estou a rondar o cemitério. — começamos a viagem de vinte minutos para casa. — Ophelia?

Ela olhou para mim.

– Sim, Adam?

Eu sorri com a sua formalidade.

– Posso perguntar o que exatamente estavas a fazer no cemitério?

Ela exalou e desviou o olhar, observando a paisagem da janela do passageiro. Eu a senti enrijecer ao meu lado. Sabia que era apenas uma questão de tempo até que ela desabasse, ninguém poderia manter essa frente.

– Lia? – Eu acotovelei. A minha essência queria parar o carro e segurá-la, dizer-lhe que tudo ficaria bem, eventualmente, mas eu não a conhecia bem o suficiente para fazer isso ainda e ela poderia sair do carro e correr.

Ela se virou para olhar para mim, mordeu o lábio e parecia realmente chateada. Quase desejo não ter dito nada agora.

– Adam, prometes que não vais contar a ninguém? – ela começou.

Assenti.

– Eu disse-te que podias confiar em mim. – conduzi o carro por uma rotunda e estávamos na estrada para casa, em Port Fairy.

Ela não falou por um momento.

– Lia?

— Eu estava...

– Sim. – eu gentilmente a acotovelei.

– Eu estava a trabalhar no meu projeto! – ela sorriu e então riu alto.

Eu dei-lhe um olhar irónico e balancei a minha cabeça.

– Adam, relaxa. O que achas que estou a fazer no cemitério, a comprar um terreno? A visitar os pais de outra pessoa?

– Tudo bem. Sinto muito por estar preocupado. – eu disse. Eu não estava realmente mal-humorado, só queria que ela se sentisse mal por me fazer sentir um idiota.

– Obrigada por se importar. – ela se inclinou e me beijou na bochecha.

Os meus olhos se estreitaram.

– Tu ficarás Ophelia Montague. Um dia, podes precisar de mim e eu não estarei lá, porque tu choraste como lobo muitas vezes.

– Tu não vais estar lá? – ela olhou para mim com a cabeça inclinada para o lado.

– Sim, provavelmente irei. – eu suspirei.

~

OPHELIA

Um dos meus ódios de estimação, um grande ódio animal, é que quando tu estás a passar por algumas coisas difíceis, toda a gente está a olhar para ti o tempo todo, a observar-te, à espera de te perderes ou teres um grande colapso. Não suporto olhares simpáticos, não suporto olhares de apoio. Superem isso! Tudo bem, eu me sinto melhor agora. Eu sei que o Adam tinha boas intenções, ele é um fofo, mas honestamente, o que ele achou que eu estava a fazer no cemitério? A receber uma dose de curiosidade porque o meu stock estava a acabar?

Ele interrompeu os meus pensamentos enquanto estávamos sentados no seu carro a caminho de casa.

– Eu poderia ter-te levado ao cemitério no fim de

semana. – disse ele, – Evitava que ficasses presa. Como chegaste lá?

– Táxi. – eu disse.

– Como ias voltar para casa? – perguntou ele.

– De autocarro. Eu só tinha que chegar à paragem mais próxima para a rota de Port Fairy. Além disso, tenho a certeza de que tu tens coisas melhores para fazer no fim de semana do que ir ao cemitério comigo, e achei que já tinha usado os meus favores. – sorri para ele. Ele parecia meio rude e bonito no seu traje de trabalho, a perda da Vanessa. Eu me perguntei como ela seria, Holly saberia.

– Eu gosto. – disse ele, – Não consigo fazer turismo e história com muita frequência e, para ser honesto, embora ela me deixe louco, sinto falta da minha irmã mais nova, e das suas constantes demandas como motorista para o balé, netball, softball, praia, casa da melhor amiga...

Chegamos e Adam conduziu o carro pela longa entrada de carros até nossa casa. Nossa casa. Parecia surpresa como sempre. Sentados nas janelas do sótão, sob o sol quente, estavam Argo e Agnes. Reconheceram o carro de Adam e o seu som, levantaram-se e começaram a correr escada abaixo. Adam parou na porta do carro e desligou a ignição.

– Obrigada, mano. – eu o provoquei. – Eu realmente gostei disso!

– Muito fácil. Da próxima vez, manda-me uma mensagem. – disse ele. – Quase todos os dias passo por Warrnambool, a menos que esteja em algum lugar a serviço.

Entrámos e fomos lambidos pelos cães que abanavam as caudas, e procuramos o Tio Seb, já que ele trabalhava em casa às segundas-feiras.

– Vamos dar um passeio, levar os cães. Queres vir, Tio Seb? – Perguntei.

– Receio que não, mas divirta-se, e obrigado por levar as crianças peludas, senão eu não teria escolha, eles me arrastariam até a praia. Vou levá-los de manhã.

– Eu adoro levá-los. – eu disse-lhe, com um aceno da porta. Corri escada acima para me trocar. Eu realmente queria ir sozinha para ver se Jack aparecia, mas agora, teria que me contentar em esperar até esta noite. Quando desci, Adam estava de calção e camiseta, com um casaco de fato de treino aberto.

– Eu vou dar um mergulho rápido também. – ele agarrou a sua toalha. – Vais entrar?

Eu revirei os olhos.

– Tu sabes, em casa, sempre podemos dizer quais são as pessoas do lado da fronteira, queres saber como?

Ele me lançou um olhar irónico.

– Conta-me!

– Eles são os únicos na água no inverno porque acham que é o nosso verão! – Eu provoquei.

Ele riu.

– Muito frio para ti, então, menina grande?

– Sim, eu sou uma rapariga crescida. – eu concordei. – Vamos, Argo e Agnes, vocês têm mais bom senso. – eu disse, evitando o movimento da toalha de Adam enquanto saíamos.

Nós os quatro mal podíamos esperar para chegar à praia por motivos diferentes. Talvez Jack aparecesse enquanto Adam estava a nadar, ou talvez ele guardasse as suas forças para mais tarde, mas eu sabia que ele estaria ao meu lado, de alguma forma.

Atravessamos a estrada e eu senti a nova, mas

agora familiar, calma que ver o oceano e sentir a areia entre os dedos dos pés me trazia. Argo e Agnes nos circundaram, correndo para a beira da água e de volta para nós, repetidamente. Foi muito bom. Olhei em volta, sentindo como se estivesse realmente a abrir os meus olhos e a ver o dia pela primeira vez hoje. Como isso era diferente da minha vida apenas alguns meses atrás.

— Tens a certeza que não mudas de ideia? — Adam perguntou.

— Brrr. — eu disse.

— Certo, então. – ele me deu a sua toalha para segurar. – Eu vou te alcançar. – Ele tirou o casaco e a camiseta pela cabeça, eu estendi a mão para pegá-los também. Ele se virou e correu para a beira da água, todo bronzeado e tenso. O cenário era ótimo, mas ele era louco, estava muito frio.

Comecei a andar e cumprimentei um homem mais velho quando ele passou por mim. Eu já o tinha conhecido e ao seu grande labrador preto, Frodo, antes. Argo, Agnes e Frodo se cumprimentaram como amigos há muito perdidos. Continuei a andar na direção do farol e os cachorros seguiram. Não havia surfistas e fiquei aliviada por não ter que ver o Chayse ou a sua turma. Então, eu o senti, o toque frio de Jack ao meu lado e sorri. Ele sussurrou o meu nome, mas eu ainda não conseguia vê-lo.

— Jack. — eu disse suavemente. Eu não queria ser a rapariga estranha, a falar sozinha na praia... outra vez. – Estarei de volta mais tarde esta noite depois de terminar os meus trabalhos de casa e assim que o Tio Seb chegar. – eu disse, fechando os meus olhos por um momento e sentindo o seu toque suave e o traço de frieza no meu rosto. – Eu mal posso esperar para te ver. – eu abri os meus olhos e pisquei para afastar as lágrimas. Eu poderia jurar que ele havia acabado de me beijar, os seus lábios frios pressionados contra os meus. Eu sei que ele poderia aparecer, mas estava feliz que não o fez, isso aumentou o meu desejo de vê-lo e significa que ele estaria mais forte comigo esta noite.

CAPÍTULO 19

OPHELIA

ão consegui encontrá-lo quando cheguei à praia, estava escuro, uma noite nublada, e talvez isso fosse uma coisa boa, para que pudéssemos nos esconder. Enquanto eu caminhava em direção à nossa rocha, de repente, o senti e então ele estava ali, segurando a minha mão e caminhando ao meu lado.

Tenho a certeza de que os meus olhos e rosto brilharam animados, denunciando-me. Tanto para agir bem, eu tinha ido embora.

— Tu fazes isso como se estivéssemos a caminhar juntos há muito tempo. — olhei para a minha mão na dele.

— Nós temos. — ele disse, suas covinhas aparecendo enquanto ele me provocava. — Estive ao teu lado a maior parte do dia. Senti a tua falta, mesmo quando estava ao teu lado. Não posso dizer que fiquei muito feliz quando estavas tão perto do surfista e do Adam. — Ele parou, me encarou e me puxou para um beijo profundo.

Eu não conseguia respirar, não queria respirar, só queria que isso durasse.

Quando ele se afastou, me deu um beijo suave na

testa e ergueu o meu queixo, para que nos olhássemos nos olhos.

Eu estava a chorar outra vez. Meu Deus. Tentei desviar o olhar, mas ele não deixou e segurou o meu rosto com as mãos.

– Eu te amo, Ophelia Montague.

Agora, eu chorava e sorria.

– Eu te amo, Jack Denham. – eu disse-lhe de volta.

– Tu não fazes ideia de quanto tempo eu esperei por ti. – disse ele. – Para de chorar ou vou ficar preocupado por te ter chateado.

– Tu tens... – eu declarei. – Tu me mostraste algo que agora eu não posso ficar sem e nada vai se comparar. Se algo acontecer contigo, Jack, para nos separar...

– Shh. – ele disse e me beijou, para me impedir de falar. Ele beijou o meu lábio superior e bebeu a lágrima salgada que rolou por ali. Jack me puxou para mais perto e, ele até podia ser um fantasma, mas eu podia sentir o seu corpo a pressionar contra mim. – Nós não temos que nos separar, nunca. – ele sussurrou enquanto me segurava com força, a sua mão no meu cabelo e a outra a pressionar as minhas costas. – Nunca.

Eu não queria parar de abraçar, mas precisava de respirar. Ele pegou novamente na minha mão e começamos a nossa caminhada até a rocha.

– Quero ouvir a tua história. Quero que me contes todos os detalhes sobre ti e a tua vida. – eu disse.

– A minha curta vida e muito tempo depois da vida. – ele brincou. A maré estava baixa, estava seco e seguro. Desta vez, ele não me levou até a nossa rocha pela mão, em vez disso, ele me pegou no colo e eu passei os meus braços em volta do seu pescoço, observando o seu rosto enquanto ele, facilmente, me carregava até ao topo e me colocava no chão. Nós nos abaixamos até a rocha e ele se sentou ao meu redor, o seu braço e pernas me enlaçando na escuridão, enquanto eu me recostava no seu peito. Parecia tão perfeito, como se ninguém, ou nada mais, existisse no mundo, exceto nós os dois.

– Tu podes sentir isso? – Perguntei. – Que somos as únicas duas pessoas no mundo.

– Nós somos. – ele concordou.

Eu pensei sobre as minhas paixões passadas, não foi nada assim. Jack me entendia.

– As pessoas dirão que sentimos essa intensidade porque somos jovens ou porque é o teu primeiro amor e o meu primeiro amor verdadeiro, mas não é verdade, nem sempre é assim. – ele me disse.

– Eu sei. – eu disse. – Eu observei os meus pais e parentes, e relacionamentos de amigos. Eu li sobre o amor em livros e vi isso em filmes. Tive paixões. Eu sei que um amor como este não é o que todos têm.

Ele esfregou a sua bochecha contra a minha enquanto olhávamos para o mar. Eu derreti nele e então ele se afastou, inalando profundamente. Ele fechou os olhos.

– Uau, tu drenas-me, meu amor. – ele tentou recuperar o controle.

– Sinto muito. – eu me virei para ele.

– Eu não. – ele respondeu.

– Eu pensei que o amor deveria te deixar mais forte. – eu disse.

Jack sorriu e abriu os olhos, eles eram tão escuros quanto o oceano.

– Tu leste isso no teu manual de *Como Identificar um Fantasma?* – ele brincou.

Eu balancei a cabeça e sorri.

Ele riu e me apertou com força. Ficamos sentados, a adorar estar totalmente absorvidos um pelo outro.

– Conta-me a tua história, Jack. – eu o incitei. Virei de lado para poder observá-lo.

Ele olhou para o oceano e começou.

~

JACK

– Nasci em Melbourne, em 1888. – esperei a sua reação.

– Tu és muito velho para mim. – ela disse com uma cara séria.

– Estás certa, eu sou. – provoquei e ela agarrou-me rapidamente e me beijou. Ela se afastou e eu observei quando abriu os olhos, tinha uma aparência sonhadora.

– Nem brinques com isso. – ela me avisou.

– Essa história vai demorar muito se tu continuares a me distrair. – eu a repreendi.

Ela mordeu o lábio e acenou com a cabeça.

– Certo, não vou te tocar de novo até que termines.

– Claro que não vais. – eu provoquei. Eu não queria que ela me observasse, é que para mim esta é uma história difícil de contar. Eu a acotovelei, para que ambos olhássemos para o mar, e passei os meus braços à volta dela. Ela se recostou a mim. Eu teria que escolher as minhas palavras com cuidado, ela ainda estava ferida por perder os seus próprios pais e eu não queria que ela me associasse com a morte.

Agora eu poderia contar a história sem observar as emoções dela a aumentar, ou sem que a Lia estudasse as minhas, isso seria mais fácil para mim, não voltei muito no passado e pensei na minha família ou naquela noite.

Respirei fundo o ar salgado e me lembrei do meu passado.

~

OPHELIA

Jack parecia pálido, eu sabia que o estava a esgotar, acho que era por isso que não queria que eu olhasse para ele. Não quero drená-lo, também não sei como, só temos essa intensidade entre nós.

Eu queria ver o seu rosto enquanto ele me contava a história, mas me aninhei ao lado da sua bochecha, onde poderia olhar para ele e ouvir a sua voz no meu ouvido. Bem à frente, a lua lutava para se libertar das nuvens escuras. O oceano parecia negro. Eu não queria pensar no que estava a acontecer. Ele limpou a garganta, interrompendo os meus medos, e começou a sua história.

– Sou filho único, ou seja, era filho único. Não tínhamos muito e desde o dia em que pude andar e conversar, tive vontade de ir para o mar. Eu encontrei trabalho num navio quando menino, geralmente é onde um jovem marinheiro começa. Já ouviste falar? – perguntou ele.

Balancei a cabeça.

– O que fizeste?

– O que quer que os outros não quisessem fazer. – ele disse com uma risada. – Praticamente tudo o que o capitão queria ou precisava que eu fizesse. O capitão disse que eu tinha potencial, gostava dele e estava a caminhar para cima. Foi um bom ponto para começar, porque eu fazia de tudo, tinha que saber como trabalhar com as velas, cabos e cordas, em todos os tipos de clima e ficava de guarda ou atuava como timoneiro às vezes. A melhor parte era ser livre. Eu adorava estar no oceano.

– Eu sei que tu tens água salgada nas veias. – eu disse-lhe.

Ele sorriu,

– Eu tenho, de mais maneiras do que uma.

O pensamento me assustou um pouco e ele me leu.

– Desculpa. – a sua mandíbula se apertou. – Isso foi estúpido da minha parte. Ophelia, tu não vais gostar de tudo o que eu te vou contar e talvez sintas repulsa pelo que sou quando terminar.

– Não. – sentei-me ereta e me virei. Eu toquei o seu rosto. – Eu não ficarei. Eu estou apenas... estou com medo do oceano, não de ti.

Ele assentiu. Pela forma dos seus lábios, não tinha a certeza se o convenci, mas ele sorriu, mesmo que os seus olhos não o fizessem e se viraram novamente.

– Continua. – eu ordenei.

– Sim, senhora. – ele saudou e parecia tão lindo, eu só queria que a noite durasse para sempre. Olhei para o meu relógio. Era pouco depois da meia-noite...

horas ainda até o nascer do sol, se eu pudesse apenas atrasá-las.

– A equipa, todos nós entramos, era uma tripulação mista de portos diferentes. – Jack descreveu os seus companheiros de tripulação. – O capitão era de Timaru, da Nova Zelândia, e conhecemos a sua esposa quando atracamos. Ela não gostava tanto que ele estivesse fora, mas ele sempre dizia que tinha uma esposa e uma amante, e pelo menos, a sua amante era o mar. – Jack disse, com um sorriso. – A maior parte da tripulação era solteira, era mais fácil se tu quisesses viver a vida de um marinheiro. – disse Jack. – Leonard, o segundo imediato, era de Auckland, o marinheiro Oscar era outro Kiwi. – disse Jack. – O marinheiro John era de Tassie, Richard era de Sydney. Todos eles sobreviveram.

Ele parou por um momento e eu olhei para ler o seu rosto. Não era raiva ou ciúme. Não sei dizer. Alguns segundos se passaram e ele continuou.

– O restante de nós não conseguiu, Colson, o imediato, era de Auckland. Ele era como um pai para mim e tinha mulher e quatro filhos. Charles, o cozinheiro, também era de Auckland, solteiro. Gustave, outro marinheiro Kiwi, era solteiro e Robert era daqui, bem, do Norte de Melbourne. Ele deixou uma viúva e família. Pierre era da França, era o ancestral do seu amigo Chayse e era casado e tinha filhos, e o meu companheiro, Larry, um marinheiro comum, era um ano mais velho que eu e também de Melbourne.

– E tu. – sussurrei, – Meu hábil marinheiro.

Ele sorriu e pressionou o seu rosto no meu cabelo.

Senti a frieza a vir do seu corpo com a lembrança do que estava por vir.

— Tu não precisas de me contar se for muito difícil. – eu disse.

— Tu tens que saber. – disse ele. – Estou a te assustar muito?

— Não, estou bem. – assegurei-lhe. – Conta-me sobre o último dia. – Eu inspirei, sabendo que seria angustiante.

— Para ser honesto, foi tão rápido e tão lento que é difícil de explicar. Tudo aconteceu tão rápido, mas ainda assim, vejo parte disso em câmara lenta. Estranho?

— Não, eu entendo. – eu assegurei-lhe. – No funeral dos meus pais, me senti como se estivesse fora do meu corpo, a assistir a tudo lá em baixo, em câmara lenta. No entanto, os dias antes e depois são confusos, não consigo me lembrar de nada.

— Dor. – disse ele. – Engraçado. Mas, de uma forma alegre, tu tens que saber, eu estava feliz. Eu estava onde queria estar. Mas eu já tinha tido um susto, eu e Larry, é Larry Watson, ele era alguns anos mais velho do que eu. Ambos naufragamos no Mar Kaipara, num navio chamado *Emerald*, em agosto último, mas todos a bordo sobreviveram àquele. Havia um nevoeiro, mas tivemos sorte daquela vez, embarcamos em barcos e não muito depois de o navio se despedaçar.

— E tu voltaste para outro navio depois disso? – Exclamei. – Nada me levaria a outro navio!

Jack sorriu.

— Tu deverias ouvir a história de Eva, Eva Carmichael. Ela estava num navio chamado *Loch Ard*, que naufragou próximo à costa do naufrágio. Eva e outro homem foram os únicos sobreviventes de um navio inteiro. Então, ela embarcou num outro navio e voltou para a Irlanda. Isso foi um destino tentador.

— Vocês dois são loucos. — eu balancei a minha cabeça, surpresa com a pontada de ciúme que senti com Jack a mencionar outra mulher que estava morta há muito tempo.

— Sim, ela era bonita. — ele leu, e vendo os meus olhos se arregalarem, riu com vontade. Eu dei um empurrão nele e ele me agarrou mais perto.

— Ophelia, tu és demais. — ele riu.

— Demais? — Eu perguntei indignada.

— Muita beleza, coração, inteligência e demais para mim! — ele suspirou.

Eu sorri e olhei para o mar, para que ele não visse a cor a subir no meu pescoço.

Jack sorriu e continuou.

— De qualquer forma, Larry e eu começamos a trabalhar no *La Bella* e depois disso, Larry estaria de volta a Auckland e eu ficaria em Melbourne por um tempo. O *La Bella* tinha cerca de seis anos e estava em ótimas condições. Assim que a madeira foi carregada, navegamos. Eu não estava de vigia naquela noite, mas ouvi os sinos e eram dez horas quando o problema começou. Era uma noite realmente nublada e já estávamos atrasados com o carregamento de madeira por alguns dias. À medida que nos aproximávamos da terra, o mar estava tão pesado que estava a quebrar no casco. Não pensei por um minuto que estaria em perigo de novo tão cedo, mas não parecia bom. Ele estava a rolar pesadamente e parecia que o *La Bella* estava a se despedaçar. — Ele respirou fundo.

Fantasmas respiram.

— Não consigo explicar como foi, alto, escuro,

congelado. – Jack continuou. – Vimos uma baleeira a vir na nossa direção para ajudar. Às vezes podíamos apenas ouvir gritos deles ou nossos, e eu podia ver as pessoas na costa, a nos observar. Deus, eu queria ser um deles.

A minha respiração acelerou enquanto ele contava a história. Eu virei o olhar para Jack, o seu rosto estava pétreo.

Ele continuou.

– O navio era como um brinquedo... sinceramente, Ophelia, tentei aguentar. Eu não sabia nadar. Eu vi os outros homens a tentarem fazer o mesmo, mas ninguém conseguia chegar perto de nós para ajudar e as ondas não pararam. O nosso navio, ele continuou a rolar e a se endireitar e rolar novamente. Estávamos molhados e com frio até os ossos. Eu não conseguia sentir nada e isso continuou por horas e horas, sem nenhum alívio.

– Eu vi os botes salva-vidas algumas vezes, mas eles não conseguiam chegar perto o suficiente. Eles até tentaram arremessar cordas, mas sem sorte. Não sei que horas eram, nem quantas horas se passaram. Alguns tripulantes se amarraram à madeira para não serem arrastados para fora do navio. Estávamos todos a gesticular, a pedir ajuda, mas ninguém poderia nos ajudar.

Eu tinha lágrimas a cair pelo meu rosto e Jack parou e se inclinou perto de mim.

– Não chores Ophelia, acabou agora. Tu não deves temer a morte. – disse ele.

– Mas tu tiveste uma morte tão agonizante. – eu limpei os meus olhos com a manga.

– Sim, tu só podes morrer uma vez. – disse ele

com naturalidade. – Isso não pode me machucar nunca mais. Não direi mais esta noite.

– Deves. – eu insisti. – Estou bem, a sério, por favor, não me deixes à espera.

Jack me estudou, acenou com a cabeça e continuou.

– Eu estava tão exausto e congelado que não conseguia mais sentir os meus braços ou pernas. Sabia que estava a me segurar, porque podia ver as minhas mãos agarradas à corda, mas não conseguia senti-las. Vi isso acontecer na minha frente, mas estava desamparado, não sabia que horas eram, mas soube depois que eram duas horas quando o meu amigo Larry, que sobreviveu ao último naufrágio comigo, e nosso cozinheiro Charles foram lavados. Eles estavam amarrados ao cordame dianteiro, mas estavam inconscientes da exposição, quando isso aconteceu. Acho que foi uma bênção.

– Eu teria sido levado ao mar e afogado também, exceto que John, o marinheiro Noake, me manteve vivo. Ele estava a segurar-me, e a si mesmo, no navio com os dois braços em volta de mim. Então, a âncora, que pesava uma tonelada e meia, foi arrancada. Isso deve dar-te uma indicação de quão selvagem era. Mas isso não iria parar, não iria parar!

A voz de Jack aumentou e eu estendi a mão para ele e o beijei nos lábios. Senti o seu corpo relaxar em mim.

– Estou bem. – ele suspirou se afastando. – Eu tenho que te contar... deixa-me terminar, para que nunca tenhamos que falar sobre isso novamente.

Eu balancei a cabeça e o observei com preocupação.

– Nós aguentamos mais cinco horas... mais cinco

horas miseráveis. O sol começou a nascer e desde então me disseram que eram sete horas, pouco antes do último homem ser resgatado, senti as ondas me levarem. Um mar pesado me levantou e John fez o seu melhor, mas fui levado. Estou tão feliz por ele ter sobrevivido, ele é um herói.

Eu entendi agora o que Jack quis dizer sobre todos os homens a ajudar uns aos outros e sendo heróis nos seus esforços, e por que o Chayse queria algum tipo de reconhecimento pela perda de vidas. Lágrimas escorreram pelo meu rosto e eu não conseguia olhar para Jack.

– Obviamente eu não estava por perto para ver o que aconteceu com os meus companheiros do mar, talvez tenha sido uma bênção, mas descobri desde então, ouvi as histórias. – disse ele.

– Conta-me. – eu o encorajei a terminar.

Jack continuou.

– Quando o navio começou a afundar, dois tripulantes saltaram na direção do bote salva-vidas, estava a cerca de cem metros de distância, acho que é cerca de noventa metros na sua linguagem moderna, e eles estavam a tentar nadar, ou se manter à tona. Foi quando William Ferrier remou em direção a eles, direto para as ondas enormes, e agarrou dois deles, um era o nosso capitão, que se recusou a deixar o navio até ao último momento.

– William sabia remar aquele bote, ele o girou antes que a próxima onda batesse e conseguiu levar os homens à costa. Um milagre, realmente.

Jack balançou a cabeça.

– Onde estava o outro barco salva-vidas? – Perguntei.

– Ainda estava lá fora. Ele pegou um dos

nadadores e William saiu novamente. Dois homens podiam ser vistos agarrados ao navio enquanto ele afundava. O bote salva-vidas se aproximou e os resgatadores gritavam para os homens saltarem, mas não sei se eles estavam muito congelados ou com muito medo, mas pareciam estátuas. Finalmente, um deles saltou e nadou cerca de oito metros, hum, – Jack fez o cálculo na sua cabeça – Pouco mais de setenta metros e foi puxado para dentro do bote salva-vidas.

Eu aplaudi e percebi que estava a prender a respiração. Jack riu.

– Tu és um contador de histórias maravilhoso, deverias me deixar divulgar a tua versão. – eu disse-lhe.

– E como dirias às pessoas que conseguiste? – ele brincou.

– Ah sim, bom ponto. Eu pensaria em algo.

– Acho que já vais descobrir que está tudo disponível, muitos registos nos jornais antigos.

– Se acontecesse hoje, haveria um livro, um filme, um site, o que tu quisesses. – eu disse-lhe. – Continua, por favor, Jack. – eu disse, olhando para o meu relógio. Eram quase duas da manhã e o tempo tinha voado enquanto o enchíamos de silêncio compartilhado, abraços e beijos. Eu não estava nem um pouco cansada, embora tivesse aulas em seis horas.

Jack deitou-se na rocha e eu deitei ao lado dele. Ele enrolou o casaco e o colocou sob as nossas cabeças. Olhamos para o céu, que agora ameaçava a chover.

– Onde é que eu estava mesmo? – Jack pensou. – Oh sim, então agora, apenas um marinheiro restava para ser resgatado. Cinco de nós foram para o mar e sete seriam salvos. Novamente, foi William quem salvou o dia. Ele guinou para a popa do navio, que estava quase no nível da beira da água agora, e pegou o nosso último homem. Toda a gente estava a torcer na costa.

— Posso ver por que a linhagem familiar do Adam é reverenciada. — eu disse.

— E essa é a minha história. Eu me afoguei em Lady Bay. Mas aqui

estou. E tu estás aqui. — Ele suspirou e se sentou. Eu me juntei a ele. — Não posso falar mais esta noite. — disse ele. Toquei a sua pele muito pálida. — Em breve, vamos falar sobre nós e o nosso futuro.

Jack abaixou a cabeça, colocando a sua testa na minha e fechou os olhos. Ficamos assim por um curto período de tempo e então Jack se afastou.

— Só saiba que eu te quero e esperei muito tempo por ti. Deixa-me ver-te em casa, enquanto eu ainda tenho forças.

CAPÍTULO 20

Holly me acotovelou para acordar. Olhei à volta, limpei a baba do canto da boca, e rezei para que ninguém mais na minha aula de economia notasse. Era quase hora do almoço e eu ia conseguir. Eu só tinha adormecido duas vezes hoje.

– Obrigada. – sussurrei para ela e fingi continuar a ler, o que deveríamos estar a fazer, todo o capítulo sobre formação de preços, matame agora. A verdade é que eu estava muito cansada e em êxtase. Depois da morte dos meus pais, nunca pensei que eu pudesse ser tão feliz... na verdade, não sabia que poderias ser tão feliz no amor. Jack era tudo que eu conseguia pensar, em quase todos os minutos do dia, e um pouco nos meus sonhos, mas eu não tinha dormido muito ultimamente. Entre passar a noite toda com ele e passar a noite toda acordada a pensar nele, eu sabia que não poderia continuar assim por muito mais tempo. Eu teria que equilibrar, de alguma forma..., mas não queria no momento, só queria vê-lo tanto quanto eu pudesse. Então, me preocupei se estava a vê-lo muito, será que íamos queimar? Podemos queimar? Mais importante, eu poderia drender-lo a ponto de ele não aparecer para mim? Para onde estava a ir o seu poder? Não para mim. Eu não estava a me sentir mais forte. Os meus pensamentos foram interrompidos pelo toque da campainha. Olhei para Holly, com alívio, e colocamos os nossos livros nas nossas mochilas.

O Sr. Tineham gritou algo sobre terminar aquele capítulo para o trabalho de casa, todos nós gememos, como esperado, e eu segui Holly para fora da sala de aula. Esperávamos que Peggy e Harry aparecessem.

– Eu sei o que tu estás a pensar. – disse Peggy, a correr ao nosso lado enquanto íamos para fora. Holly franziu a testa, Harry balançou a cabeça e eu aprendi apenas a jogar junto.

Peggy não esperou por uma resposta.

– Faltam três dias para o baile e não falamos sobre vestidos.

– Tu estás certa. – eu disse, – É sobre isso que deveríamos estar a pensar. – concordei.

– Isso é porque tu és a única com um par. – Holly acotovelou Peggy.

– Mas por que estás a pensar isso, Peggy? – Eu a provoquei, – Isso

não é do teu feitio.

Ela ficou vermelha.

– Eu sei, mas agora que tenho um par, preciso de algo para vestir.

Harry tapou os ouvidos.

– Não fales sobre vestidos na minha frente, todas vocês deveriam me surpreender com a sua beleza na noite. – ele olhou na direção de Holly. – Bem, apenas faça o seu melhor.

– Cala-te. – ela sorriu-lhe.

Fomos em direção à nossa árvore e vimos um grupo de alunos mais jovens já lá.

– Tenho que levar essas crianças. – disse Harry, – Essa é a nossa árvore.

Holly revirou os olhos.

– Tecnicamente, não a possuímos. – ela o lembrou.

– Ei, pessoal. – disse Harry, enquanto nos aproximávamos, – O diretor está a vir para aqui e está à procura do seu grupo do ano para formar uma fila para o desfile de Emu. Eu iria disfarçado.

Os quatro alunos saltaram, pegaram nas suas mochilas, agradeceram a Harry e fugiram.

– Desfile de Emu? – Eu perguntei, ocupando o pedaço de relva onde um deles tinha acabado de sair.

– Tu sabes, todos entram numa fila, bicam no chão e pegam os papéis. – disse Harry. – O que eles te ensinaram na tua outra escola?

Eu soquei o seu braço.

– Claramente, nada de importante.

Holly se recostou na árvore e, enrolando a meu suéter, coloquei-a no seu colo e deitei para tirar uma soneca.

– Tu já adormeceste duas vezes hoje. – disse ela. – Uma vez no teu livro de economia...

– Isso põe-nos a todos a dormir. – disse Harry, enquanto tirava uma sanduíche da sua lancheira e oferecia outra a todos nós. Todos nós recusamos.

– E... – continuou Holly – Quase queimaste as sobrancelhas ao adormecer perto daquele bico de Bunsen em biologia. O que se passa? Tu estás a passar todas as noites com o teu novo namorado?

Os olhos de Peggy se arregalaram de interesse e Harry despertou.

– Tipo novo hein? Alguém que nós conhecemos? – ele perguntou com a boca cheia de sanduíche de presunto e tomate. – Por que a mãe insiste em colocar tomate no nosso almoço? – Ele acenou com o sanduíche para Holly. – Empapado.

Eu ignorei a conversa sobre o sanduíche e disse a Harry quem era o tipo novo.

– Jack. – eu murmurei o seu nome, enquanto eu estava a descansar agradavelmente. Adorava dizer o nome dele.

HOLLY

Eu, distraidamente, acariciei o cabelo longo e escuro de Ophelia enquanto ela estava deitada no meu colo, a minha mãe faz isso, é tão relaxante.

– O Jack é desta escola? – Peggy perguntou.

– Não. – disse Ophelia com um bocejo.

– É uma pena que ele não possa ir ao baile, então. – disse Peggy.

– Tudo bem. – disse Ophelia.

– Lia pode ser o meu par. Tu vens, não vens? – Eu a acotovelei para acordar.

Ela me afastou irritada.

– Sim, nesta sexta à noite, não perderia por nada. Iremos juntas. – ela concordou, – Mas deixo-te em paz se receberes uma oferta melhor antes disso.

Eu gozei.

– Faltam três dias, não é provável. Podemos ir comprar os vestidos depois da escola. – sugeriu Holly.

– Eu só tenho cerca de cinquenta dólares economizados, então terá que ser na área de outlet.

– Parece-me ótimo, eu tenho quase o mesmo e o cartão de crédito do meu pai. – Peggy se animou. – Vou mandar uma mensagem para a minha mãe. Tu podes vir, Lia?

– Claro. Vou ver se o Adam pode nos ir buscar depois do trabalho, se terminarmos por volta das cinco. – ofereceu Ophelia.

– Uma boleia para casa com Adam, eu poderia terminar antes de começar. – eu disse-lhe.

Harry balançou a cabeça.

– Bem, não se preocupe comigo, eu apanho o autocarro como de costume e vejo-te em casa.

– Claro, tanto faz. – Eu disse ao meu irmão gémeo.

Peggy deu ao meu irmão perdedor um sorriso vencedor.

– Qual é a tua cor favorita? – ela perguntou.

– Irrelevante. – lembrei a Peggy. – O que é importante é a cor que fica melhor em ti, para que fiques fantástica.

– Atraente. – Ophelia murmurou. – Jack diz atraente.

– Uau, ele está preso num túnel do tempo. – Harry sorriu. – Ele está a trabalhar com um dicionário Oxford antigo?

– Eu acho isso encantador. – repreendi Harry.

– Eu também. – Ophelia sorriu, ainda deitada com os olhos fechados.

Ela realmente se apaixonou por esse tipo.

∿

OPHELIA

— Tu és um homem corajoso, Adam. — Tio Seb disse, enquanto passava o sal e pimenta para Adam. Sentamos em volta da mesa de jantar, com Argo e Agnes por perto. Eles terminaram o jantar e se deitaram onde poderiam guardar as sobras.

— A sério, Tio Seb. — eu provoquei, — Alguns podem dizer que teve sorte!

— Verdade. — Adam concordou. — Levar para casa duas lindas raparigas, coradas do sucesso nas compras, a conversar sobre meninos durante todo o caminho de volta para casa... sim, ganhei o dia.

— Obrigada por ir buscar a Holly e eu. — acrescentei.

— Foi um prazer, eu estava a passar ali de qualquer maneira. Eu teria deixado Peggy em casa, em Warrnambool, também e evitado a mãe dela sair.

— A mãe dela é muito rígida. — eu disse-lhe. — Eu não acho que teria deixado Peggy entrar no carro de alguém que ela não tivesse feito uma verificação policial.

— Teve sorte com as compras? — Perguntou o Tio Seb.

— Peggy e Holly compraram vestidos novos. — Adam respondeu por mim, com um sorriso. — Eu ouvi sobre isso todo o caminho para casa. Um adorável tom de vermelho para Peggy, que combina com os seus exóticos traços asiáticos, cabelo escuro e olhos castanhos, e um vestido cor de jade para Holly, para realçar os seus olhos verdes, aparentemente.

Tio Seb e eu rimos.

– Tu estás a assustar-me. – eu disse a Adam.

– Tu não compraste nada Lia, precisas de algum dinheiro? – Tio Seb parecia preocupado.

Eu balancei a minha cabeça e terminei o meu bocado de salsicha, beringela e caçarola de tomate da Sra. Duck antes de responder.

– Obrigada, Tio Seb, mas eu ainda tenho bastante da mesada. Ninguém aqui viu o meu guarda-roupa, então, todas as minhas roupas são novas aqui. Tenho alguns vestidos que posso usar na sexta à noite.

– Com quem vais? – Adam perguntou.

– Holly.

– Oh, bem, isso é bom. – Tio Seb disse. Percebi que ele tentou parecer indiferente.

– Não somos lésbicas. – assegurei-lhe, – Embora, se eu fosse, Holly provavelmente seria o meu tipo. – ponderei sobre isso e notei que Adam me lançou um olhar estranho. – Mas não, nós duas estamos sem namorados.

– É uma pena que não posso te ajudar e levá-la, mas presumo que ainda seja para apenas alunos presentes? – Adam perguntou.

– Eca. – eu disse, – Que chato... meu ′irmão′ ter que me levar ao baile porque ninguém mais vai.

Ele revirou os olhos, sorriu e olhou para o Tio Seb.

– Bem, isso é gratidão para ti.

Eu ri.

– Eu escolhi ir sozinha porque... – Hesitei, depois mergulhei: – Chayse me convidou, mas eu disse não, porque gosto de alguém, mas ele não estuda na nossa escola.

Lancei duas bombas em Adam e esperei pela sua resposta. Eu sabia que o Tio Seb ficaria satisfeito. Felizmente, Adam estava a comer na hora e adicionava sistematicamente a uma pilha de beringela na lateral do seu prato, que ele tinha tentado extrair da caçarola. Tio Seb interveio.

– Isso foi bom da parte de Chayse. Então ele terminou com aquela rapariga com quem está sempre na praia.

– Imogen, sim, pela segunda vez, em questão de meses. – eu disse. Meu Deus, eu estava a parecer a fofoqueira da escola.

– Continue, Seb. – Adam o acotovelou, o que nos fez rir. – Bem, estou feliz que não vás com o Chayse.

– Tenho a certeza que sim. – respondi, baixando o garfo e a faca.

– Então, quem é esse rapaz? – Adam continuou, os seus olhos azuis me interrogavam.

– Ninguém com quem precisas de te preocupar, pai. – eu disse.

Tio Seb riu e Adam sorriu, enquanto tirava uma mecha escura do seu cabelo dos seus olhos.

– Não faças Seb e eu recorrermos a espionar-te, Ophelia. – ele usou o meu nome completo para indicar problemas.

– Apenas tente. – eu avisei.

– Ah sim. – Tio Seb interveio, – Eu não sou muito bom nessa coisa de guardião. – Ele limpou a boca com um guardanapo e se levantou, pegou no meu prato e no dele e foi até a pia. – Provavelmente devo fazer mais perguntas sobre o novo namorado.

– Está tudo bem. – assegurei a ambos. – O nome dele é Jack, é um cavalheiro.

– Onde ele trabalha e mora? – Adam perguntou.

– Warrnambool e Warrnambool, nessa ordem. – eu embelezei um pouco a verdade.

– Que idade tem? – Adam perguntou.

– Um ano mais velho do que eu e um ano mais novo que tu.

– O que ele faz no trabalho? – Adam continuou.

Eu fiz-lhe uma careta.

– Se o Tio Seb confia em mim, então tu também podes. Caso contrário, espere o pior, a sua próxima namorada vai ser grelhada.

Ele se levantou e pegou no seu prato, juntou-se ao Tio Seb na pia. Levantei-me e fiz um novo bule de chá para nós os três.

– Bem, eu não posso te dizer o quão satisfeito estou, Lia. – Tio Seb disse. – Estou tão feliz por tu teres te estabelecido tão bem, com bons amigos e agora um namorado. Eu não poderia ter pedido mais.

– Obrigada, Tio Seb. – eu beijei a sua bochecha, enquanto as suas mãos permaneciam imersas na lava-louças com sabão. Ele corou e pigarreou.

– Agora falando de confiança... estou longe a partir de segunda-feira, por uma semana, numa conferência em Adelaide. Vou entregar um artigo sobre a *'História vital da construção e reparo naval em Victoria'* e tenho um pouco de pesquisa que quero fazer enquanto estiver na área. Estarei de volta no sábado à tarde. A Sra. Duck estará aqui para cozinhar e limpar, como de costume, durante a semana, mas vocês vão estar sozinhos para o jantar de sexta-feira à noite. Vocês dois ficarão bem e podem cuidar dos meus filhos preciosos? – disse ele, olhando para Argo e Agnes.

– Claro. – disse Adam. – Vamos continuar como de costume.

– Vou levar Argo e Agnes todos os dias para passear. – disse, olhando para os dois cachorros, que abanaram o rabo ao ouvir os seus nomes.

– E eu vou alimentá-los. – acrescentou Adam. – Lia pode preparar uma refeição na sexta à noite. – disse ele, me provocando. Ele leu bem a minha expressão. – Ok, bem, sempre há cereais.

Tio Seb olhou para cima e a casa gemeu levemente. Ele acenou com a cabeça como se compartilhasse um pensamento silencioso com a casa.

– Bem, isso vai resolver então.

CAPÍTULO 21

OPHELIA

Quando subi para o meu quarto, depois do jantar, para pegar nos meus livros, senti Jack antes de vê-lo, o ar ficou frio ao meu redor. Eu me virei e lá estava ele, tão lindo.

Tenho a certeza de que ele podia ouvir o meu batimento cardíaco alcançar as mil batidas por minuto, era constrangedor que fosse óbvio que eu estava completamente tomada por ele.

Ele levou um dedo aos meus lábios e eu não disse uma palavra.

– Fecha os olhos. – ele disse, suavemente.

Eu fiz o que me disse e, então, ele parecia estar ao meu redor. Fui cercada pelos seus beijos, abraços, toques, eletricidade e espaço fresco a me envolver. Foi a sensação mais surreal de todos os tempos, como ser apanhada por um turbilhão inebriante de amor e angústia, e comecei a ficar com os joelhos fracos. Ele me segurou antes que eu escorregasse para o chão e me pressionou contra a parede.

Eu abri os meus olhos e exalei. Eu podia apenas vê-lo, os meus olhos estavam vidrados como se estivesse bêbada de amor.

— Como fizeste isso? – Sussurrei.

Jack sorriu o seu sorriso infantil e isso só piorou as coisas.

– Eu não vou te ver esta noite. – disse ele.

– Não. – comecei a protestar. – Esperei o dia todo.

Ele me beijou para me silenciar. Então, me beijou mais freneticamente antes de se afastar. Nós os dois estávamos sem fôlego.

– Certo. – ele disse, – Tenho que ir. Tu precisas de dormir esta noite. Temos muito tempo Ophelia, todo o tempo do mundo. Esta noite tu vais dormir.

Eu me senti arrasada.

– Tu podes me chamar de Lia. – eu disse amuada.

Ele abanou a cabeça.

– Nunca. Ophelia é uma grande beleza, tu possuis esse nome. *Hamlet* a amava mais do que "quarenta mil" irmãos. Ele estava louco de amor por ela.

Eu sorri para ele, a olhar para o seu lindo rosto e olhos azuis-marinhos. Eu conhecia bem a história, não apenas porque me chamava Ophelia, mas também por causa de Hamlet no décimo ano.

– Tu tens feito a tua pesquisa. – eu disse, achando que ele nunca teria estudado *Hamlet* na escola.

– De fato. – disse ele. – Ophelia é bondade, doçura e luz. Ingénua, mas capaz de um grande amor, mesmo quando tratada de forma indelicada. – disse ele, interpretando a Ophelia de Shakespeare, não eu.

– Não sou eu. – eu disse. – Abri muito os olhos nos últimos seis meses...

– És tu mais do que imaginas. – disse Jack.

– Então tu sabes que Ophelia se afogou. – eu sussurrei as palavras, não querendo que as águas profundas próximas ouvissem.

– É por isso que tu tens medo do mar? – Jack me estudou.

– Não, talvez... um pouco. – eu encolhi os ombros. – Não quero que o meu nome seja uma profecia.

– Tu não precisas mais de ter medo. O oceano está no meu sangue. Eu sempre vou te proteger. Boa noite, minha Ophelia, durma bem. Eu estarei por perto.

E com isso, ele desapareceu e a minha noite pela frente parecia solitária.

~

ADAM

Tenho a certeza de que ouvi Ophelia a falar com alguém quando fui pegar um copo d'água na cozinha, por volta das dez da noite. Vozes suaves vinham do andar de cima. Suponho que poderia ter sido o rádio e acho que, se o Sebastian não está preocupado, eu também não deveria estar, mas conheço os tipos da minha idade e os mais novos, e esgueirar para ver uma rapariga à noite não está fora de questão.

Seb é um tipo bom, mas ele realmente não tem noção do que está em jogo como pai. Ele acha que somos todos companheiros de apartamento, o que é ótimo para mim, mas Lia acabou de sair de um ambiente familiar estável e nunca teve tanta liberdade na vida. Sinto a necessidade de cuidar dela. Seb pode não ter feito muito que ultrapassasse os limites quando ele começou a namorar, mas quando Vanessa e eu ficamos no décimo ano, não nos cansávamos um do outro.

Entrei no quarto dela tantas noites que não posso acreditar que não fomos apanhados. Então, quando os seus pais foram embora e ela deveria ficar com a sua melhor amiga, ficamos sozinhos na sua casa, foi uma época louca e fizemos algumas coisas que eu não gostaria que a minha irmã, ou a Ophelia, fizessem. Eu também fui muito persuasivo para fazer o que queria. Acho que um rapaz promete quase tudo para impressionar e conquistar a rapariga.

Espero que não seja o Chayse. O pensamento quase me fez querer subir lá acima e dar uma vista de olhos. Eu daria algo crónico para ele, se estivesse lá em cima com ela. Respirei fundo e deixei o pensamento ir. Pensar em Vanessa me fez sentir falta dela, mas acabou, definitivamente acabou. A namorada do meu melhor amigo Zach tem uma amiga com quem quer me arrumar, então, talvez neste fim de semana.

~

OPHELIA

Dormi tão profundamente que me surpreendi. Acho que, eventualmente, o corpo supera todos os anseios e apanha o que precisa, dormir. No momento que a minha cabeça tocou o travesseiro, os meus olhos não conseguiram ficar abertos e eu senti por alguns instantes os seus lábios frios nos meus. Eu sorri e adormeci.

Como no meu primeiro dia em Port Fairy,

novamente acordei com a voz do Tio Seb a gritar escada acima. Olhei para o relógio de parede e eram cinco da manhã. Não pude acreditar que dormi desde as dez da noite de ontem até agora! Eu ouvi o Tio Seb a me chamar, e Argo e Agnes a subir as escadas a correr para o sótão.

Navio! Eu pensei e saltei, agarrando o meu roupão, empurrei o meu

Cabelo, meio achatado, e corri para me juntar a eles.

O Tio Seb tomou as suas costumeiras duas chávenas de chá, ele estava sentado numa das cadeiras de madeira e os dois cães ficaram ao lado da janela. Adam não se juntou a nós na vigilância do navio.

— Bom dia, Lia, um navio está a passar. — ele sorriu com entusiasmo.

— Bom dia, Tio Seb. — eu sorri-lhe de volta, o seu entusiasmo era doce. Abracei Argo e Agnes e aceitei a chávena de chá. — Obrigada. — eu olhei para a borda, onde o oceano desaparecia. — Oh, uau.

— Ele é uma beleza, não é? — Tio Seb tomou um gole de chá.

Assenti.

— Posso imaginar por que os primeiros exploradores pensavam que o mundo era quadrado e que tu podias cair da borda.

Tio Seb riu.

— De fato. Olha para aquela linha do horizonte, tão nítida que poderia ser desenhada com uma régua e caneta azul.

Ficamos sentados a observar enquanto o navio passava pela borda do mundo e eu me perguntei onde Jack estaria agora.

~

JACK

Ophelia estava certa, ela vai, como eu, ter uma morte aquosa.

Ontem à noite, eu a observei a dormir o máximo que pude, queria deitar ao lado dela a noite toda, mas também precisava re-energizar. Eu tinha que ir para casa, voltar ao *La Bella*, de onde tiro as minhas forças. Sei que os mergulhadores veem o meu navio como um naufrágio fascinante, eles o circundam, tocando-o e maravilhando-se com o quão bem preservado ele estava na sua sepultura aquosa. Ele não está cheio e coberto de areia, como alguns dos outros navios, que compartilham a água connosco.

Mas eu não vejo o *La Bella* deles. Para mim, ele existe num túnel do tempo, ele flutua grandiosamente no oceano, próximo à costa, visível apenas para mim e minha tripulação. Sempre senti orgulho ao vê-lo e ainda me sinto assim sempre que volto para ele. Eu amo a minha vida no mar. O *La Bella* é a minha casa, em toda a sua beleza e força, e ela me carrega. Eu vago o seu convés e caminho entre os quartos, eles ganham vida como em 1905. Vocês deveriam vê-lo quando os três mastros estiverem levantados e cheios de ar, ondulando, o cordame a fazer um barulho que só os marinheiros podem descrever.

Eu adorava ir ao porto e desembarcar. As moças ficavam sempre felizes ao ver os marinheiros visitantes, mesmo jovens como eu, e eu adorava vagar pelas ruas e ver os diferentes mercados, comidas e culturas. Ultimamente, só ficava no porto. Às vezes, sento-me no convés e vejo as pessoas a tratar dos seus negócios em terra. Ouço as batidas dos mergulhadores e vejo os pescadores a tentar a sorte todos os dias. Mal posso esperar para trazer a Ophelia para aqui, para ficar comigo, talvez para ficar comigo para sempre.

Às vezes, enquanto perambulo pelo meu *La Bella*, ouço o meu nome ser chamado e corro para cumprir as ordens do capitão ou me junto ao contramestre quando ele tem tempo para me ensinar nós e emendas ou me orientar sobre como dirigir o navio. Não desejo reviver a punição por ter sido bétula várias vezes, apanhado a fumar e uma vez por negligência, quando adormeci quando não deveria. Eu tenho as marcas para provar isso, mas saí com leveza. Não somos um navio da Marinha, então eu só dei alguns acertos e, acredita, isso é o suficiente para fazeres isso outra vez.

Não estou sempre sozinho, às vezes os rapazes se juntam a mim no convés ou eu entro na cozinha onde o cozinheiro está a fazer o possível para preparar uma refeição com os suprimentos que possui. Posso sentir o cheiro familiar de carne salgada e cerveja, e não sou estranho ao gosto de comida enlatada. É como se nada tivesse mudado e estou a viver a minha vida no mar como planeado. É difícil quando eles partem, mas sempre partem, eles pertencem ao outro lado. Eu não posso... Não sei porquê. Durante anos, procurei a vida que nunca tive, ser amado e pertencer. Tive outras namoradas, muitas namoradas. Elas me ensinaram os seus caminhos e confesso que não tem sido fácil adaptar-me à sua mudança de fala e de roupa. Às vezes, elas se ofendem por eu desejar que cubram mais dos seus corpos ou por escolher protegê-las ou fazer coisas por elas. Estranho este novo mundo, mas não a Ophelia. Tão feminina, mas aberta a um homem forte na sua vida. Ninguém no meu século de busca pelo amor verdadeiro foi como a Ophelia. Agora ela dorme e eu espero.

CAPÍTULO 22

*P*ensei que a sexta-feira e, mais importante, sábado à noite, nunca chegariam. A semana se arrastou e é tudo culpa de Jack. Todas as noites ele me encontrava, às vezes ficava apenas por uma hora, todas as vezes certificando-se de que eu estava na cama bem antes da meia-noite. Protestei, chorei, recusei-me a falar com ele, dois minutos foi o tempo mais longo e depois o perdoei. Ele assumiu o comando e era assim que ia ser. Enfurecedor! Eu me perguntei se ele estava a me punir por ir ao baile esta noite, mas prometi a Holly que iria com ela, e os meus novos amigos têm sido tão bons comigo. Jack insistiu que eu fosse, mas me pergunto.

Às vezes, sentia pânico de que nunca mais o veria, mas estava a melhorar em me mover para fora daquele espaço vazio. Claro que sobreviveria, sou forte, mas juro que nunca, jamais, arriscarei o amor de novo se isso acontecer. Nunca.

Como passei quase todas as noites sozinha nesta semana, usei o tempo para pôr em dia os meus trabalhos escolares, conversar com os meus amigos em Brisbane via Facebook e dormir, embora uma curta visita de Jack todas as noites me deixasse acordada por horas a sonhar com ele.

A única coisa que me manteve sã foi que Jack me prometeu um encontro no sábado à noite, um encontro de verdade. Ele viria até a porta, encontraria Adam, se ele estivesse em casa, o Tio Seb estaria fora na sua conferência, e me levaria para sair. Ele me diria como ficaríamos juntos para sempre.

Eu me pergunto se os fantasmas comiam. Certamente não, não precisariam, mas poderiam comer apenas para se misturar? Percebi que não sabia muito sobre fantasmas. Eu era muito boa sobre vampiros e demónios, mas cegamente ignorante sobre fantasmas. Tentei fazer mais pesquisas sobre fantasmas, mas a maior parte eram apenas avistamentos e assombrações. Ninguém admitiu ter um fantasma a andar com eles ou estar apaixonado por um fantasma.

Eu também tinha me lançado no meu projeto de naufrágio, porque isso me fazia sentir mais perto de Jack e ele era para ser entregue na próxima semana. Peggy disse que leria para mim se eu enviasse por e-mail no fim de semana e me pediu para fazer o mesmo por ela. Eu escrevi o relato do Adam e do Chayse, incluindo a minha pesquisa e recortes de imprensa. Analisei a causa e o efeito. É muito triste pensar que muitos marinheiros morreram perto da costa, mas incapazes de nadar para se salvar e sobrecarregados com pesadas roupas de marinheiro. É tão triste pensar no meu Jack...

Ontem à noite ele me deu alimento emocional suficiente para alimentar todo o dia seguinte, talvez até mais. Eu tinha acabado de desligar a luz, mas deixado as cortinas abertas, gostava da luz da lua a entrar. Apoiei o meu travesseiro para que pudesse ver a lua enquanto adormecia e então senti o frio, Jack! Ele apareceu deitado ao meu lado.

– Tu estás aqui. – eu sorri estupidamente.

– Só para dizer boa noite. – disse ele. Ele pegou na minha mão enquanto estávamos deitados no escuro do meu quarto iluminado pelo luar.

– O que tu fizeste o dia todo? – Eu perguntei, – Além de pensares em mim.

Ele sorriu.

– Isso eu fiz, o dia todo. E eu trabalhei... estou a preparar a minha casa para tu veres.

– Quando? – Perguntei, interessada.

– Em breve. – ele respondeu. – Eu sei o que tu fizeste o dia todo, eu te observei.

– Então tu me tens em olho e eu tenho que recordar. Muito injusto.

Jack se virou de lado para me olhar.

– Há uma música que toco porque me lembra de ti. Pode ser a nossa música, se tu gostares, podes tocá-la se precisares de reforço de memória.

– Qual é? – Eu perguntei, esperando que fosse alguma música antiga que ele tinha ouvido cem anos atrás.

– Onde está o teu telemóvel? – ele se inclinou e eu o entreguei.

– Tu fazes isso. – disse ele. – Não gosto da tecnologia.

– Mesmo? – Eu disse. – Não consigo imaginar a vida sem ela.

– Isso é porque tu nunca viveste sem ela. – ele me lembrou. – Procura a banda Hunters and Collectors. A música é *Throw your arms around me*.

Eu sorri com o título e rapidamente o encontrei.

– Ouve comigo. – disse Jack, enquanto rolava de costas novamente, pegava na minha mão livre e fechava os olhos.

Iniciei a música e fechei os olhos também. A letra trouxe lágrimas aos meus olhos.

E então, ele se foi novamente.

~

HOLLY

Eu espalhei o boato de que a Lia não estava interessada no Chayse, que ela havia conhecido alguém que não estava na nossa escola e me certifiquei de que fosse ter ao grupo da Imogen. Pareceu funcionar, pois não recebemos mais cartas ou tivemos problemas, mas isso não impediu que a Imogen continuasse a olhar para o nosso grupo no autocarro, como se todos nós tivéssemos lepra.

Mas agora o Chayse estava a me sondar para obter informações sobre a Lia. Quem ela estava a ver? Ela estava a sair com Adam? Além disso, me dizia como odiava o Adam e assim por diante. Não está a prejudicar a minha reputação ter o Chayse Johann a falar comigo, mas ele olha através de mim e, se não pode me ver e a Lia não está interessada então, hum, vejo-te mais tarde Chayse!

Na última aula da tarde de sexta-feira, tive uma pausa para estudar na biblioteca e a turma do Chayse também estava lá. Eu olhei para cima quando ele puxou uma cadeira para perto de mim. Chayse não parece perceber que metade das raparigas do décimo primeiro e décimo segundo ano, incluindo eu, ficam com a língua presa em torno dele.

— Ah, tu estás a fazer o trabalho de história. — ele gozou, reconhecendo-o no meu documento do Word no ecrã.

Eu balancei a cabeça como uma idiota. Consegui obter o meu tópico.

— Estou a investigar se a era digital mudará a nossa visão da história.

Chayse parecia impressionado, sim, vem comigo.

— E vai? – perguntou ele.

Encolhi os ombros e lá se foi o olhar impressionado. Tentei me salvar.

— Definitivamente, mudará a forma como a gravamos e pode mudar a forma como a percebemos, à medida que tivermos mais pontos de vista e opiniões para aceder.

Um aceno de cabeça e um olhar impressionado voltaram novamente ao seu rosto. Estou a ir bem.

— Como está a correr o projeto da Lia... sobre a causa e a história do naufrágio? – perguntou ele. Não demorou muito para voltar para Lia.

— Bem. – eu disse, – Acho que ela está quase a terminar.

— Adam contou-lhe sobre a maldição? – perguntou ele.

Balancei a cabeça. Para ser honesta, eu não sabia se ele tinha ou não, mas fiquei tão impressionada com a sua altura e loirice, *isso é mesmo uma palavra?*, que eu não queria falar, queria que ele falasse e ficasse perto de mim. Eu me recompus, mas notei que várias das meninas da turma estavam a olhar para mim com nada menos que inveja.

– Qual é a maldição? – Eu o incitei a me contar sobre isso, embora eu soubesse.

Chayse sorriu.

– Bem, a lenda diz que se algum dos sobreviventes, obviamente seus descendentes agora, ou qualquer um que estava remotamente conectado com o *La Bella*, estiver perto do oceano tarde da noite, então a tripulação do *La Bella* os recuperará para os seus próprios, para servir no navio com eles para sempre! Ótimo, hein? – ele sorriu.

Acho que estremeci e então encontrei a minha voz.

– Não, é realmente assustador e horrível, dado que foi um acidente. – eu disse, esquecendo que estava maravilhada com ele.

Chayse encolheu os ombros, indiferente aos meus pensamentos.

– Eu acho que é assustador.

– Por que o falecido buscaria vingança? – Continuei. – Não é como se tivessem desertado, todos tentaram ajudar, mas era impossível.

– Talvez eles não guardem rancor. – disse Chayse, – Afinal os marinheiros sabiam do risco e do quão perigoso o mar pode ser. Talvez eles só queiram ficar todos juntos de novo e não percebem que estão mortos... é uma espécie de história de fantasmas bizarra. – ele parou para refletir.

Eu balancei a cabeça, olhos arregalados e encorajadores.

– Sim, é uma espécie de afinidade. – ele decidiu.

– Então, por que isso é chamado de maldição? – Perguntei.

– Ponto justo. – Chayse assentiu. – De qualquer forma, Adam deve ter cuidado. – ele bateu no meu braço e se levantou. – Foi bom conversar contigo, Holly.

E então, ele se foi e eu também, física e mentalmente. Ele havia se lembrado do meu nome.

~

OPHELIA

O Tio Seb estava na sua conferência, mas Adam se ofereceu para levar Holly, Harry e eu ao baile esta noite antes de sair com os seus amigos. A mãe de Peggy ia levá-la ao baile e a ia buscar às dez da noite, em ponto. Adam disse que passaria e nos apanharia às onze, o que era muito bom da parte dele, interromper sua noite para apanhar três alunos. Ele era uma boa alma.

Desci as escadas e vi Adam, Argo e Agnes à espera na sala de estar. Adam parecia bem de calça jeans e camisa preta. Ele deu um assobio baixo ao me ver e Agnes latiu.

– Esta coisa velha. – eu sorri. A casa estremeceu e eu olhei para o céu, nas suas janelas de dois 'olhos', e agradeci também. – Agora vocês dois sejam bons meninos. – eu disse dando uma palmada em Argo e Agnes. Eu me virei para Adam. – Pronto?

– Sim. – disse Adam, pegando nas chaves do carro. – Tu realmente está linda.

– Obrigada. – eu disse. Deixei o meu cabelo solto, coloquei um pouco de maquilhagem, principalmente rímel, porque eu não tinha muita maquilhagem. Eu costumava pedir emprestado um pouco da minha mãe, de vez em quando, quando saía furtivamente, mas não tinha ninguém para pedir emprestado nesta casa. Além disso, desafiando os meus últimos meses horríveis, eu não queria usar nada preto. Eu estava farta de preto, então coloquei o meu vestido de festa prateado com lantejoulas, o que a minha mãe me comprou para o nosso baile do décimo ano de escola em casa. Era de mangas compridas e o comprimento chegava um pouco acima dos meus joelhos e era muito feminino, mas para mim tudo bem. Eu tinha sandálias prateadas a combinar, e uma pochete.

Adam garantiu que Argo e Agnes estivessem seguros na casa e, em poucos minutos, estávamos a parar em frente à casa de Holly e Harry. A Sra. Geers nos cumprimentou e tirou mil fotos.

— É apenas um baile da escola, mãe, não a formalidade da formatura.

Holly revirou os olhos.

— Eu sei, mas vocês estão todos tão lindos. – ela continuou a tirar fotos, Holly e Harry, Holly e eu, eu e Harry, nós os três, nós os três com Adam, Holly e Harry com a sua mãe, e quando o gato estava prestes a dar uma vista de olhos, fizemos uma pausa.

Quando saímos da garagem, Holly parou de acenar para a mãe.

— Eu disse a minha mãe que tu irias nos buscar, Adam, mas ela arranjou o cabelo e a maquilhagem de qualquer maneira, só porque talvez o Sebastian pudesse vir também. – Holly balançou a cabeça.

— Ele está ausente por uma semana numa conferência. – eu disse a Holly.

Adam olhou para Holly pelo espelho retrovisor.

— Bem, tu estás linda, Holly, esse vestido jade

realça o verde nos teus olhos. – ele a provocou. – Tu te arranjaste bem também, Harry.

– Sim, obrigado. – ele sorriu. – Irmã chique, o que se pode fazer?

– É um fardo que devemos carregar. – Adam concordou.

Eu balancei a minha cabeça para os dois. Eu não podia acreditar que estava aqui, em Victoria, a caminho de um baile, com três pessoas no carro que eu não conhecia há três meses atrás e que, em algum lugar lá fora, a assistir, estava um tipo por quem eu estava perdidamente apaixonada. A vida era realmente bizarra. Senti falta dele e a minha mão foi, involuntariamente, para o meu coração. Olhei pela janela, vendo apenas o meu próprio reflexo. Ao fundo, eu podia ouvir os três a rir e conversar. De repente, me senti totalmente sozinha.

Adam me acotovelou e eu voltei à realidade, voltando para a conversa.

– Qual é o tema do baile? – Adam perguntou.

– Escrito nas estrelas. – disse Holly. – Eu deveria estar no comité, mas no final, havia muitos envolvidos e ninguém podia concordar com nada, então eu desisti.

Adorei o tema, me fez pensar em Jack e no nosso amor. Embora quase tudo me fizesse pensar em Jack.

Chegamos ao ginásio da escola e Adam encostou o carro na berma próxima à trilha para que saíssemos. Eu podia ver que o ginásio estava bem iluminado por fora, mal iluminado por dentro, com centenas de estrelas penduradas no teto em diferentes alturas, a música já bombava. Toda a gente parecia tão diferente, tudo glamoroso e mais radiante, a Imogen e o seu grupo estavam a entrar. Eu queria ter a certeza de que não estava perto delas.

— Divirta-se e comporte-se... Harry. — Adam brincou.

— Com certeza. Obrigado pela boleia, agradeço. — Harry bateu no ombro de Adam enquanto descia.

— Eu só preciso falar com a Lia por um minuto. — Adam disse.

— Vamos esperar e agradecemos, Adam. — disse Holly docemente.

Ela é tão transparente. Esperei com a mão na maçaneta da porta enquanto Holly fez uma careta para mim e fechou a porta.

— Estás bem? — Adam olhou para mim.

— Sim, claro. Porquê? — Eu fiz-lhe uma careta. Estava a esfregar o topo da minha pochete nervosamente. O que mais ele sabia?

— Tu pareceste um pouco triste por um momento, como se não estivesses connosco. — disse ele.

Ele tinha visto a minha mão no meu coração.

— Estou bem, ótima até. — exagerei, mexendo no meu vestido.

Adam se virou para mim e colocou o braço nas costas do meu assento. Eu olhei para a frente sem querer encontrar os seus olhos.

— Lia, tu já passaste por muita coisa e não há problema em ficar um pouco sobrecarregada com as coisas. — ele encolheu os ombros. — Não sou especialista em perdas, de forma alguma, mas estou aqui, ok?

Assenti.

— Obrigada, eu realmente aprecio isso.

— Olha para mim. — disse ele.

Eu me virei para olhar para ele. Os seus olhos avaliaram o meu rosto.

– Vejo-te às onze, hein? Mas liga-me se precisares de mim mais cedo.

– Obrigada. – eu balancei a cabeça. Abri a porta e corri. Escapei por um triz... achei que ele tivesse tropeçado em algo sobre Jack. Alcancei Harry e Holly enquanto a mãe de Peggy encostava o carro na berma.

– Vai fazer a tua cena, tigre. – provoquei Harry.

Ele sorriu para mim, mas parecia muito bonito em uma camisa social e calças. Ele andou lentamente para encontrar a Sra. Carboney.

Na lateral do prédio, vi Chayse a conversar com Imogen, podia estar interessado outra vez. Eu me senti mal pela Imogen, que queria amar alguém quando não era correspondida.

– Vamos, linda. – Enrolei os braços com o meu par, Holly, e entramos.

~

HOLLY

Foi ótimo ver a Ophelia relaxada e animada, tão diferente da Ophelia que chegou à escola, a nova rapariga, não faz muito tempo. Foi ótimo para mim também, como se tivéssemos sido lançadas juntas quando as nossas circunstâncias mudaram. Depois de dez anos a andar com as minhas duas melhores amigas na escola, eu não conseguia acreditar que as duas pudessem ir embora depois do décimo ano. É uma merda, mas então, veio a Ophelia e nós nos apegamos.

Sei que ela preferia estar com Jack do que comigo no baile, por isso disse muito sobre a amizade que ela apareceu. Caminhamos pelo corredor e o comité temático havia feito um ótimo trabalho, o lugar simplesmente brilhava.

— Isto está ótimo. — disse ela circulando na luz, o seu vestido brilhava.

— Vamos dançar. — agarrei no seu braço quando uma das minhas músicas favoritas tocou. Nós serpenteamos para o meio, onde poderíamos dançar sem estar em exibição. Harry e Peggy se juntaram a nós e eu tive que admitir ao Harry, ele podia se mover bem. Eu não diria isso a ele, no entanto. Devemos ter ficado ali por cerca de seis ou sete músicas seguidas e então uma música lenta começou. Nossa deixa para ir!

~

OPHELIA

Era bom dançar novamente. Eu não fazia isso desde o final do décimo ano, no baile da escola em Brisbane, antes de todo o drama. A pista de dança já estava meio cheia quando entramos e, logo abaixo da maior e mais brilhante estrela, Imogen estava a dançar com o Chayse. Ela olhou na nossa direção e sorriu. Jack não devia nada a Imogen quando se tratava de frentes frias. Brrr! Jack de novo, suspiro, não consigo tirá-lo da minha cabeça e não quero. Peggy parecia ter morrido e ido para o céu com Harry.

Ela estava linda, até mesmo Harry estava mais atento a ela do que o normal.

Assim que uma música lenta começou, Holly agarrou o meu braço e saímos dali. Harry ficou e dançou com a Peggy, e a Imogen colocou os braços em volta do pescoço do Chayse, tão rápido que ele não teve a hipótese de fugir. Ele me lançou um olhar estranho, meio que resignado com o destino da sua namorada. Poderia simplesmente ficar sem namorada por um tempo ou convidar qualquer uma das outras dez raparigas que os observavam dos cantos da sala.

– Vamos sair para apanhar um pouco de ar. – eu disse a Holly, acima da música. Ela estava prestes a me seguir quando um dos rapazes da nossa aula de inglês, cujo nome me escapa, a convidou para dançar. Ela olhou para mim e eu dei-lhe um aceno encorajador e saí. Eu vi outro tipo que reconheci a vir na minha direção e saí antes que tivesse que dar desculpas.

Fiquei satisfeita por ter um minuto a sós, queria pensar em Jack. Afastei-me do corredor, passei pelos monitores de dança, também conhecidos como pais sugadores, que estavam a lidar com um tipo do último ano que apanharam a fumar e um casal prestes a passar da fase do beijo. Eu deslizei pela lateral do prédio e me encostei nele, fechando os olhos. Estava escuro e frio, e eu estava longe o suficiente para que a música fosse silenciada, apenas o baixo tocava.

– Estás bonita.

Eu engasguei e abri os meus olhos. A minha mão correu para o meu coração.

– Sinto muito. – Jack deu um passo para trás, com as mãos num movimento de rendição. – Eu não queria te assustar.

– Tu quase me provocaste um ataque cardíaco. – eu engasguei, – Eu pensei que estava sozinha.

– Tu nunca estás sozinha. – ele sorriu. – Isso te assusta?

Eu bebi a visão de Jack num terno escuro, camisa branca imaculada e gravata azul. Os seus sapatos pretos estavam muito engraxados e o seu cabelo penteado para trás. Ele era lindo, os seus olhos azuis queimavam através de mim com o seu olhar.

– Nada sobre ti me assusta. – eu disse. – Tu te vestiste para esta noite.

– Não poderia te dececionar quando tu estás tão bonita. – ele disse, pegando nas minhas mãos, e se afastando para olhar para mim.

– Tão linda. – ele sussurrou.

Eu podia sentir-me a corar e o formigueiro passando dos pés aos meus dedos, e ao meu couro cabeludo. Aproximei-me dele e ele segurou o meu rosto com as mãos. Eu olhei nos seus olhos, ele se moveu lentamente e me beijou. Foi realmente incrível eu permanecer de pé pelos sentimentos que me oprimiram. Por fim, me senti segura de novo, muito melhor, não percebi o quanto estava ansiosa por estar longe dele. Ele me puxou para um abraço apertado e pude sentir a sua força e o seu alívio também. Era palpável.

– Eu te contei que sou um grande dançarino? – disse ele.

Eu me afastei e sorri para ele.

– Não, tu não... mostra-me os teus movimentos. – eu o provoquei. – Espera... que tipo de dança eles faziam há mais de cem anos?

– Danças em que seguravam a rapariga bem perto e o homem a conduzia. – disse ele. – Assim.

Ele pegou na minha mão, colocou a mão nas minhas costas e, ao ritmo da música mais lenta a tocar no corredor, dançamos. Ele realmente liderou, eu dancei bem só de segui-lo e nunca aprendi realmente a valsar, ou qualquer uma dessas danças mais formais.

— Eu te amo, Ophelia. — ele sussurrou no meu ouvido, enquanto me deslizava pela nossa própria pista de dança.

— Eu te amo, Jack, para sempre. — eu disse e então ele me mergulhou, segurando-me forte.

— Agora, tu precisas de voltar para o baile. — ele me endireitou novamente.

— Eles não vão sentir a minha falta. — eu disse.

— Todos sentirão. Eu sentiria. Amanhã temos um encontro e eu irei buscar-te à tua porta às sete da noite. Vem vestida para um piquenique na praia sob as estrelas.

Acho que gritei de entusiasmo e Jack riu.

— Tem sido uma semana horrível sem ti, Jack.

— Estive lá o tempo todo. — disse ele, — E dei sinais de que estava lá, ao seu lado. — Jack me pressionou contra a parede e o meu coração disparou.

— Eu sei. — disse eu, — E eu precisava disso, mas quero-te em carne.

Ele fez uma careta com o termo e eu voltei atrás.

— Em espírito, em forma, de qualquer maneira, eu só quero a ti. — toquei na sua pele fria. — Posso te perguntar uma coisa?

— Ok. — ele concordou.

Hesitei, mas durante a minha semana de saudades dele, as minhas dúvidas aumentaram. Engoli.

— Quando tu não estavas comigo, estavas com outra pessoa?

A raiva cresceu no rosto de Jack e ele deu um

passo para trás.

– Não. – eu agarrei o seu casaco e me coloquei na frente dele novamente.

– Eu te amo Jack, mas tenho que te perguntar isso.

E então ele se foi.

– Não. – falei para o ar, para o céu. – Jack. – eu sibilei, com raiva agora. – Volta. Tu pelo menos me deves essa garantia, não é pedir muito, a menos que tenhas algo a esconder. – cruzei os braços.

Então, eu ouvi uma risada suave. Me virei e ele não estava ali.

– Vou voltar para o baile. – ameacei com uma voz melódica. Novamente a risada atrás de mim. Eu me virei e ele ainda não tinha aparecido.

– Ok, então, vejo-te amanhã se tu fores apenas brincar. – Comecei a me afastar e ele apareceu, agarrou o meu braço e me puxou de volta.

Jack sorriu.

– Ah, Ophelia, como tu podes me perguntar isso?

– E ainda assim, tu não respondeste. – eu o lembrei enquanto ajeitava a sua gravata. Ele sorriu para mim, segurando todo o poder, todas as cartas novamente e ele sabia disso.

– Eu esperei um século por ti, Ophelia. Por que eu deitaria isso fora por um capricho? Tu és aquela, a única, e daquelas que conheci nas últimas... décadas, como Hamlet disse a sua Ophelia: 'Eu te amo mais, ó mais, acredite'.

Eu sorri e tudo estava bem no mundo novamente.

– Ok, tu podes ir agora. – eu o dispensei.

Jack riu, me puxou para mais perto e me beijou longo e fortemente. Quando ele se afastou, eu estava sem fôlego.

– Lia, TU podes ir agora. – disse ele, concedendome permissão.

Recuei, tonta e feliz.

– Tu não vais... tu sabes... desaparecer? – Eu o observei.

Ele abanou a cabeça.

– Não. Eu quero ver-te a ir embora com esse vestido.

Eu sorri e me virei. Afastei-me, sentindo os seus olhos nas minhas costas. Na beira do prédio, eu me virei e ele ficou parado, com as mãos nos bolsos, balançando nos calcanhares, parecendo incrivelmente bonito e de alguma forma, eu me afastei, me virei e voltei para o baile.

~

ADAM

Ótimo, exatamente o que eu precisava. Eu parei o meu 4WD para apanhar Lia, Harry e Holly, e quem tinha que estar no caminho do lado de fora do baile da escola? Chayse Johann. Eu conduzi para mais longe, não que eu estivesse preocupado com um encontro com aquele idiota, mas não queria estragar a noite de Lia. Desliguei o carro, fiquei sentado atrás do volante, mas podia vê-lo a me observar.

Eu estava adiantado cinco minutos, mas olhei para o ginásio, Lia e Holly estavam a descer o caminho para me esperar, Harry estava bem atrás delas.

Com certeza, Chayse fez o seu caminho, ele conseguiu se desenvencilhar de qualquer mulher desmaiada que estava a se agarrar a ele no momento e cambaleou no meu caminho. Eu o ignorei e ele bateu na janela da porta do motorista. Em vez de largá-lo, abri a porta.

– Queres algo? – Perguntei. Ele estava vestido com um terno e em pé, com os braços cruzados.

– Só queria te lembrar sobre a maldição da meia-noite. – ele sorriu.

– Vais impor isso sozinho? – Eu ri e os seus olhos se estreitaram. Eu continuei: – Escuta menino da escola, anda, não estou aqui para te apoiar. Volta para a aula.

Eu sabia que isso iria irritá-lo, e irritou. Ele agarrou a minha camisa, me puxou para fora do carro e me lançou contra a porta. Na minha visão periférica, vi Ophelia a correr na nossa direção, no seu vestido de festa, tão rápido quanto os seus saltos permitiam, com a Holly logo atrás.

– Chayse, deixa-o em paz. – ela correu até nós.

– Ophelia está a lutar as tuas batalhas agora? – ele sorriu.

Eu dei-lhe um empurrão forte, o suficiente para fazê-lo tropeçar. Felizmente, não havia tráfego, mas isso feriu o seu orgulho e ele se firmou, pronto para a ação.

Abri a porta do carro.

– Entrem, senhoras. – ordenei a Ophelia e a Holly. Harry veio e ficou ao meu lado.

– Ei, Chayse, boa noite hein? – ele tentou pacificar a situação.

Chayse olhou para ele e depois para mim. Um grupo se reuniu agora, os monitores de dança, ou o que quer que eles os chamavam, não estavam cientes, ainda.

– Chayse, por favor, não estragues a minha noite. – disse Ophelia.

– Entra no carro. – disse para ela novamente, e então, não sei o que aconteceu, mas senti uma sensação de frio e a próxima coisa que eu sei, Chayse estava no chão novamente e Ophelia estava no banco de trás, mas ela tinha caído, o que era meio estranho, já que Holly estava ao lado dela e ainda de pé. Foi como se ela tivesse sido levantada e empurrada para dentro.

Eu não tive tempo para pensar sobre isso, porque estava a manter os meus olhos em Chayse. O seu companheiro Tyler apareceu, deu-lhe uma mão e o levou embora, com um aceno de cabeça para as meninas. Eu os observei a irem embora. Não encostei a mão nele e também não vi Lia fazer isso, mas lá estava ele, esparramado e caído no chão.

– Vamos, Adam, por favor. – disse Ophelia.

– Estão bem? – Perguntei a Lia e Holly. Elas acenaram com a cabeça, fechei a porta, sentei no banco do motorista e Harry saltou no banco do passageiro da frente, ao meu lado.

– Obrigado, Harry. – eu murmurei.

– Sem problema, ele é um agitador, não sei por que simplesmente não ficou com o seu grupo. – disse Harry.

– Sinto muito, Adam. – disse Ophelia.

Eu assenti e puxei para nos levar para casa.

– Não, sinto muito, Lia e Holly. Honestamente, eu não provoquei isso, eu estava apenas sentado no carro. Não teria te envergonhado no seu baile.

– Tu tens uma boa direita, companheiro. – Harry disse com um sorriso.

Eu sorri. Sim, mas não me lembro de a ter usado.

CAPÍTULO 23

OPHELIA

*P*assava um pouco das oito da manhã de sábado quando bateram à porta da frente. Eu estava acordada porque não conseguia dormir, estava muito animada com o meu encontro com Jack naquela noite. O Tio Seb não deveria chegar em casa até mais tarde naquele dia, além do que, ele tinha a sua própria chave. Quem apareceria a esta hora? Argo e Agnes começaram um coro de latidos. Esperei, mas Adam não apareceu na segunda batida, desci a correr as escadas, para ver quem estava ali.

Abri a porta e, ao meu lado, Argo e Agnes se acomodaram imediatamente, abanando o rabo, eles conheciam a nossa visitante, a nossa visitante muito atraente. Ela era um pouco mais alta do que eu, tinha cabelos ruivos que caíam em ondas até a cintura, olhos verdes e um punhado de sardas.

– Olá, Argo e Agnes! – ela os cumprimentou antes de olhar para mim. – Olá, tu deves ser a Ophelia, eu sou a Vanessa.

Ah, então essa era Vanessa. Ex de Adam. Sim, ela era alguma coisa.

Peguei na sua mão estendida, apertei e a convidei para entrar.

— É um prazer conhecer-te. — eu disse. — Eu te ofereceria um chá ou algo assim, mas acho que estás aqui para ver Adam?

— Eu estou, mas obrigada. Como estás a te adaptar? – ela perguntou, o que foi bom.

— Muito melhor do que eu pensava. — eu disse honestamente.

Ela sorriu.

— Bem, isso é um bónus.

— Posso ver se o Adam está... – Eu olhei para o corredor.

— Tudo bem, eu sei o caminho. – disse ela. – É um prazer conhecer-te.

— A ti também. – Eu a observei a caminhar com confiança pelo corredor. Ela já tinha feito isso antes. Argo e Agnes olharam para mim com expectativa.

— Ok, vou me trocar. – eu disse-lhes.

Eu chamei por ela.

— Podes avisar ao Adam que vou levar os cães para passear? – eu soletrei a palavra, para que eles não ficassem furiosos de excitação, antes de eu mudar para o fato de praia.

— Claro. – ela riu e com uma batida rápida na porta, entrou direta no quarto de Adam. Ao mesmo tempo, Adam deve ter ouvido as nossas vozes e apareceu na porta no momento em que ela bateu. Ele usava apenas uns boxers pretos justos, com uma faixa Calvin Klein branca na parte superior, e nada mais. Eu rapidamente desviei o olhar, mas ele tinha um impressionante abdómen à mostra.

Corri escada acima, coloquei uma camiseta,

sweatshirt com capuz e calções, para que pudesse mergulhar até aos tornozelos na água fria e rasa enquanto caminhávamos, isso com certeza me revigoraria. Enfiei uma faixa de cabelo em volta do meu pulso.

Ao pé da escada, Argo e Agnes se juntaram a mim. Ouvi vozes altas no quarto, então saímos às pressas pela porta da frente, cruzamos o beco sem saída, passamos por um pequeno Mazda prateado, que devia ser da Vanessa, e então estávamos na praia.

Adorava o primeiro impacto da areia entre os dedos dos pés e a vista do oceano, não posso acreditar que passei a minha vida sem ele. Esta manhã, a praia estava limpa e fresca, os surfistas estavam em alta e Argo, Agnes e eu caminhamos felizes, perdidos nos nossos pensamentos. Eu não esperava ver, ou sentir, o Jack hoje, eu sabia que ele ficaria longe de mim até ao nosso encontro esta noite para aumentar o desejo e isso aconteceu, eu estava a morrer de vontade de vê-lo novamente. Eu me pergunto se nos tornamos um casal oficial o quanto ele poderia ser no meu mundo. Ele poderia ficar comigo à noite? Ele poderia ir ao baile? Ele poderia sair com os meus amigos ou sempre teria que estar escondido ou ser um segredo? Ele teria que recarregar, como um vampiro fica fora da luz o dia todo?

Caminhamos e cumprimentamos alguns dos outros caminhantes e seus cães que reconhecemos. Eu pude ver alguns surfistas à distância, eles não estavam perto o suficiente para descobrir se o Chayse estava entre eles... talvez Imogen estivesse na praia também, se ele voltou com ela na noite passada no baile. Então, os meus pensamentos se voltaram para o Adam e a Vanessa, e me perguntei por que eles tinham rompido. Não fiquei naquele espaço por muito tempo, como sempre, os meus pensamentos voltaram para Jack. Olhei para trás, para a nossa pedra, mas ele não estava lá. Eu sorri, porque esta noite eu sabia que nós dois estaríamos juntos.

~

HOLLY

Eu gostava da Peggy e, embora não a conhecesse muito bem antes de Lia começar na escola, gostei muito menos dela quando me ligou às oito horas da manhã de sábado!

— O que tu estás a fazer a ligar às oito no sábado? Por que estás acordada? — Eu bocejei.

— Oh, desculpa. — ela murmurou. — Eu não sabia que as pessoas não estavam acordadas neste momento.

Comecei a rir porque essa foi realmente a declaração mais estranha de todas e ela se juntou a mim.

— Está tudo bem. — eu assegurei-lhe quando paramos de rir. — Como foi o teu encontro com Harry e não me contes os detalhes sangrentos.

— Hum, então como posso dizer... foi um sonho que se tornou realidade. — disse Peggy.

Eu gemi.

— Bem, estou muito feliz por ti, mas não consigo imaginar o meu irmão a fazer isso acontecer.

— Os gémeos não deveriam ser próximos? — ela perguntou.

— Supostamente, mas ele estava a roubar o meu

oxigénio no útero e ainda está a roubar a minha música e a minha... deixa pra lá. – eu parei. – Mas, no assunto do meu irmão, se tu queres o meu conselho, algumas das meninas da nossa turma estão mais preocupadas em perder os seus telemóveis do que a virgindade... – Eu ouvi Peggy suspirar. – Tu não és assim, eu sei, então, se ele não cuidar de ti, me avisa! Tu estavas ótima ontem à noite, a propósito.

– Obrigada. – disse ela. – E obrigada pelo carinho. – Eu podia ouvi-la corar.

– Claro. – eu disse.

Houve um momento de silêncio enquanto eu abria as cortinas e esperava Peggy falar.

– Não que não seja bom ouvir-te, mas tu querias falar comigo sobre algo? – Eu finalmente perguntei.

– Oh sim, desculpa, eu me distraí a pensar em Harry. – ela disse.

Balancei a cabeça. *Sério?*

Peggy continuou.

– Estou a me perguntar se tu te lembras do nome do namorado da Lia?

Essa pergunta me apanhou de surpresa. Eu me lancei na beira da ama e caí de costas nela.

– Mm. – eu disse. – Acho que ele entrou no baile ontem à noite porque ela voltou muito feliz.

Jack. – disse Peggy. – Tu lembras-te do sobrenome dele?

– Sim... deixa-me pensar. – fechei os meus olhos e pensei muito. – Era algo como Denim.

– Denham? – Peggy perguntou.

– Isso parece certo. – eu concordei. – Jack Denham. Ela só me disse o seu nome completo uma vez, mas tentei me lembrar para ver se Harry ou a mãe o conheciam. Harry conhece muitos tipos da nossa idade em ciclismo e desporto.

Eu ouvi Peggy respirar fundo.

– Holly, eu sei o que tu estás a pensar, bem, o que tu vais pensar, mas... – ela hesitou.

– O que eu vou pensar? – Hesitante, perguntei a Peggy.

– Num minuto, tu vais pensar que sou realmente estranha.

– Oh, isso é tudo. – eu suspirei de alívio. – Eu já acho isso. – eu disse-lhe.

– De verdade? – ela parecia realmente surpresa.

– Não! Estou a brincar. – eu assegurei-lhe. Era muito cedo para esta conversa, eu deveria estar a dormir. – Vai em frente, diz-me.

– Bem, é só que... promete que isso vai ficar entre nós? – ela pediu.

– Ta bom, eu prometo. – Eu estava a começar a ficar preocupada. Eu sentei ereta. – O quê é?

– Bem, provavelmente não é nada, mas Lia me enviou o seu projeto, trocamos para revisar o trabalho uma da outra e, bem, é parvo, mas ela menciona um tipo chamado Jack Denham.

— Então... – Eu acompanhei.

– Jack Denham morreu no *La Bella* em 1905.

Levantei-me e fui até a janela, olhei para fora enquanto percebia o que Peggy estava a dizer. O vizinho estava prestes a ligar o cortador de relva e Harry estava a lavar o carro do pai, provavelmente para tentar persuadi-lo a levá-lo para passear, algum tempo para conduzir. Ele ainda precisava de mais quarenta horas de prática de condução de alunos supervisionados para obter a carta.

– Holly? – Peggy disse: – Estás aí?

– Desculpa, sim, eu estava a pensar. – respondi. – Provavelmente há mil Jack Denham por aí. – eu disse-lhe. – Mas é uma coincidência estranha, eu acho. Eu vi o Jack dela quando ele estava na arquibancada, durante a aula de arte, ela o apontou para mim.

– Há uma foto do Jack de 1905 no projeto dela. – disse Peggy.

Houve apenas silêncio na linha.

– Queres que eu envie para ti por e-mail? – Peggy perguntou.

– Sim, por favor. – eu disse.

Eu ouvi o ping disparar enquanto falava ao telefone.

– Vou abri-lo no meu computador e enviá-lo de volta por e-mail.

– Obrigada, eu sei o que tu estás a pensar... a ideia é louca. – disse Peggy. – Nos falamos em breve.

– Absolutamente. – eu concordei, com uma risada que beirava um pouco cautelosa e histérica. – Ei, não te preocupes, tenho a certeza que é apenas uma daquelas coincidências estranhas. Eles podem ser parecidos porque são parentes... se ele é um ancestral de Jack, tu sabes...

Desliguei e fui para o meu computador, fiz login. Abri os meus emails, cliquei na foto anexada ao e-mail da Peggy, e ela ocupou o ecrã inteiro.

Fiquei a olhar para a foto, depois tive que me sentar.

~

OPHELIA

Fiquei fora o máximo que pude, para dar a Adam um pouco de privacidade. Não foi muito difícil, os cães e eu estávamos a curtir a nossa manhã, a ver o mundo passar na praia e eu estava a planear o que vestiria esta noite e sonhava em beijar Jack de novo. A noite passada foi tão romântica, mesmo que tivéssemos apenas quinze minutos juntos. Por falar na noite passada, olhei para os surfistas, mas Chayse não estava entre eles, no meu lado da praia. Eu me perguntei como a sua noite tinha terminado.

Depois de uma boa hora a ver a manhã passar e a mandar mensagens de texto para amigos, eu estava prestes a acordar os cães, que estavam ao meu lado na areia, para irmos para casa, quando Adam apareceu perto do nosso caminho da entrada para a praia. Ele foi até a beira da água, mas não entrou. Olhou para cima e para baixo na praia.

Acho que ele estava à minha procura. Eu gritei e acenei, e ele veio correndo.

— Ei, ótimo dia. — ele disse caindo ao nosso lado.

Concordei. Ele olhou para os surfistas.

— Tu estás seguro, tenho a certeza de que o Chayse não está aqui. — eu disse-lhe.

Ele gozou, como se não se importasse.

— Eu estava a verificar o tamanho da onda.

— Ah, certo. — eu disse, apenas meio convencida.

Ele se voltou para mim.

— Tu não tens que ficar fora da nossa casa só porque alguém aparece, mas obrigada por isso de qualquer maneira.

Encolhi os ombros.

— Está tudo bem. Estávamos a curtir aqui, não estávamos crianças? O tempo meio que foge de ti.

Ele acenou com a cabeça e olhou para o mar. Eu o

estudei subtilmente e acho que é justo dizer que ele estava chateado. A sua mandíbula estava travada e ele franziu a testa e se remexeu.

— Vanessa é muito bonita. — eu disse.

— Sim, e ela sabe disso. — ele retrucou.

— Bem, ela parecia fixe.

— Ela é maluca.

Certo, eu deixei passar.

Ele esfregou os olhos com a mão e olhou para mim.

— Desculpa Lia, eu não deveria descontar a minha frustração em ti. Eu gostaria que ela simplesmente continuasse com a sua vida e me deixasse fora dela. — ele olhou para o mar.

Eu não sabia se deveria fazer perguntas, acenar com a cabeça em simpatia, ou dizer algo consolador. Olhei para Argo e Agnes, que desviaram o olhar, espertos! Eu tentei fazer isso.

— Tu não queres ficar com ela, então? — Perguntei.

— Eu quis uma vez. Ela estava a me trair e eu a apanhei. Então, ela o largou porque queria ficar comigo, mas de que adianta? — ele balançou a cabeça. — Eu não fui o suficiente para ela na primeira vez, por qualquer motivo.

— Qual foi o motivo, ela te contou? — Eu perguntei gentilmente.

Adam enterrou os pés na areia fria e moveu enquanto falava.

— Nós namorávamos desde o início do décimo ano, por cerca de três anos, mas no ano passado, ela disse que não queria se estabelecer muito cedo com um namorado quando há tantos peixes no mar. — ele encolheu os ombros. — Eu entendo isso, há outras raparigas com quem eu gostaria de sair também, mas o que tu fazes se estás apaixonado por alguém mesmo sendo jovem? Se tu desistires para tentar outras coisas e perceber que é certo, tu podes perder o caminho de volta para o outro.

Eu passei os meus braços em volta das minhas pernas e descansei o meu queixo nos joelhos.

— É um pensamento triste. – eu disse. – Mas, e se tu chegares aos trinta anos e tudo o que conheceste foi um amor, é o suficiente? Tu não sentirias que estavas a perder? – Eu perguntei.

— Talvez. – ele concordou.

Eu continuei:

— Mas, então, algumas pessoas nunca encontram um grande amor e se tu passasses uma década a procurar por essa pessoa e a tivesses pela primeira vez e a deitasses fora?

— Exatamente. – disse ele. – Não estou a dizer que ela era a única, mas não achei que tivéssemos terminado o nosso curso ainda, só isso. Eu não esperava e ela podia ter terminado, antes de começar a sair com outra pessoa.

Pensei em Jack, não suportaria perdê-lo, não agora, não no futuro.

— Então ela quer voltar? – Perguntei.

— Sim, de vez em quando ela aparece e quer falar sobre isso. Diz que cometeu um grande erro, tanto faz.

— Mas tu não queres tentar de novo?

Ele abanou a cabeça.

— Eu passei por todo aquele drama, traição e separação. Por que eu arriscaria de novo com Vanessa? Nossa, ela não pode ser leal por três anos, que esperança temos a longo prazo? Nuh, ela estava certa da primeira vez, é hora de seguir em frente, para nós dois.

Ficamos sentados em silêncio por um tempo. Rezei silenciosamente para que Jack me amasse para sempre e nunca se sentisse assim. Eu esperava que as suas palavras, sobre esperar por mim por um século, fossem verdadeiras e não apenas palavras que disse para conquistar o meu coração.

– Bem, tu és um bom partido, irmão mais velho, é a perda dela. – eu disse.

Ele sorriu, mas não olhou para mim.

– Obrigado.

– Vamos. – eu o acotovelei. – Eu farei para ti os meus mundialmente famosos ovos mexidos no café da manhã. Argo e Agnes também vão adorar.

Adam sorriu.

– Devo comprar um hambúrguer?

– Cala-te! – Eu bati no seu braço, indignada. – Espera, tu vais pedir a minha receita.

Ele se levantou, estendeu a mão e me puxou para cima, e nós quatro fomos para casa.

CAPÍTULO 24

Depois do café da manhã, que Adam disse estar muito bom, ele ficou a vaguear pelo resto da manhã. Desapareceu algumas vezes no seu carro, voltou e foi fazer surfe. Fiquei em casa o tempo todo, os meus livros, portátil e canetas, espalhados sobre a grande mesa da cozinha enquanto fazia os trabalhos escolares. Argo e Agnes me fizeram companhia até outra batida na porta, pouco antes das duas horas. Eu saltei e abri para encontrar ali Holly e Peggy.

— Ei, vocês duas. — eu disse, realmente feliz em vê-las. — Entrem.

Ambas usavam jeans e pulôveres, não nos víamos muito sem o uniforme escolar. Argo e Agnes estavam ansiosos para conhecer a Peggy e, depois que se acomodaram, levei Holly e Peggy pela casa.

— O que se passa? — Perguntei.

Peggy parecia nervosa e olhou para Holly. Eu fiz uma careta para as duas.

— Ok, vocês estão a me preocupar. — eu disse.

— Não, é apenas uma visita social, mais ou menos. — disse Holly.

— Trago o teu projeto, imprimi-o e apenas marquei duas alterações. – disse Peggy.

— Ah, obrigada, estou quase a terminar de ler o teu, está ótimo. – eu disse-lhe, e olhei de uma para a outra, definitivamente algo se passava.

— Venham. – eu as convidei para a enorme cozinha da galera e lhes ofereci uma bebida. Sentamos em volta do banco largo, Holly pegou uma Coca Diet e Peggy aceitou a oferta de chá. Coloquei a jarra e peguei duas chávenas para a acompanhar.

— Adam não está? – Holly olhou à volta.

— Não, ele está a fazer surfe. – sorri para ela. – Mas se tu ficar por aqui o tempo suficiente e ele estará de volta. Conheci Vanessa esta manhã.

— Ooh. – os olhos de Holly se arregalaram. – O que tu achaste?

— Ela é adorável, bonita e fixe. – eu disse.

— Eu me lembro dela. – disse Peggy. – Eles sempre foram um casal muito atraente.

— Quente. – concordou Holly. – Vanessa estaria no último ano na nossa escola, se não tivesse convencido os seus pais a deixá-la ir para uma escola focada em artes cénicas. Eles voltaram?

Balancei a cabeça.

— Eu acho que ela partiu o coração de Adam e ele não está preparado para deixá-la tentar duas vezes, bem, esse é o meu entendimento sobre isso.

Terminei de adicionar leite aos nossos chás, entreguei um a Peggy e me sentei com elas.

— É tão aconchegante aqui. – Peggy olhou para os cães deitados na sala de estar, sob um raio de sol que entrava pelas janelas em forma de cristal.

— Então, o que se passa? – Eu perguntei

novamente, – Não que vocês não possam simplesmente aparecer por aí sem um motivo.

Peggy olhou para Holly novamente.

– É sobre o Jack. – ela começou.

Eu me irritei com a menção do Jack. Ele era meu e não estava em discussão, ainda.

– Oh. – eu tentei parecer casual, – Ele apareceu no baile ontem à noite, tu sabes, só por um tempo. Eu o teria apresentado, se vocês tivessem aparecido.

Holly assentiu com a cabeça.

– Quando vais vê-lo outra vez?

– Esta noite, porquê? – Indaguei, surpresa.

– É que... bem, estou preocupada com o quanto tu sabes sobre ele. – disse Holly.

– O suficiente. – eu assegurei-lhes. Eu queria que essa discussão acabasse.

Peggy interveio novamente.

– É que pensei que tu me disseste que o nome dele era Jack Denham e no teu projeto, há um Jack Denham. – Peggy olhou para o meu projeto na mesa entre nós.

– Certo. – eu balancei a cabeça. Eu sabia onde elas queriam chegar, mas não iria facilitar.

– E o teu Jack e aquele Jack que se afogou ali. – Peggy acenou com a cabeça na direção do oceano, – Eles são muito parecidos. – ela, nervosamente, tomou um gole de chá.

Eu olhei de Holly para Peggy e disse:

– Tu sabes como soa absurdo, não sabes?

Ambas concordaram.

– Então, vocês acham que o meu Jack é o Jack do meu projeto, que morreu no *La Bella* e agora teria quase 130 anos? – Eu estreitei os meus olhos e olhei para elas.

Peggy deu uma risada ao ver como isso soava absurdo. Holly assentiu com a cabeça.

– Sim, soa cá fora quando tu dizes assim. Mas só queremos ter a certeza de que estás bem, Lia. Há meninas que morreram nesta cidade porque se afogaram e algumas pessoas dizem que foi um acidente e outras dizem, bom, outras coisas. Só estou a dizer que se tu não fores cuidadosa e não souberes o que fazer, bem, tu não podes confiar em todos...

Eu balancei a cabeça novamente.

– Obrigada. Eu realmente aprecio que estejam preocupadas comigo.

Ficamos sentadas num silêncio constrangedor. Eu tinha me safado porque nem Peggy nem Holly tinham me perguntado diretamente se o meu Jack era... parece estranho, um fantasma ou morto... então, eu não tive que responder.

– Tu vieste de Warrnambool só para me perguntar isso? – Eu perguntei a Peggy.

Ela assentiu.

– Tudo bem, acabei de apanhar o autocarro.

– Tu és um doce. – eu apertei a mão dela. Eu estava ansiosa para mudar de assunto, caso elas voltassem a falar nisso. Fui salva pela campainha, quando o telefone começou a tocar. Ao mesmo tempo, a porta da frente se abriu e Adam gritou:

– Eu atendo.

Eu vi a Holly se iluminar. Eu o ouvi responder e conversar por alguns momentos antes de desligar. Ele entrou na cozinha no seu calção, uma toalha em volta dos ombros e sem camisa. O seu cabelo estava despenteado e ele parecia em forma e bronzeado, isso não passou despercebido.

– Ei, Holly, e tu deves ser a Peggy. – disse ele.

– Sou. – disse Peggy, timidamente. – Obrigada por te ofereceres para me ir buscar na outra noite, mas a minha mãe, bem, ela é incrivelmente rígida.

Adam encolheu os ombros.

– De nada.

– Por falar em loucura. – eu disse a Adam, – Tu não estás a congelar? Afinal, é oficialmente inverno.

– Tu és perspicaz Lia. – ele brincou. – Faz te sentires vivo essa água fria. Vou fazer um café, alguém quer?

Todas nós recusamos. Adam tirou a toalha dos ombros e vestiu a sweatshirt que estava sobre uma cadeira da cozinha. Ele continuou:

– Era Sebastian ao telefone. Eles pediram-lhe para ficar mais alguns dias. – na hora, a casa uivou. Peggy e Holly saltaram, Adam, os cães e eu não reagimos.

– O que foi aquilo? – Os olhos de Holly estavam enormes.

– Só a casa. – eu disse.

– O vento... o projeto da casa e a nossa localização a fazem uivar às vezes. – Adam explicou ao mexer o açúcar no seu café.

– Isso é estranho. – disse Peggy.

Eu olhei para a casa e sorri.

– E fixe também, eu disse. – Adam sorriu para mim, estávamos a pensar a mesma coisa, a nossa casa estava com saudades de Seb.

– De qualquer forma, ele deve estar em casa na terça, mas disse que ligaria mais tarde, Lia, quando tu estiveres sozinha.

– Obrigada. – eu balancei a cabeça. Foi bom Holly e Peggy estarem ali, uma boa distração, caso contrário, eu teria ficado muito ansiosa à espera o dia todo pelo meu encontro esta noite.

— Então, o que vocês as três estão a fazer? – Adam perguntou.

Encolhi os ombros.

— Estamos apenas a divertir. – Olhei para Holly, e depois para Peggy, e elas acenaram a concordar.

— Mas eu tenho que ir. Tenho que estudar. – acrescentou Peggy.

Adam estreitou os olhos.

— Mm, há uma conspiração a acontecer, eu posso dizer.

— Nós? – Holly perguntou com inocência exagerada.

Adam sorriu.

— Vou deixá-las à vontade. Tenho que tomar banho e ir para a casa do Zach.

Eu me iluminei.

— O Zach que mora em Warrnambool?

— Sim, queres uma boleia? – perguntou ele.

— Não, mas a Peggy precisa de uma boleia, se poder ser? – Perguntei.

— Só para o comboio ou para a cidade, se poder ser por ti, por favor? – Peggy perguntou. – Vou para casa a partir daí. Se tu me deixares em casa, ficarei de castigo até aos vinte anos.

— Eu posso fazer isso. – disse Adam. – Estarei pronto em quinze minutos.

— Obrigada, irmão mais velho. – eu disse docemente.

— Sim, sim. – ele revirou os olhos e saiu. Holly parecia particularmente desapontada por morar na mesma rua.

JACK

A noite caía e a minha força crescia. Numa hora, eu estaria com Ophelia, minha linda Ophelia. Mesmo assim, senti que ela estava a se apaixonar por Adam... ela olha para ele com muito carinho e o chama de irmão, eles estão a se aproximar. Eu não posso perdê-la para ele e esta noite vou restabelecer o nosso vínculo.

Esta semana, enquanto ela dormia e estudava, estive a me preparar para ela, arrumei os aposentos do capitão, que agora são meus, pois sou o único que vive para sempre no navio. Deveriam ver isso. Eu sei que ela vai adorar. Eu repliquei o cómodo que ela tanto ama na sua casa, piso limpo e polido, cheio de móveis e lençóis brancos, madeira polida e, claro, a vista de cada janela é das águas azul-esverdeadas do porto.

Os decks dos quartos inferior e superior estão impecáveis, estão tão limpos como nunca. O cordame e as velas ordenadamente pendurados e armazenados. Até lustrei o sino do mastro principal. O *La Bella* parece uma escapadela romântica no mar para dois. Eu mal posso esperar para vê-la nele, para levá-la a um tour e recebê-la na sua nova casa.

CAPÍTULO 25

OPHELIA

ui até a porta da frente, afastei-me novamente e voltei para a sala de estar. Eu não queria parecer muito ansiosa, mas eram quase sete da noite e eu estava à espera da batida de Jack na porta, a menos que ele simplesmente aparecesse. Olhei à volta. Acompanhei Argo e Agnes e lhes dei o jantar. Eles tinham feito a sua ronda ao anoitecer pela propriedade e, contentes de que tudo estava bem, se acomodaram nas suas posições habituais na sala de estar.

A casa gemia, já estava a gemer há mais de uma hora, eu não sabia como consolá-la. Adam não estava em casa ainda, ele pode até ficar na casa de Zach e o Tio Seb estava fora, então o gesto gentil de Jack para encontrar a família não iria acontecer.

Eu tinha algumas coisas prontas para colocar numa cesta de piquenique, porque Jack disse que seria um piquenique na praia, mas eu não tinha a certeza do que ele poderia comer, ou mesmo se iria comer. Tentei comprar para um fantasma e quando não funcionou, comprei para um marinheiro. Comprei algumas coisas que ele devia estar acostumado a comer, como frutos do mar, queijo, breadstick e comprei chocolate e sumos, por que não? Os embalei e depois os desempacotei porque não sabia se ele os iria querer.

Então, passei horas, e quero mesmo dizer horas, a pensar no que vestir. Eu queria parecer romântica, meio etérea, Jack gosta de feminilidade, mas tinha que ser capaz de sentar na areia ou numa pedra também. Suspirei, rapazes simplesmente não entendem o quão difícil é às vezes. Tudo bem para eles dizerem 'vejo-te às sete para um piquenique na praia.' Escolhi uma saia creme esvoaçante que ia até aos tornozelos, com camadas de anáguas por baixo, e um cardigã azul-claro com pequenos botões de pérola. Tinha sapatilhas de balé creme nos pés e deixei o meu cabelo solto durante a noite. Eu sabia que estava um pouco bem vestida para ir à praia, mas era confortável e romântico, e eu não me importava se colocava areia ou água na saia.

Finalmente uma batida na porta. Argo e Agnes saltaram e me bateram, o pelo das suas costas estava em alerta. Argo começou a rosnar.

– Está tudo bem, Argo e Agnes. – eu assegurei-lhes e fechei a porta da sala, mantendo-os dentro apenas até eu mostrar o lugar ao Jack.

Abri a porta e Jack estava ali, parecia divino. Usava um fato escuro e uma camisa branca de gola aberta, sem gravata. Segurava uma dúzia de rosas brancas de caule longo, o buquê mais dramático que eu já tinha visto e o meu primeiro buquê.

Os dois cães latiram do outro lado da porta e a casa gemeu. Jack a ignorou, avançou e, colocando um braço à volta da minha cintura, puxo-me para ele.

Parou antes de me beijar, alheio à calamidade ao nosso redor e olhou para mim.

– Ophelia, tu tiras-me o fôlego. – ele disse e então me beijou.

A dor no meu peito só piorou. Eu entendi agora como as pessoas morriam de desgosto. Se ele me deixasse agora, eu não seria capaz de continuar. Eu o ouvi gemer e ele beijou os meus lábios, bochechas, pálpebras e, então, eu senti a sua língua provocar a minha boca. A minha respiração engatou e pensei que fosse cair, mas ele me segurou. A casa gemia e gemia, mas não havia vento, atrás da porta, Argo e Agnes latiam furiosos.

Jack se afastou.

– Estás sozinha? – ele olhou por cima do meu ombro. Eu balancei a cabeça a tentar colocar a minha cabeça de volta no agora.

– O Tio Seb ainda está fora e Adam não voltou da casa de um amigo.

– Podemos ir então? – perguntou ele. E me entregou as rosas.

– Elas são lindas, obrigada. O meu primeiro buquê. – eu disse-lhe.

– Mesmo? – Os olhos dele se iluminaram. – Achei que já terias recebido muitos. Bem, estou honrado. – ele curvou-se ligeiramente. – Tu sabes, rosas brancas significam novos começos e o longo caule significa que vou me lembrar de ti, para sempre.

Eu as inalei e bebi na sua beleza e significado.

– Obrigada.

– O prazer é todo meu. – disse ele, olhando para mim intensamente. – Eu não sabia se deveria trazer um cesto de piquenique ou não, mas trouxe...

Jack balançou a cabeça.

– Eu tenho tudo sob controle.

Assenti.

– Bem, obrigada novamente, então. Se esperares por mim do lado de fora, vou deixar os cães saírem da sala de estar e me junto a ti num minuto. Vou colocar as rosas na água também.

Ele saiu e eu relutantemente fechei a porta, com medo de que desaparecesse. Deixei Argo e Agnes sair e eles farejaram à minha volta, preocupados. Assegurei-lhes que tudo estava bem e dei-lhes o controle da casa. Corri para a cozinha, procurei um vaso e é claro que o Tio Seb não tinha um! Encontrei um balde de gelo de vidro e enchi-o de água. As rosas pareciam muito grandes nele.

Voltei para a porta da frente, afaguei os cães mais uma vez e a porta não abriu. Eu olhei para o céu.

– Por favor, casa, eu prometo que vou ficar bem. – eu disse. A casa gemeu mais alto do que antes e então cedeu. A porta se abriu e eu saí, fechando-a atrás de mim. Jack estava um pouco abaixo no caminho, à minha espera. Ele me observou a aproximar.

– Tu estás... não há palavras para descrever o quão bonita estás. – ele disse ao pegar na minha mão.

Eu andei de mãos dadas com Jack, a minha saia ondulava ao meu redor, ele no seu fato escuro, e me conduziu através da estrada para a nossa rocha.

JACK

Eu esperei um século por um amor como este e, esta noite, não posso descrever como foi saber que vou estar com ela, a minha alma gémea. Ela estava de tirar o fôlego, os seus olhos brilhavam, a sua cor azul acentuada e refletida no seu casaco de lã azul-claro. O seu cabelo e saia se moviam ao redor dela como se ela fosse um espírito, eu mal conseguia me controlar. Eu queria abraçá-la, absorvê-la, esmagá-la contra mim e me tornar um, senti-la ao meu redor. Eu tenho que a possuir.

— Eu sinto muito, te vestires para encontrar o Tio Seb e Adam, e eles não estavam em casa. O Tio Seb deveria voltar para casa esta tarde, mas vai ficar mais alguns dias na conferência. — disse ela.

— Eu me vesti para ti e apenas para ti. — eu disse. Eu esperei enquanto ela se apoiava em mim e tirava as suas sapatilhas de balé. Tirei os sapatos e as meias, enrolei a calça do fato algumas voltas, agarrei os sapatos e entramos na praia, sentindo a areia fria sob os nossos pés. Peguei na mão dela. Ela estava nervosa, eu podia sentir a energia a ondular por ela.

— Vamos para a nossa rocha? — ela perguntou. — Ou tu vais me mostrar onde moras?

Eu sorri.

— Eu vou mostrar onde moro, mas não agora. Tenho preparado isso a semana toda.

— Sério? — ela disse, surpresa.

— Sim. Eu estava ocupado com trabalho enquanto deixava-te dormir. — eu disse-lhe, apertando a sua mão. Enquanto íamos na direção da nossa rocha, eu não a levei para cima, desta vez fomos para trás dela. Ali, num pequeno enclave na rocha, protegido do mar e do vento, coloquei uma mesa para dois.

Ela engasgou de alegria e olhou para mim.

– É perfeito, Jack. – ela disse. – A coisa mais perfeita que já me aconteceu.

Acenei com a minha mão sobre a mesa e as velas se acenderam.

Ela me olhou surpresa.

– Isso é um talento fantasma?

– Talvez. – eu provoquei. – Não posso contar todos os meus segredos.

O ar do mar estava fresco e eu a convidei para se sentar. Peguei na mão dela sobre a mesa. Pelo que pareceu um longo tempo, nós apenas nos olhamos. Eu ainda me sentia forte, mas tinha recarregado quase toda a semana.

– Primeiro prato. – eu disse.

– Sim? – ela sorriu.

– Tocar.

Eu a ouvi respirar fundo e os seus batimentos cardíacos martelaram.

~

OPHELIA

Foi a noite mais perfeita da minha vida. Se alguém tivesse me dito que poderia ser tão feliz, eu não teria acreditado.

Tínhamos uma mesa para dois num enclave escondido, no lugar mais idílico que se possa imaginar e ninguém mais existia no mundo, exceto nós os dois.

Jack pegou na minha mão e declarou que o primeiro prato era toque.

– Não te mexas. – disse ele. Ele virou a minha

palma e mal me tocou, passou os dedos pelo meu braço. Eu tive pequenos arrepios, a sensação era avassaladora. Ele continuou a me rastrear e a me estudar, movendo-se ao longo do meu ombro, lentamente pelo meu pescoço e tocando os meus lábios. O tempo todo me observando. Eu fiz tudo o que pude ao meu alcance para tentar respirar normalmente e não cair nele e beijá-lo.

Ele traçou os meus lábios, subiu pela minha bochecha, passando pela minha testa, moveu a mão para baixo e fechou os meus olhos. Eu me ouvi inspirar profundamente.

– Segundo prato. – ele disse. – Beijar.

Eu mantive os meus olhos fechados, conforme as instruções, e senti um fio de cabelo no meu rosto. O frio ao meu redor o denunciou e eu sabia que, se me inclinasse apenas uma fração, eu tocaria os seus lábios com os meus, mas esperei em agonia. Ele sabia disso e me provocou sem piedade. A sua língua tocou os meus lábios e eu gemi de prazer e dor. Então um pouco mais, e um pouco mais, até que os seus lábios pressionaram contra os meus e nós provamos um ao outro. Eu poderia morrer agora e ser feliz para sempre.

– Tu és demais para mim Ophelia. – ele gemeu.

Abri os meus olhos e olhei nos seus profundos olhos azuis, tão escuros quanto o oceano.

– O que estás a dizer, Jack? – Eu perguntei com medo. Eu não conseguia respirar.

Ele abanou a cabeça.

Tudo o que pude fazer foi olhar para ele. Eu estava com medo de falar, com medo de dizer a coisa errada, com medo de que ele estivesse a terminar comigo.

Alguns momentos depois, ele sussurrou:

– Terceiro prato, dançar. – De repente, estávamos na rocha e Jack estava a me segurar com força, a minha mão na dele, a sua outra mão contra as minhas costas, a me empurrar contra o seu peito. As ondas subiram e quebraram em cada lado nosso com uma força feroz e o oceano parecia tão escuro e agourento que o medo correu nas minhas veias.

Uma onda trovejou sobre nós.

– Jack! – Eu gritei.

– Eu tenho-te, estás segura. – ele me agarrou, mas tudo o que eu podia ver e ouvir era o oceano de cada lado, e o rugido assustador das ondas. Eu me agarrei a ele, apavorada.

– Tu queres ver onde eu moro? – perguntou ele.

– Nós vamos ser levados para o mar. – eu tremi, enquanto as ondas batiam acima de nós e sobre nós, e o tempo todo ficamos no meio, secos e encasulados, Jack calmo e no controle.

– Jack, por favor. – eu implorei.

Jack me pegou e eu agarrei a sua jaqueta, como se a minha vida dependesse disso. Em segundos, estávamos de volta à areia, perto da nossa mesa romântica. Eu estava a respirar rápido.

– Eu assustei-te. – ele disse. – Sinto muito, eu não queria assustá-la.

Ele me segurou perto e acariciou a minha cabeça.

– Tu não, Jack, o oceano me assusta. – eu disse, tremendo. Ele me levou para uma cadeira na nossa mesa privada e me sentou nela. Jack se ajoelhou na minha frente e pegou nas minhas mãos.

– Mas eu sou o oceano, Lia. – ele disse suavemente. – Levo-te para casa.

– Não! – Eu protestei: – Não quero ir para casa.

Vivi toda a semana para esta noite, por favor, podemos ficar? – Eu implorei.

– Só se o teu coração se acalmar. – disse ele, ainda segurando as minhas mãos. Ele se aproximou para me abraçar.

Eu me afastei e olhei para ele com surpresa.

– Eu consigo ouvir o teu coração a bater.

– Claro. – Jack disse.

– Mas tu estás...

– Morto? – ele preencheu a palavra. – Posso assumir a forma como tu, em todos os sentidos.

Eu me inclinei para trás e sorri para ele.

– Mas não estou a assumir nenhuma forma, sou eu! – Eu o lembrei. – Então tu podes... tu sabes... tomar outro corpo?

Jack encolheu os ombros.

– Talvez. Mas isto sou eu, gosto do meu corpo. Eu sou um tipo bonito. – ele sorriu. – Por que eu iria querer ser outra pessoa?

Eu expirei um longo suspiro.

– Tu és o meu rapaz lindo. – olhei nos seus olhos e me considerei a pessoa mais sortuda do mundo.

– E tu, minha linda Ophelia, és a minha vida. Agora que o teu coração se acalmou, por favor, deixa-me tentar.

~

HOLLY

Acotovelei Harry quando Jack acompanhou Ophelia até a mesa de jantar que ele montou. Que super romântico, esperava que algo assim acontecesse comigo um dia. Logo seria bom.

– Vamos. – eu disse e Harry acenou com a cabeça.

Nos dirigimos no caminho oposto até a praia, para que eles não pudessem nos ver.

– Tu ainda achas que sou louca? – Perguntei a Harry.

Ele enfiou as mãos nos bolsos dos jeans e balançou a cabeça.

– Ok, talvez não desta vez. Não estou a dizer que acredito nessa porcaria de fantasma, mas ele definitivamente parece ter algum... poder.

– Eu não posso acreditar que ele levou a Lia para a rocha quando as ondas estavam a bater assim, eles poderiam ter sido levados pela água e ela estava a pirar.

– As ondas não estavam a bater em nenhum outro lugar, tu percebeste? – Disse Harry. – Só naquela pedra e só quando ele foi lá.

– Percebi. Estou preocupada com a Lia. – eu disse. – Acho que devemos falar com Adam e contar-lhe. Talvez precisemos fazer uma daquelas coisas em que a confrontamos.

– Uma intervenção. – disse Harry.

– É isso. Mas também podemos não ter tempo suficiente, podemos ter que deixar Ophelia saber o que e quem é o Jack, antes que seja tarde demais.

– Tu achas que ela não sabe? – Perguntou Harry.

– Eu não sei. – eu disse quando alcançamos o caminho da praia que levava para casa. – Vou ligar para o Adam na primeira hora da manhã.

~

OPHELIA

Jack se levantou e voltou para a sua cadeira à minha frente. Com um aceno de mão, ele reacendeu as velas e, em seguida, enfiou a mão por baixo da mesa e puxou um pequeno refrigerador preto, que eu não tinha visto escondido contra a rocha.

— Nós temos um cardápio de 'amor'. — ele brincou.

Mordi o meu lábio, um pouco preocupada e um pouco intrigada. Ele parecia tão bonito no seu fato, sentado à minha frente, que às vezes eu me esqueço de falar por estar a olhar tão fixamente.

— Ophelia, estás comigo? — perguntou ele.

— Eu estou. — eu prometi-lhe. — Então, o que é comida de 'amor' que nós os dois temos para comer?

— Claro, eu tenho que manter as minhas forças. Tu estás muito cansada, Ophelia. — ele me deu uma piscadela. Puxou um pequeno prato de vidro coberto delicado, dois pequenos pratos de manteiga branca e um grande prato branco, um recipiente com dois pequenos garfos de prata e guardanapos, e dois copos de água de cristal e uma garrafa de água.

— A comida do amor é uma comida luxuosa que atrai os sentidos e as papilas gustativas. Vou servir uma pequena amostra dos meus favoritos, porque é tudo sobre o sabor. — disse ele. — Talvez tu sejas boa o suficiente para servir a água?

— Talvez eu seja. — eu o provoquei, pegando a garrafa que ele abriu para mim e enchendo os nossos copos pela metade. — E quando tu te tornaste um conhecedor de comida?

— Tive muitos anos para refinar os meus gostos e

algumas boas, hum, professoras ao longo dos anos. – explicou ele.

Os meus olhos arregalaram-se.

– Tu queres dizer que tiveste amantes?

– Ophelia! Tenho 128 anos! Tive alguma companhia, especialmente de algumas mulheres idosas ricas. Depois da primeira guerra, os tempos foram particularmente decadentes. – Limpou a garganta. – Mas um cavalheiro nunca conta.

– Mas tu és o meu primeiro namorado de verdade, o meu primeiro beijo. – eu fiz beicinho, mas não sério.

– E tu és o meu primeiro amor verdadeiro em todos estes anos. Tu não fazes ideia de quanto tempo esperei para me sentir assim.

Enquanto ele falava, a lua se libertou das nuvens e pareceu pairar bem sobre a nossa mesa. Um cenário mais perfeito não poderia ser pintado. Jack abriu o prato de vidro e, usando uma pequena pinça, colocou o conteúdo do prato no grande prato branco. Parecia um banquete tão delicado. Queijo azul cremoso, ostras, morangos, chocolate, figos, biscoitos e pães saborosos.

– Primeiro, a ostra. – disse ele.

Eu fiz uma careta.

Jack franziu a testa.

– Eu sabia que tu farias esse tipo de cara... tão bonita quanto poderia ser. Tu já experimentaste uma ostra?

– Não, mas elas parecem tão... vivas e viscosas.

– Elas são sublimes. Lia, toda a gente precisa de um professor e eu sou o teu. – disse Jack. – Eu poderia viver de ostras. Adoro a textura, o sabor. Até amo a linda concha em que estão.

– Verdade. – eu as estudei. – Elas têm a sua própria travessa.

– Frescas direto do oceano. Tu as acharás particularmente cremosas. Agora deves colocá-la na língua, fechar os olhos e saboreá-la de verdade. – Jack instruiu.

Eu balancei a cabeça, ansiosa para agradá-lo. Nós os dois pegamos nos nossos pequenos garfos de prata e, tirando a delicada ostra da sua casca, coloquei-a na boca. Não era tão mau quanto eu pensava e queria que Jack pensasse que eu tinha gostos mundanos, então, fechei os olhos, provei a sua cremosidade e engoli. Quando abri os olhos, Jack ainda estava com os olhos fechados, mas parecia que estava no paraíso. Os seus olhos piscaram e se abriram.

– Divino. Vais começar a amá-las. – ele me assegurou. – Este queijo é o meu favorito, azul e cremoso. – Novamente ele me estudou. – Se for muito rico ou não for do teu gosto...

– Não, estou ansiosa para experimentar tudo. – assegurei-lhe. Se os seus relacionamentos anteriores amavam estes alimentos sofisticados, então eu também adoraria. Aceitei uma pequena porção de queijo numa fatia simples de biscoito. Ele embrulhou o queijo no papel novamente.

– Fecha os olhos e experimenta de verdade. – ele instruiu.

Não chegamos aos morangos com chocolate por um tempo depois

disso. Ele queria provar cada um dos pratos nos meus lábios e na minha língua.

Mais tarde, quando Jack me acompanhou até casa, pedi-lhe que viesse comigo.

– Não quero fazer nada sério ainda... tu sabes...,

mas poderíamos ficar juntos. – eu disse, tropeçando nas palavras.

Jack beijou a minha mão e se curvou.

– Temos todo o tempo do mundo, Ophelia, e quando eu me deitar ao teu lado na nossa primeira noite juntos, será na cama grande que preparei para ti e tu serás minha esposa. Sabes que sou um tipo antiquado.

Ele ficou de pé, olhou para mim e segurou o meu rosto. Ele me beijou novamente.

– Boa noite, minha Ophelia.

Ele deu um passo para trás e, antes que eu pudesse formar palavras, se foi.

CAPÍTULO 26

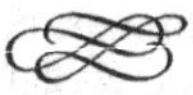

OPHELIA

Domingo de manhã eu estava deitada na cama, apenas a sonhar acordada. O sol estava a tentar entrar pelas frestas da cortina. Levantei-me, empurrei as cobertas para trás e olhei para o mar, a maré estava baixa e os surfistas estavam à espera de uma onda. Nenhum navio no horizonte. Eu caí de volta na cama, afofei os meus travesseiros e deitei sob a colcha, a pensar em Jack. A vida era tão boa, de novo. Eu me perguntei se ele estava a pensar em mim.

Mal posso esperar para ver a sua casa e o quarto que ele preparou para mim. Mal posso esperar para apresentá-lo também... por que não? Se ele pode tomar uma forma e comer, por que não pode fazer parte da minha vida e o segredo dele ser o nosso segredo? Senti um calafrio e sussurrei o seu nome. Jack apareceu, se encostou na moldura da janela, cruzou os braços e sorriu.

– Claro que estou a pensar em ti. Tudo o que faço é pensar em ti... és inebriante. – disse ele. E então, ele estava ao meu lado na cama. – Mesmo com o cabelo bagunçado! – ele acrescentou.

Envergonhada, tentei achatá-lo, mas ele agarrou as minhas mãos, me empurrou de volta na cama e me imobilizou. Eu não tinha escovado os dentes e era tudo em que conseguia pensar. Jack não pareceu se importar. Ele se aproximou dos meus lábios, os seus olhos observavam os meus o tempo todo e, então, ele pressionou os seus lábios contra os meus e me beijou.

— Bom dia. — disse ele.

— Bom dia. — eu disse o melhor que pude.

— Te importarias de ver a minha casa esta noite? — ele perguntou casualmente.

— Sim! Completamente. — Ele soltou as minhas mãos e eu lancei os meus braços em volta dele.

— Eu preparei cada parte da minha casa para ti, para nós. É uma noite de aprendizagem, no entanto. — ele brincou. — Tu provavelmente deverias estar na cama no domingo à noite. Podemos deixar para a próxima sexta-feira à noite.

— Não. — eu protestei. — Isso vai me matar. Esta noite é perfeita! Provavelmente serei a única em casa de qualquer maneira, o Tio Seb ainda está fora e o Adam vai sair, com certeza.

— Então, podemos dizer ao anoitecer? Sete da noite na nossa rocha?

— Perfeito. — eu disse, estendendo a mão para ele me beijar novamente, mas ele se foi e eu caí de volta na cama. Mas eu o veria esta noite! O meu telefone apitou com uma mensagem. Eu olhei para o relógio na parede, passava pouco das nove da manhã e provavelmente era hora de eu pensar em me levantar. Preguiçosamente rolei e peguei no telefone.

Era da Holly.

"Ei, Lia, como foi o teu encontro? Ótimo, espero! Hx"

Enviei uma mensagem de volta, difícil escrever como foi brilhante em poucas frases.

"Maravilhoso. Vou vê-lo novamente esta noite, vou para sua casa. Eu sou um caso perdido. Tudo bem contigo? Lx."

Eu relaxei e esperei pelo próximo bip. Veio num minuto.

"Tenho que terminar a tarefa hoje. Hum. Espero voltar à superfície antes da meia-noite. Até amanhã. Hx"

Enviei alguns beijos, uma oferta para ajudar se necessário e debati sobre me levantar. Eu poderia sonhar acordada com Jack um pouco mais.

~

HOLLY

– O que vais fazer se a Ophelia atender? – Harry perguntou enquanto eu ligava para Adam depois de mandar uma mensagem de texto para Ophelia na manhã de sábado.

– Vou desligar. – disse eu, – E esperar um pouco. Eu gostaria de ter o número do telemóvel dele. – Respirei fundo e digitei o número da casa da Ophelia. – Atende o telefone, Adam, por favor, atende o telefone. – E ele o fez!

– Não digas o meu nome Adam, eu preciso falar contigo. – eu disse assim que ele respondeu 'tou'.

– Tudo bem. – ele disse.

– Desculpa, é a Holly. – eu me apresentei.

– Olá, H... como estás? Ophelia está lá em cima, se tu a quiseres?

– Não, eu preciso falar contigo, é uma questão de vida ou morte, talvez, bem poderia ser.

– Uh huh. – eu o ouvi dizer.

Olhei para Harry que estava carrancudo para mim.

– Adam, há alguma hipótese de apareceres hoje? Harry e eu estamos preocupados com a Lia e eu tenho algo para mostrar-te, mas tens que manter isso para ti mesmo. – eu disse.

– Está tudo bem? – ele perguntou com preocupação na sua voz.

– Espero que não seja nada. Podes vir até a minha casa? – Eu perguntei novamente.

– Estarei aí em trinta minutos, se for o caso. – disse ele.

– Perfeito, até já. – Desliguei. Com sorte, nós os três poderíamos pensar num plano, se o Adam acreditar em mim.

~

ADAM

Grande drama na casa de Harry e Holly, pelo que parece. Tomei um banho rápido antes de descer a estrada para a casa deles. Eu não tinha ouvido Ophelia lá em cima ainda, ela devia estar deitada. Eu me vesti rapidamente, enchi as tigelas de água de Argo e Agnes, e dei-lhes um lanche no pequeno-almoço, em seguida, peguei nas minhas chaves, e saí.

Deixei o carro para trás e desci a garagem, esperando que Ophelia não me visse.

Antes que eu batesse, Harry abriu a porta, me bateu nas costas como uma saudação e me convidou a entrar.

— Obrigada, Adam, por vires. — disse Holly oferecendo chá, café, suco e metade do frigorífico. — Na verdade não há muito aqui. — ela olhou para o frigorífico.

— A mãe foi fazer compras. — explicou Harry.

Sentada à mesa da sala de jantar com café e um prato de Honey Jumbles rançoso na nossa frente, Holly puxou o seu iPad e me mostrou algumas fotos que ela tirou ontem à noite de Jack e Lia. Então, ela me mostrou as fotos do navio naufragado de Jack, e me disse que acreditava que Lia estava a namorar um fantasma. Quando ela terminou, pedi para vê-las todas novamente. Eu pedi a Harry para procurar no Google onde Jack Denham foi enterrado, enquanto eu olhava as fotos novamente.

— Cemitério de Warrnambool. — disse ele após alguns minutos.

Recostei-me com um assobio baixo.

— Está lá fora, não é? — Holly se sentou.

— Muito, muito lá fora. — eu concordei.

— Muito lá fora? — Holly perguntou.

Franzi a testa.

— Tu estás a falar com um tipo com uma maldição de família na cabeça e parentes que morreram por estarem muito perto da água tarde da noite. Pessoa errada para perguntar.

— Então, temos que levar isso a sério. — disse Harry. — Precisamos de deixar Ophelia saber o que encontramos.

– Mas nós fizemos isso. – Holly interveio. – Peggy e eu fizemos isso no outro dia e ela achou hilariante.

Tirei o meu pulôver, estava a ficar quente, ou talvez fosse a tensão a aumentar. Eu olhei de Harry para Holly.

– Ok, então ela acha que é hilariante ou sabe e está a esconder. E olhando para aquela visão na noite passada, esse tipo, Jack, a colocou em perigo real.

Holly pegou no telefone e o limpou, ela me mostrou uma mensagem.

– Tão feminino. – eu fiz uma careta, observando os beijos.

Holly revirou os olhos, como se eu não tivesse um osso romântico no meu corpo, sim, ela pode estar certa.

– Esquece os beijos, Ophelia vai encontrar o Jack novamente esta noite. Ele vai levá-la para a casa dele. Ele tem uma casa ou é o *La Bella?* – Holly perguntou.

Harry estremeceu.

– Isso é assustador.

– Claro que é. – eu concordei com Harry. – Eu acho que nós precisamos de estar de plantão esta noite. Onde eles se encontram?

– Naquela pedra que estava no meu vídeo. Eles a chamam de rocha, então, acho que é o ponto de encontro. – disse Holly. – Tu não vais gostar disso, mas...

– Mm... o quê? – Eu perguntei desconfiado.

Ela olhou para Harry em busca de apoio moral.

– Bem, eu acho que dada a maldição da tua família e dado que podemos precisar de todas as mãos no convés... desculpa, não tive a intenção de fazer um trocadilho de navegação... precisamos envolver o Chayse e a Peggy.

– De jeito nenhum. – eu balancei a minha cabeça.

Harry concordou sobre Peggy.

– Ela não terá permissão para sair, então não contes com ela. Mas podemos escolher o cérebro dela se precisarmos e ela tem cérebro grande. Mas Holly está certa, Adam. Se tu vais estar lá connosco para tentar impedir Jack, então Chayse precisa estar lá para proteger-te da maldição, ou salvar-te, ou atrasar-te... tu sabes o que for preciso.

– Ele fará isso pela Lia. – disse Holly. – Então vais, não vais?

Ela me apanhou.

– Ok, nos encontramos aqui esta tarde para discutir o nosso plano. – eu concordei.

– Vou entrar em contacto com o Chayse. – disse Harry. – Vou mandar uma mensagem para o Tyler e pedir o número dele.

Eu me levantei para sair.

– Ei, obrigado por me avisar Holly. Mas só uma coisa, não posso garantir que Chayse e eu não entraremos em conflito. Tu sabes, se Jack quiser levá-lo em vez disso, bem que seja. – eu sorri.

Holly sorriu para mim.

– A sério, vocês dois têm que superar isso! – Pelo menos ela tinha parado de fazer olhares de cachorrinho para mim, pelo menos por enquanto.

CAPÍTULO 27

OPHELIA

dam estava a agir de forma estranha outra vez, o dia todo. Não sei se ele tinha estado mais uma vez com Vanessa ou estava apenas estranho. Ele continuou a me observar, eu estava a observá-lo, e Argo e Agnes observavam nós os dois, eles sentiam que algo estava para acontecer. Seria bom quando o Tio Seb voltasse. Senti falta de ter o capitão do navio em casa, por assim dizer.

Como previsto, Adam saiu, deixando-me a mim e aos cães sozinhos até que eu fosse me encontrar com Jack. Ele me convidou para que eu não ficasse sozinha, mas decidi contar-lhe que tinha um encontro com Jack. Estranhamente, ele não me deu o terceiro grau ou um monte de avisos, apenas perguntou a que horas e onde nos encontraríamos. Pode estar a ficar mais confiante ou tem um grande encontro e está distraído. Esperançosamente o último.

Eu não sabia o que vestir para ver a casa do Jack, mas como o meu visual etéreo fez sucesso ontem à noite, pensei em escolher algo parecido. Desta vez, tirei o meu vestido de crepe vermelho, de manga comprida, que se ajustava aos meus quadris, e em seguida, inflava numa saia que caía logo abaixo dos meus joelhos. Era pesado o suficiente para ser quente, mas não muito formal para parecer idiota na praia. Optei por umas sapatilhas de ballet pretas, que eu poderia facilmente carregar e levaria a minha capa preta.

A noite preenchia o crepúsculo. Eu tinha levado Argo e Agnes para passear antes e nos encontramos com alguns dos nossos amigos cães habituais. Os alimentei e eles ficaram felizes em passar a noite, enquanto o meu peito estava a começar a doer com a expectativa de ver o Jack novamente.

~

HOLLY

Adam havia mandado uma mensagem, a Ophelia se encontraria com o Jack na praia, às sete da noite, então, estávamos em posição na praia, mas fora da vista às seis e meia. A nossa localização era perto o suficiente para que pudéssemos correr e impedir que Jack machucasse a Ophelia, mas não muito perto para sermos vistos. Imagina se errássemos e fôssemos vistos! Que mortificante, além disso, Ophelia nunca nos perdoaria.

Harry estava certo, Peggy não pôde vir, mas ela tinha algumas teorias selvagens próprias. Ela pensou que Jack levaria Ophelia com ele debaixo d'água, para a sua casa. Eu duvidava que eles mergulhassem à noite. Estava a pensar que ele poderia levá-la num barco acima das águas onde ele estava, ou meio que pairar... Acho que os fantasmas podem fazer esse tipo de coisas.

Pouco antes das sete, nós a vimos a caminhar pela praia. Ela ficava linda de vermelho, com a sua pele pálida e cabelos escuros.

— Ela está gostosa. — Chayse disse e Adam o acotovelou nas costelas. — O quê? Ela está! — Chayse se defendeu.

— Sim, concentra-te Romeu. — Adam resmungou.

— Estou aqui, não estou? — Chayse disse. — Mesmo que isso signifique passar a minha noite contigo.

— Sim, deve ser difícil se separar da população feminina durante a noite, mas faz o teu melhor.

Chayse ia responder, mas eu interrompi os dois.

— Esqueçam o Jack. — eu disse. — Se vocês os dois não conseguem jogar bem juntos, eu mesma vou nocautear aos dois.

Harry sorriu e Adam sorriu timidamente. Chayse parecia chocado que eu lhe dissesse isso, a maioria das raparigas apenas olhavam para ele com adoração.

— Quem é esse tal de Jack, afinal? — Chayse perguntou, fazendo malabarismos com os binóculos de Adam.

— Ele não é ninguém. — disse Harry e riu da sua própria piada. — Percebeste? Um não-corpo? — Todos nós olhamos para ele e ele parou de rir.

— Certo, então. — disse Harry, — Foco.

— Ophelia está quase na rocha, onde ele está? — Adam perguntou, pegando o binóculo de Chayse e examinando a praia.

E então, Jack apareceu do nada. Foi estranho, ele estava ao lado dela como se sempre tivesse estado, o que me fez temer que ele estivesse bem atrás de nós o tempo todo, talvez. Ophelia deve tê-lo percebido, ou ele já tinha feito isso antes, porque ela não demonstrou medo, apenas se virou e o abraçou. Jack a pegou para beijá-la e girou-a. Ele parecia muito lindo, era como assistir a uma cena de um filme. Senti Chayse e Adam se eriçarem ao meu lado.

Jack colocou Ophelia no chão e a admirou, ele a fez girar para ele no seu vestido vermelho, a saia esvoaçava. Não é de admirar que a Ophelia tenha sido levada, ele era realmente desonesto. Usava jeans com uma camiseta branca e um casaco preto. Acho que aprendeu alguns truques de moda ao longo dos anos, em comparação com o uniforme de marinheiro desmazelado que ele usava na foto. Ele tirou o casaco, colocou-o na areia e colocou Ophelia sobre ele. Se sentou ao lado dela.

–Ótimo, por quanto tempo eles vão conversar? – Harry reclamou.

– Pode demorar horas. – eu disse, virando as minhas costas para eles e caindo na posição de sentada. Todos nós relaxamos e paramos, mantendo as nossas vozes baixas, para que o vento não as levasse até ao par. Era uma boa noite, um céu noturno claro e nítido e uma lua minguante. Eu olhei para os três tipos ao meu redor, o meu irmão e dois dos tipos mais populares do bairro. Se alguém tivesse me dito há seis meses que eu estaria na praia com Chayse Johann e Adam Ferrier, eu teria pensado que eles eram loucos.

Adam olhou para o relógio.

– Preocupado com a maldição? – Chayse bateu nele.

– Chayse, na minha lista de coisas para me concentrar esta noite, a última coisa que quero fazer é ter que nocautear-te. – disse Adam numa voz muito controlada, – Mas ainda está na minha lista.

Harry e eu rimos e Chayse fez uma careta na direção de Adam. Ficamos sentados em silêncio por um tempo, apenas a observar e esperar. Por fim, Chayse falou:

– Sou só eu ou a maré alta parece um pouco mais alta esta noite do que o normal? Normalmente não sobe além desse marcador na rocha.

Adam se virou para olhar, então olhou para o céu e para o mar.

– Eu acho que estás certo, isso é estranho. – ele concordou. – Então, estamos a lidar com um mar mais forte esta noite também... ótimo.

Trinta minutos se passaram e eu comecei a me perguntar, e me preocupar, se tinha entendido tudo errado. Eu nunca viveria assim.

– Em movimento. – Harry sibilou e todos nós nos viramos com pressa. Jack estava a conduzir Ophelia para a rocha e ela ia de boa vontade.

~

OPHELIA

Sempre que estou com Jack, sinto que somos as únicas duas pessoas no mundo, e sem absolutamente ninguém na praia, realmente me sinto assim. Ele queria me mostrar o seu mundo e eu mal podia esperar. Não sei como ele vai fazer isso, talvez nós desapareçamos juntos como ele faz sempre, ou ele vai me levar a voar até lá, ou vamos apenas flutuar sobre o topo, quem sabe, ele não quer me dizer e diz que é uma surpresa. Uma surpresa que estou prestes a experimentar!

Caminhamos em direção à nossa rocha. As ondas estavam grandes novamente esta noite, mas ele me prometeu que eu estaria segura e que não teríamos uma repetição do susto da noite anterior. Não sei como ele poderia evitar que as ondas quebrassem na rocha, mas vou com isso, confio nele. Ele foi na frente, estendeu a mão para mim e subimos a rocha. Estar no topo era mágico, à nossa frente estava a nossa terra, o mar e a lua ao seu comando.

Jack se virou para mim e colocou as mãos nos meus quadris. Eu olhei para o seu rosto.

– Estás pronta? – ele perguntou, tirando o meu cabelo do rosto.

Assenti. Eu estava animada e apavorada, arrepios correram por toda a minha pele e Jack esfregou os meus braços.

– Não precisas. – disse ele. Eu pude ver a deceção nos seus olhos.

– Nem pensar. Estou a morrer de vontade de ver a tua casa e o quarto que criaste para mim. – eu assegurei-lhe, e realmente estava. Eu simplesmente não gostava da água, era tão poderosa.

Ele sorriu.

– A vida é curta, Ophelia, eu sei disso melhor do que a maioria.

– Eu também. – eu disse, pensando nos dezasseis anos que tive com os meus pais. Parecia injusto que outras pessoas tivessem uma vida inteira.

Jack continuou:

– Então, quero passar cada momento contigo, agora e para sempre. Contanto que possamos.

Ele largou uma das minhas mãos e, segurando a

outra, me levou direta para a beira da rocha. Apertou a minha mão. Eu esperei por uma visão ou algo acontecer.

– Fecha os teus olhos, meu amor. – Jack sussurrou e eu fechei.

∾

ADAM

– Eles realmente não vão mergulhar na água, não vão? – Perguntei.

– Isso não é bom. – Holly se eriçou ao meu lado.

– Eu digo que devemos pará-los agora. – Chayse começou a se levantar e Holly o puxou de volta para baixo.

– Não, apenas espere. – ela sibilou. – Jack pode estar a fazer a cena do *Titanic* ou algo assim. Tu sabes, feche os olhos e sinta-se o rei do mundo.

Desta vez, todos nós olhamos para Holly. Ela encolheu os ombros.

Eu subtilmente olhei para o meu relógio novamente. Eu tinha muito tempo até a meia-noite, mas não queria tentar a maldição.

– Não te preocupes com isso, eu cuido de ti. – Chayse me acotovelou.

Olhei para ele, a tentar ler se era sincero ou não. Ele provavelmente seria o primeiro a me segurar debaixo d'água. Eu olhei de volta para a rocha. Jack e Ophelia pareciam incríveis, de pé no limite. A lua pairava sobre o topo deles e as ondas batiam contra a rocha. O cabelo escuro de Ophelia subia e descia com a brisa do oceano, a sua saia girava suavemente ao redor dela e Jack se erguia, como se ele estivesse no comando e dando-lhe tudo. Era o meu trabalho protegê-la, especialmente com Sebastian longe, mas mesmo estar perto do mar à noite estava a me dar arrepios.

E então, o pior aconteceu.

~

OPHELIA

Eu olhei para Jack mais uma vez, olhei nos seus profundos olhos azuis e tudo o que vi foi amor e desejo. Ele sorriu e acenou com a cabeça, em encorajamento. Eu apertei o meu aperto na sua mão e respirei profundamente. Me virei para o oceano e fechei os olhos.

A queda.

A água gelada me atingiu.

Tentei gritar, mas a água encheu os meus pulmões. Mal tive tempo de perceber que ele me puxou da rocha para o oceano com ele.

Eu não pude segui-lo. Não conseguia respirar como ele.

Foi tão rápido, tão rápido, e o impacto da água fria no meu rosto e corpo me deixou em choque.

Jack estava a sorrir para mim, estava em casa na água, parecia radiantemente feliz por eu estar com ele, a luz emanando dele e, ainda assim, não parecia perceber que eu estava a morrer.

Olhei em volta aterrorizada, o peso do meu

vestido me puxando para baixo. Ele não largou a minha mão. Lutei para libertá-lo, para ressurgir em busca de ar, mas então Jack começou a mergulhar cada vez mais fundo e me levava com ele para a água escura.

~

HOLLY

Eu me ouvi gritar quando saltei de pé. Corremos, todos nós corremos para a rocha. Eu não conseguia acreditar no que tinha acontecido. Ela estava lá e, então, Jack foi direto para a água, tão rápido e com tanta força, e puxou Ophelia para dentro.

Adam rasgou a rocha a uma velocidade vertiginosa e não parou na borda, mergulhou direto. Eu não conseguia acreditar como ele era corajoso. Chayse e Harry foram para a praia, empurrando as ondas. Todos eram bons nadadores, mas a que distância Ophelia estaria agora?

Eu estava na rocha, a olhar para o mar, para qualquer movimento. Tudo o que pude ver foram os meninos a subir para respirar e mergulhar novamente. Eu mal conseguia respirar com o medo a correr por mim. Comecei a orar continuamente, 'por favor, não tire Ophelia de nós, por favor, traga-a de volta, por favor, traga-a de volta.' Então, comecei a orar pela segurança de Harry. Podíamos discutir muito, mas ele era a minha outra metade. Eu não podia ficar sem ele.

Então eu a vi.

Ela estava muito mais longe de onde Adam,

Chayse e Harry estavam a mergulhar. Ela apareceu, flutuando de costas, estranhamente iluminada pelo luar.

Acima do barulho das ondas, gritei o mais alto que pude para chamar a atenção do Adam quando ele veio buscar ar e se virou para seguir as minhas instruções. Ele começou a nadar na direção dela. Eu fiz o mesmo quando Harry e Chayse apareceram. Chayse seguiu Adam e Harry começou a nadar. Lágrimas escorreram pelo meu rosto, eu não sabia se ela estava viva ou morta, mas pelo menos a tínhamos. Desci a pedra o mais rápido que pude, sem perder o equilíbrio. Não sei como Adam o rasgou tão rápido antes. Corri para pegar nas toalhas e voltei com elas. Eu dei uma para Harry, que veio a terra a tremer, e observou enquanto Chayse e Adam nadavam com a forma inerte de Ophelia.

Enquanto eles saíam das profundezas, podiam ficar em pé, e Adam carregava Ophelia enquanto Chayse corri até mim para pegar as jaquetas e toalhas para aquecê-la.

Adam a colocou sobre a toalha, ele e Chayse tiraram as toalhas e as colocaram sobre Ophelia. Ela estava mortalmente pálida. Eu abracei Harry e o soltei. Ele não disse nada, mas apertou a minha mão de forma tranquilizadora por um momento. Eu não conseguia assistir e não conseguia desviar o olhar.

CAPÍTULO 28

OPHELIA

ão me lembro muito dos dias que se seguiram... se passou muito ou pouco tempo. Eles disseram que eu estava com febre e ficava deitada na cama, acordando de vez em quando, com rostos diferentes e com a luz do sol ou o luar aparecendo pelas janelas da frente. Eu olhava para o mar às vezes e parecia calmo, como um mar diferente da noite em que estive lá.

Eu me sentia muito fraca para me levantar, mas tentei algumas vezes. Não tenho a certeza de quantos dias e noites se passaram, mas me senti desconectada do meu corpo. Tio Seb ficou sentado comigo por horas, trabalhando no seu portátil no meu quarto, às vezes eu acordava e o Adam estava na cadeira. Ele dormiu lá por algumas noites. Acordei e o observei antes de cair no sono. Harry veio me visitar e me contou sobre o seu último passeio de bicicleta. Holly estava lá, segurando a minha mão e me dando conselhos enquanto reclamava do Chayse. Chayse veio reclamar do Adam, e Peggy veio e trouxe o meu trabalho de casa. Ela disse:

— Eu sei o que tu estás a pensar... não queres ficar

muito para trás. – E, desta vez, ela realmente sabia o que eu estava a pensar. Os meus novos amigos eram tão importantes para mim que não queria repetir um ano, queria ir para o último ano com eles, então tinha que me atualizar, logo.

Até Argo e Agnes encostaram as suas lindas cabeças na colcha da cama e ficaram a olhar e dormiam comigo.

Jack nunca apareceu. Não o quero ver nunca mais.

~

ADAM

No seu sono, ela chamou por Jack e pelos seus pais, todos fantasmas. Eu queria matá-lo. Quando Seb voltou ao ouvir sobre o acidente de Ophelia, contei-lhe toda a história. Holly, Harry e eu mostramos-lhe a história, os recortes de jornal e os vídeos. Ele estava mais aberto a isso do que eu pensava, mas estava com raiva de si mesmo por ter estado ausente. Acho que também trouxe de volta muitas memórias dolorosas para ele.

Chayse e eu até conversamos sobre o que poderíamos fazer para impedir que Jack voltasse. Não tínhamos pensado em nada ainda, mas ambos sobrevivemos à conversa, acho que já é alguma coisa.

Ophelia está acamada há quatro dias, mas o médico disse que ela estava bem para começar a se mover novamente, bem a tempo para o fim de semana. Ela estava pálida e fraca, o médico disse que era tanto físico quanto emocional. Acho que ela estava apaixonada por Jack e agora havia perdido três pessoas que amava no espaço de alguns meses. Não sei para onde tu vais a partir daí, mas estou aqui.

~

HOLLY

É engraçado, Ophelia faz parte das nossas vidas há tão pouco tempo, mas ela preencheu um grande espaço. Não sei o que teria feito se ela não tivesse sobrevivido. Eu sei que teria me culpado por não ter agido mais rápido, quando o Chayse queria entrar, mas acho que não sabíamos o que estava por vir. Peggy achou que Jack a puxaria para a água, mas achei isso ridículo. O que eu sabia? Pelo menos eu dei o alarme em primeiro lugar, isso é um consolo, eu acho.

Uma coisa boa que resultou disso é que Chayse e Adam estão realmente a falar, sem apagar a luz um do outro. Sebastian também está muito satisfeito com isso. E, espere... Chayse sentou e teve uma conversa real comigo. Notícias ainda maiores, rufar de tambores, por favor e um pouco de percussão, fui capaz de juntar as palavras e responder. Sim, ainda há esperança para mim quando se trata de ficar perto de Chayse Johann. Ou talvez fosse só porque eu estava tão distraída com o que aconteceu com a Ophelia que esqueci de ficar sem palavras na presença dele... tanto faz.

Eu aparecia todos os dias no caminho da escola para casa e, esta tarde, Ophelia mudou-se e eu deitei na cama ao lado dela. Conversamos sobre tudo. Ela me perguntou como sabíamos e eu disse-lhe sobre Peggy reconhecer o nome dele no projeto, eu não disse o nome dele em voz alta, e como verificamos a foto e fizemos a conexão. Ela me disse que realmente o amava. Ela ainda o queria, mas não sabia que ele iria tentar afogá-la.

Sugeri que talvez ele estivesse tão apaixonado, e tão ansioso para mostrar-lhe o seu mundo, que queria levá-la para o outro mundo e isso era apenas uma parte necessária dele. Jack achou que ela estava aberta a isso e entendia o risco. Nós as duas pensamos nisso por um tempo. Ophelia descreveu o terror de bater na água e eu disse-lhe como Adam, Chayse e Harry correram para salvá-la. Ela chorou ao pensar nos três a arriscar as suas vidas.

CAPÍTULO 29

OPHELIA

Não posso acreditar como todos eles são bons para mim, Tio Seb, Adam, Holly, Peggy, Harry e Chayse, não fiz nada para merecer isso, mas estou muito grata e tocada. Isso me surpreende. Eu digo-lhes o tempo todo, mas eles encolhem os ombros, mas aprendi a dizer às pessoas como me sinto, caso não tenha outra chance de fazê-lo.

Adam me convidou para dar um passeio ao anoitecer com ele e os cães na praia e eu aceitei. Foi estranho. Apesar de tudo o que tinha acontecido, ainda amo a praia, a areia, a vista e mal podia esperar para voltar lá e respirar o ar salgado. Eu não iria, de qualquer maneira, para perto da água, exceto para caminhar na areia mais firme.

– Pronta? – Adam perguntou, pegando o seu boné de basebol no gancho perto da porta da frente. Os cães e eu já estávamos à espera lá fora.

– Estamos à tua espera. – eu disse-lhe com um olhar para os cães. Balancei a minha cabeça e eles concordaram. Adam riu.

– Vamos, Boss. – Ele pegou nas coleiras dos cães

das minhas mãos e pendurou-as no ombro, na toalha que já tinha pendurada. Atravessamos o caminho e fomos direto para a praia. Magia.

Os cães expressaram como eu me sentia, feliz por estarmos novamente livres com os pés na areia.

Adam olhou na minha direção.

– Tudo bem estarmos aqui? – perguntou ele.

– Claro, é ótimo, na verdade. – eu disse.

Ele assentiu. Adam entendia, estava no seu sangue. Caminhamos a conversar sobre nada por um tempo. Mas eu tinha que contar-lhe... Eu tinha que contar a alguém e Adam era o meu 'irmão' e eu confiava nele. Eu não posso acreditar nas noites em que ele dormiu na cadeira perto da minha cama, até que o Tio Seb vinha me ver e o acordava, mandando-o para a cama. Eles não tinham que manter uma vigília, mas fizeram.

Eu limpei a minha garganta.

– Adam, quero contar-te uma coisa que aconteceu, mas só posso te dizer se me prometeres que vai ficar entre nós. Quero dizer, realmente me promete... tu não podes contar ao Tio Seb e jurar que ele não vai contar.

Adam olhou para mim.

– É algo que vou ser capaz de manter para mim? Tu não o viste, viste?

Balancei a cabeça.

– Não é nada disso, mas é importante, eu acho.

– Tudo bem. – disse Adam. – Prometo.

– Não, quero dizer, promete realmente, porque se quebrares essa confiança sem eu concordar, eu nunca, nunca vou confiar em ti novamente. – eu disse.

Os cães correram até nós, cada um trotando ao nosso redor com prazer, antes de partirem para perseguir um ao outro novamente. Adam cruzou o seu coração.

— Ok, vou mantê-lo no cofre, mas se isso te colocar em perigo, então estarei no teu caso para contar a alguém.

Eu sorri e ofereci a minha mão para ele apertar. Acordado.

~

ADAM

A rapariga está a me matar. Agora ela quer que eu jure guardar algum segredo... depois de tudo o que aconteceu, não consigo imaginar o que vem a seguir! Ela ofereceu a sua mão e nós apertamos.

— Derrama isso. — eu a dirigi. Ela olhou para o farol, respirou fundo e mordeu o lábio. Eu esperei pacientemente.

— Tu lembras-te de como descemos rapidamente, quando Jack mergulhou e me levou com ele? — ela perguntou.

Assenti.

— Assustadoramente rápido. Chayse, Harry e eu não tivemos chance. Eu vi-te na luz que vinha dele, estavas a flutuar, então estavas a ir mais fundo. — eu disse-lhe. — Achei que tivesses te afogado... deste-me o maior susto da minha vida.

— Eu também. — ela me assegurou. — Provavelmente não havia nenhuma maneira de vocês três terem me alcançado ou me salvado. Vocês foram todos muito corajosos em tentar, especialmente tu, com a maldição e tudo mais. – ela disse e me estudou para ver uma reação.

– Chayse me protegeu. – eu admiti relutantemente.

– E Jack tinha todo o poder. – disse ela.

– Então, Lia, como te libertaste? – Perguntei.

Todos queríamos saber isso e o que aconteceu, mas o médico disse para não a forçar a falar, caso isso a traumatizasse. Ele imaginou que ela contaria a um de nós ou a um conselheiro no devido tempo.

– Esse é o segredo que preciso que tu mantenhas. – disse ela, olhando ao redor. Ele não largou a minha mão. Lutei e puxei, mas não sei se ele estava a me proteger ao não me deixar ir ou tentando... tu sabes.

Assenti. Eu não iria atropelar o tipo, isso apenas faria com que ela o defendesse.

Ela continuou.

– Quando eu quase desmaiei sem ar... – a sua mão foi para o peito com medo enquanto dizia as palavras. Eu instintivamente peguei na mão dela. A minha grande mão áspera engoliu a sua pequena mão branca, mas ela segurou firme.

– Eu vi... foi a Meg quem me salvou. – disse ela na mais baixa das vozes.

Eu parei e me virei para encará-la.

– O quê? Meg... Meg como a Meg do Sebastian?

Ophelia acenou com a cabeça.

– Eu vi algumas fotos dela e eu sabia que ela se afogou, o Tio Seb me disse. Foi um acidente, mas ninguém sabia o que ela estava a fazer na rocha.

Eu respirei fundo. Isso era enorme e eu sabia agora por que ela não queria que eu dissesse nada a ninguém. Ela puxou a mão, enrolou-a no meu braço e puxou-me para continuar a andar.

– Foi a Meg. O seu cabelo estava arrastando ao seu redor na água e ela estava tão bonita. Ela lutou com Jack e então, outras se juntaram a ela. Outras meninas, todas jovens e bonitas, como foram preservadas dessa forma. Mas elas não estavam a lutar contra ele, foi Meg quem se afastou comigo, as outras raparigas, elas o agarraram, como se o quisessem para elas. O rosto de Jack estava distorcido de raiva, mas eu estava apenas a ver pedaços, desmaiei então. – ela respirou fundo.

– Meg estava com os braços à minha volta e me puxava para a superfície, mas eu não ia conseguir, o meu peito estava a explodir. Então, ela me soltou e me empurrou ainda mais para cima e eu me senti a libertar da água e flutuar. Disso eu lembro.

A minha mente corria, a minha frequência cardíaca estava a corresponder. Tentei filtrar e peneirar todas as coisas que ela acabara de me dizer, como embaralhar um baralho de cartas, todos os cenários.

– Adam, – disse ela, – Achas que o Jack... tu sabes... afogou todas aquelas mulheres?

– Lia, ele alguma vez te ameaçou? – Perguntei.

– Nunca. Ele era um cavalheiro total e nós nos apaixonamos. Eu poderia ter ido embora a qualquer momento, tenho certeza.

Assenti.

– No que estás a pensar? – ela perguntou.

– Não conheço o Jack, mas acho que, pelo que tu me contaste, Jack está a procurar pelo amor, pela vida que perdeu desde que morreu. Cada uma daquelas raparigas que ele amava e com quem queria estar, elas queriam estar com ele. É que as consequências foram fatais. – eu disse.

Ophelia acenou com a cabeça.

— Mas a Meg, ela não estava sob o seu feitiço, estava?

Encolhi os ombros.

— Não sei, acho que nunca saberemos. Talvez ela sentisse que devia isso ao Tio Seb, para trazer-te de volta em segurança. Talvez ela se arrependa de ter ido com Jack, se foi isso que ela fez. — assobiei para chamar a atenção dos cães e nos viramos para voltar. — Eu não sei Lia. — eu exalei. — Inferno, isso é estranho. Quer acreditemos que Jack fez isso com as outras mulheres ou não, temos que parar com isso. Temos que garantir que ele nunca mais volte, não podemos correr o risco de que faça isso contigo outra vez, ou com qualquer outra pessoa, nunca.

— Ele me disse que eu fui o amor de um século. — ela disse, sem fazer contacto visual. — Eu me pergunto se ele disse isso a todas.

— Não. — eu disse. Eu não sabia, mas queria que ela se sentisse melhor consigo mesma. — Eu acho que tu o capturaste tanto quanto ele te capturou.

Ela bebeu nas minhas palavras, querendo acreditar nelas.

— Aquelas mulheres, — ela começou novamente, — As suas famílias não sabem por que morreram. Tio Seb disse que a Meg era uma boa nadadora, ele não conseguia entender a morte dela. Será que ela realmente se apaixonou por Jack?

Franzi a testa.

— É possível. Acho que Sebastian e Meg se conheceram na escola, não foi?

Ophelia acenou com a cabeça.

— Eles foram os primeiros amores um do outro. Talvez seja por isso que ela foi arrebatada... ela se perguntou como era estar com alguém que não fosse o Tio Seb.

— Parece familiar. — disse eu, pensando em Vanessa e tentando não soar amargo. — Poderíamos fazer algumas pesquisas e descobrir quem eram as outras mulheres... ver se tu consegues reconhecê-las.

Ela assentiu.

— Sim, haverá recortes de mídia e fotos de vítimas anteriores de afogamento.

— Meg salvou-te. — eu disse, espantado.

— Salva por um anjo. — ela sorriu. — Tu vais manter isso entre nós, Adam, não vais? Pelo menos até encontrar um padrão para tudo e estarmos prontos para contar ao Tio Seb, e talvez à Holly.

— Até que *tenhamos* alguma evidência. — eu disse, com ênfase. — Tu não estás sozinha nisso, Lia. Na verdade, não quero que faças nada disso sozinha. Vamos pesquisar juntos. Okay?

— Ok. — ela acenou com a cabeça.

— É apenas um bónus para tu teres o prazer da minha companhia. — acrescentei.

Pega de surpresa, ela riu alto e esse foi o efeito que eu esperava.

~

JACK

Eu a vi a segurar a mão dele na praia. Não sei por que ela largou a minha. Claro, ela estava com medo e em pânico, mas eu disse-lhe que cuidaria dela.

Ela me odeia agora, mas nem sempre. Vou esperar.

Eu posso esperar, não tenho nada além de tempo do meu lado e a amo. Eu a amarei para sempre.

FIM

Caro leitor,

Esperamos que você tenha gostado de ler *Ophelia À Derive*. Reserve um momento para deixar uma crítica, mesmo que curta. A sua opinião é importante para nós.

Atenciosamente,

Helen Goltz e Next Chapter Team

Sobre Jack e o conteúdo deste livro:

Ophelia À Deriva é ficção, a história é derivada da minha imaginação, mas onde os locais, personagens e incidentes são baseados na experiência, história ou locais estabelecidos, eles são usados ficticiamente. O personagem fictício de Jack tem o nome de uma pessoa real, o verdadeiro Jack Denham ou John Denholm, como é chamado em alguns registos históricos, mas os seus traços e ações são criados a partir da minha imaginação.

Eu usei a verdadeira barquentina La Bella, construída na Noruega, e a sua equipa como minha musa. O La Bella encalhou em 1905 no que agora é conhecido como Recife La Bella, perto do quebra-mar de Warrnambool em Victoria, Austrália. Dos doze homens a bordo, cinco sobreviveram. O La Bella permanece no Recife La Bella para os mergulhadores o explorarem.

A história do herói do La Bella, William Ferrier, é reconhecida neste romance e os relatos do naufrágio são verdadeiros, conforme apresentado em registos históricos e recortes de notícias da época. Outros personagens, embora possam ter o nome ou sobrenomes da tripulação a bordo do La Bella, como Jack Denham, John Denholm, Chayse Johann e Adam Ferrier, as suas histórias são fictícias. A maneira como morreu o protagonista do livro, Jack Denham, é exata de acordo com os relatos do naufrágio.

Jack Denham foi enterrado a 23 de novembro de 1905 no cemitério de Warrnambool. No entanto, há discrepâncias nos registos de jornais arquivados, com alguns listando o nome do menino do navio La Bella como John Denholm. O Sr. Clive Rayner, Secretário do Cemitério de Warrnambool informa que há uma lista de John Denholm enterrado no mesmo dia, 23 de novembro de 1905, numa sepultura não marcada na Secção da Igreja da Inglaterra, Compartimento 28, Sepultura 17. Com toda a probabilidade, eles são um no mesmo, dado que era 1905 e os métodos de manutenção de registos estavam sujeitos a inconsistências. Os meus sinceros agradecimentos ao Sr. Rayner pela sua ajuda na localização do túmulo de Jack Denham/John Denholm. Com o meu parceiro, colega jornalista, apoiantes de nossa série de livros 'Grave Tales' e Markwell & Swan Memorials, agora colocamos uma lápide no túmulo de Jack, mais de cem anos após a sua morte no mar. A foto pode ser vista em www.gravetales.com.au

Tive muito cuidado em ser respeitosa com qualquer descendente vivo ao contar esta história fictícia e, apesar do tema peculiar, espero que destaque a bela região sudoeste de Victoria, Austrália, e a sua história fascinante.

ACERCA DO AUTOR

Depois de estudar Literatura Inglesa e Comunicações na Universidade em Queensland, Austrália, Helen Goltz trabalhou como jornalista e marqueteira em mídia impressa, TV, rádio e relações-públicas. Ela nasceu em Toowoomba e fez a sua casa em Brisbane.

Visite o site dela em: www.helengoltz.com
Ou o Facebook em:
www.facebook.com/HelenGoltz.Author
Siga no Twitter em: @helengoltz

Ophelia À Deriva
ISBN: 978-4-86752-287-5
Livro de Bolso

Publicado por
Next Chapter
1-60-20 Minami-Otsuka
170-0005 Toshima-Ku, Tokyo
+818035793528

23 Julho 2021